悲喜浮生

梁晓声 著

贵州出版集团
贵州人民出版社

图书在版编目（CIP）数据

悲喜浮生 / 梁晓声著. -- 贵阳：贵州人民出版社，2022.8（2024.1 重印）

ISBN 978-7-221-17009-5

Ⅰ．①悲… Ⅱ．①梁… Ⅲ．①散文集－中国－当代 Ⅳ．① I267

中国版本图书馆 CIP 数据核字（2021）第 281359 号

悲喜浮生
BEIXI FUSHENG

梁晓声 / 著

出 版 人	朱文迅
责任编辑	周　婕
出版发行	贵州出版集团　贵州人民出版社
地　　址	贵阳市观山湖区会展东路 SOHO 办公区 A 座
邮　　编	550081
印　　刷	三河市宏达印刷有限公司
开　　本	890mm×1240mm　1/32
印　　张	7.5
字　　数	160 千字
版次印次	2022 年 8 月第 1 版　2024 年 1 月第 3 次印刷
书　　号	ISBN 978-7-221-17009-5
定　　价	49.00 元

如发现图书印装质量问题，请与印刷厂联系调换；版权所有，翻版必究；未经许可，不得转载。

目录

第一章 忆当年

第一支钢笔　　002

我的少年时代　　006

兄　长　　009

我的父母·我的小学·我的中学　　028

小街啊小街　　054

第二章 心安处

从复旦到北影　　076

五角场·阳春面·蜡像馆　　178

回首忆年　　187

父亲的遗物　　190

第三章　血犹燃

几个春节一段人生	196
我的梦想	202
一种愿望，一种理想	213
我的中国梦	219
我们的下一代真是"小上帝"吗？	230
用我们的热血喷注吧	235

第一章

忆当年

第一支钢笔

它是黑色的，笔身粗大，外观笨拙。全裸的笔尖，旋拧的笔帽，胶皮笔囊内没有夹管，吸墨水时，捏一下，缓慢鼓起。墨水吸得太足，写字常常"呕吐"，弄脏纸和手。我使用它，已经二十多年了。笔尖劈过、断过，被我磨齐了，也磨短了。笔尖很粗，写一个笔画多的字，大稿纸的两个格子也容不下，已不能再用它写作，只能写便笺或信封。

它是我使用的第一支钢笔，母亲给我买的。那一年，我升入小学五年级。学校规定，每星期有两堂钢笔字课。某些作业，要求学生必须用钢笔完成。全班每个同学，都有了一支崭新的钢笔，有的同学甚至有两支。我却没有钢笔可用，连支旧的也没有。我只有蘸水钢笔，每次完成钢笔作业，右手总被墨水染蓝，染蓝了的手又将作业本弄脏。我常因此而感到委屈，做梦都想得到一支崭新的钢笔。

一天，我终于哭闹起来，折断了那支蘸水笔，逼着母亲非立刻给买一支吸水笔不可。

母亲对我说："孩子，妈妈不是答应过你，等你爸爸寄钱回来，一定给你买支吸水笔吗？"

我不停地哭闹，喊叫："不，不，我今天就要。你去给我借钱买。"

母亲叹了口气，为难地说："你这孩子，真不懂事。这月买粮的钱，是向邻居借的；交房费的钱，也是向领导借的；给你妹妹看病，还是向领导借的钱。为了今天给你买一支吸水笔，你就非逼着妈妈再去向邻居借钱吗？叫妈妈怎么张得开口啊？"

我却不管母亲好不好意思再向邻居张口借钱，哭闹得更凶。母亲心烦了，打了我两巴掌。我赌气哭着跑出了家门……

那天下雨，我在雨中游荡了大半日不回家，衣服淋湿了，头脑也淋得平静了，心中不免后悔自责起来。是啊，家里生活困难，仅靠在外地工作的父亲每月寄回几十元钱过日子，母亲不得不经常向邻居开口借钱。母亲是个很顾脸面的人，每次向邻居家借钱，都需鼓起一番勇气。

我怎么能为了买一支吸水笔，就那样为难母亲呢？我觉得自己真是太对不起母亲了。

于是我产生了一个念头，要靠自己挣钱买一支钢笔。这个念头一产生，我就冒雨朝火车站走去。火车站附近有座坡度很陡的桥，一些大孩子常等在坡下，帮拉货的手推车夫们推上坡，可讨得五分钱或一角钱。

我走到那座大桥下，等待许久，不见有推车来。雨越下越大，我只好站到一棵树下躲雨。雨点噼噼啪啪地抽打着肥大的杨树叶，冲刷着马路。马路上不见一个行人的影子，只有公共汽车偶尔驶来驶去。几根电线杆子远处，就迷迷蒙蒙地看不清楚什么了。

我正感到沮丧，想离开，雨又太大，等下去，肚子又饿，忽然发现了一辆手推车，装载着几层高高的木箱子，遮盖着雨布。拉车人在大雨中缓慢地、一步步地朝这里拉来。看得出，那人拉得非常吃力，腰弯得很低，上身几乎俯得与地面平行了，两条裤腿都挽到膝盖以上，双臂拼力压住车把，每迈一步，似乎都使出了浑身的劲儿。那人没穿雨衣,头上戴顶草帽。由于他上身俯得太低,无法看见他的脸,也不知他是个老头儿,还是个小伙儿。

他刚将车拉到大桥坡下,我便从树下一跃而出,大声问:"要帮一把吗?"

他应了一声。我没听清他应的是什么,明白是正需要我"帮一把"的意思,就赶快绕到车后,一点也不隐藏力气地推起来。车上不知拉的何物,非常沉重。还未推到半坡,我便一点力气也没有了,双腿发软,气喘吁吁。那时我才知道,对于有些人来说,钱并非容易挣到的。即使是一角钱,也是并非容易挣到的。我还空着肚子呢,又推了几步,实在推不动了,产生了"偷劲"的念头。反正拉车人是看不见我的。我刚刚松懈了一点力气,就觉得车轮顺坡倒转。不行,不容我"偷劲"。那拉车人,也肯定是凭着最后一点力气在坚持,在顽强地向坡上拉。我不忍心"偷劲"了。我咬紧牙关,憋足一股力气,发出一个孩子用力时的哼唷声,一步接一步,机械地向前迈动步子。

车轮忽然转动得迅速起来。我这才知道,我们已经将车推上了坡,开始下坡了。手推车飞快朝坡下冲,那拉车人身子太轻,压不住车把,反被车把将身子悬起来,腿离了地面,控制不住车的方向。幸亏车的方向并未偏往马路中间,始终贴着人行道边,一直滑到坡底才缓缓停下。

我一直跟在车后跑,车停了,我也站住了。那拉车人刚转过身,我便向他伸出一只手,大声说:"给钱。"那拉车人呆呆地望着我,一动不动,也不掏钱,也不说话。我仰起脸看他,不由得愣住了。"他"……原来是母亲。雨水,混合着汗水,从母亲憔悴的脸上直往下淌。母亲的衣服完全淋透了,像从水里捞出来的一样,湿漉漉地贴在身上,显出了她那瘦削的两肩的轮廓。她胸口剧烈地起伏着，脸色苍白，大口大口地喘着气。

  我望着母亲，母亲望着我，我们母子完全怔住了。就在那一天，我得到了那支钢笔，梦寐以求的钢笔。母亲将它放在我手中时，满怀期望地说："孩子，你要用功读书啊。你要是不用功读书，就太对不起妈妈了……"在我的学生时代，我一刻都没有忘记过母亲满怀期望对我说的这番话。如今，二十多年过去了，我已经是个成年人了，母亲变成老太婆了。那支笔，也可以说早已完成它的历史使命了，但我却要永远保存它，永远珍视它，永远不抛弃它。

我的少年时代

怎么的,自己就成了一个四十多岁的人了呢?

仿佛站在人生的山头上,五十岁的年龄已正在向我招手。如俗话常说的——"转眼间的事儿"。我还看见六十岁的年龄拉着五十岁的手。我知道再接着我该从人生的山头上往下走了,如太阳已经过了中午。不管我情愿不情愿,我必须接受这样一个现实……

于是茫然地,不免频频回首追寻消失在岁月里的童年和少年时代。

我是一个穷人家的孩子。父亲是建筑工人,中国的第一代建筑工人。我六岁的时候他到大西北去了,以后我每隔几年才能见到他一面,在十年"文革"中我只见过他三次。我三十三岁那一年他退休了,在我三十三岁至四十岁的七年中,父亲到北京来,和我住过一年多。一九八八年五月他再次来北京,已是七十七岁的老人了。这一年的十月,父亲病逝在北京。

父亲靠体力劳动者的低微工资养活我和弟弟妹妹们。我常觉得我欠父亲很多很多。我总想回报,其实没能回报。如今这一愿望再也不可能实现。

母亲也是七十多岁的老人了。在我的印象中,母亲就没穿过新衣服。我是扯着母亲的破衣襟长大的。如今母亲很是有几件新衣服了，但她不穿。她说，都老太婆了，还分什么新的旧的。年轻时没穿过体面的，老了，更没那种要好的情绪了……

小胡同，大杂院，破住房，整日被穷困鞭笞得愁眉不展的母亲，窝窝头、野菜粥、补丁连补丁的衣服、露脚趾的鞋子……这一切构成我童年和少年时期的物质的内容。

那么精神的呢？想不起有什么精神的，却有过一些渴望——渴望有一个像样的铅笔盒，里面有几支新买的铅笔和一支书写流利的钢笔；渴望有一个像样的书包；渴望在过队日时穿一身像样的队服；渴望某一天一觉醒来睁开眼睛，惊喜地发现家住的破败的小泥土房变成了起码像个样子的房子，也就是起码门是门，窗是窗，棚顶是棚顶，四壁是四壁。而在某一隅，摆着一张小小的旧桌子，并且它是属于我的。我可以完全占据它写作业，学习……如果这些渴望都可以算是属于精神的，那么就是了。

小学三年级起我是"特困生""免费生"。初中一年级起我享受助学金，每学期三元五角。现在回想起来似乎是不可思议的事情。每学期三元五角，每个月七角钱。为了这每个月七角钱的助学金，常使我不知如何自我表现，才能觉得自己是一个够资格享受助学金的学生。那是一种很大的精神负担和心理负担。用今天时髦的说法，"活得累"。对于童年和少年时期的我，由于穷困所逼，学校和家都是缺少亮色和欢乐的地方……

回忆不过就是回忆而已。写出来则似乎便有"忆苦"的意味。我更想说的其实是这样两种思想——我们的共和国它毕竟在发展和发达着。咄咄逼人的穷困虽然仍在某些地方和地区存在着，但就大多数人而言，尤其在城市里，当年那一种穷困，毕竟是不普遍的了。如果恰恰读我这一篇短文的同学，亦是今天的一个贫家子弟，我希望他或她能产生这样的想法——梁晓声能从贫困的童年和少年度过到人生的中年,我何不能?我的中年,将比他的中年,还将是更不负年龄的中年呐!

一个人的童年和少年,十分幸福,无忧无虑,被富裕的生活所宠爱着,诚然是令人羡慕的,诚然是一件幸事。我祝愿一切下一代人,都有这样的童年和少年。

但是,如果一个人的童年和少年不是这样,也不必看成是一件很不幸的事。不必以为,自己便是天下最不幸的人了,更不必耽于自哀自怜。我的童年和少年,教我较早地懂了许多别的孩子尚不太懂的东西——对父母的体恤,对兄弟姐妹的爱心,对一切被穷困所纠缠的人们的同情,而不是歧视他们,对于生活负面施加给人的磨难的承受力,自己要求于自己的种种责任感,以及对于生活里一切美好事物的本能的向往,和对人世间一切美好情感的珍重……

这些,对于一个人的一生,都是有益处的。也可以认为,是生活将穷困施加在某人身上,同时赏赐于某人的补偿吧。倘人不用心灵去吸收这些,那么穷困除了是丑恶,便什么对人生多少有点儿促进的作用都没有了……

愿人人都有幸福的童年和少年……

兄　长

　　如果，谁面对自己的哥哥，心底油然冒出"兄长"二字的话，那么大抵，谁已老了。并且，谁的"兄长"肯定更老了。

　　这个"谁"，倘是女性，那时刻她眼里，几乎会漫出泪来；而若是男人，表面即使不动声色，内心也往往百感交集。男人也罢，女人也罢，这种情况之下的他或她以及兄长，又往往早已是没了父母的人了。即使这个人曾有多位兄长，那时大概也只剩对面或身旁那唯一的一个了。于是同时觉得变成了老孤儿，便更加互生怜悯了。老人而有老孤儿的感觉，这一种忧伤最是别人难以理解和无法安慰的，儿女的孝心只能减轻它，冲淡它，却不能完全抵消它。

　　有哥的人的一生里，心底是不大会经常冒出"兄长"二字的。"兄长"二字太过文化了，它一旦从人的心底冒了出来，会使人觉得，所谓手足之情类似一种宗教情愫，于是几乎想要告解一番，仿佛只有那样才能驱散忧伤……

　　几天前，在精神病院的院子里，我面对我唯一的哥哥，心底便忽然冒出了"兄长"二字。那时我忧伤无比，如果附近有教堂，我将哥哥送回病房之后，肯定会去祈祷一番的。我的祷词将会很简单，也很直接："主啊，请保佑我，也保佑我的兄长……"我一点儿也不会因为这样的祈求而感到羞耻。

我的兄长大我六岁,今年已经六十八周岁了。从二十岁起,他一大半的岁月是在精神病院里度过的。他是那么渴望精神病院以外的自由,而只有当我是一个退休之人了,他才会有自由。我祈祷他起码再活十年,不病不瘫地再活十年。我不奢望上苍赐他更长久的生命。因为照他现在的健康情况来看,那分明是不实际的乞求。我也祈祷上苍眷顾于我,使我再有十年的无病岁月。只有在这两个前提之下,他才能过上十年左右精神病院以外的较自由的生活。对于一个四十八年中大部分岁月是在精神病院中度过的,并且至今还被软禁在精神病院里的人,我认为我的乞求毫不过分。如果有上帝、佛祖或其他神明,我愿与诸神达成约定:假使我的乞求被恩准了,哪怕在我的兄长离开人世的第二天,我的生命也必结束的话,那我也宁愿,绝不后悔!

在我头脑中,我与兄长之间的亲情记忆就一件事:大约是我三四岁时,我大病了一场,高烧,母亲后来是这么说的。我却只记得这样的情形——某天傍晚我躺在床上,对坐在床边心疼地看着我的母亲说我想吃蛋糕。之前我在过春节时吃到过一块,觉得那是世上最好吃的东西。外边下着瓢泼大雨,母亲保证说雨一停,就让我哥去为我买两块。当年,在街头的小铺子里,点心乃至糖果也是可以论块买的。我却哭了起来,闹着说立刻就要吃。于是当年十来岁的哥哥脱了鞋、上衣和裤子,只穿裤衩,戴上一顶破草帽,自告奋勇,表示愿意冒雨去为我买回来。母亲被我哭闹得无奈,给了哥哥一角几分钱,于心不忍地看着哥哥冒雨冲出了家门。外边又是闪电又是惊雷的,母亲表现得很不安,不时起身走到窗前往外望。我觉得似乎过了挺长的时间哥哥才回来,他进家门时的样子特滑稽,一手将破草帽紧拢胸前,一手拽着裤衩的上边。母亲问他买到没有,他哭了,说第一家铺子没有蛋糕,只有长白糕,第二家铺子也是,跑到了第三家铺子才买到的。说着,哭着,弯了腰,使草帽与胸口分开,原来两块用纸包着的蛋糕在帽兜里。那时刻他不是像什么落汤鸡,而是像一条刚脱离了河水的娃娃鱼;那时刻他也有点儿像在变戏法,是被强迫着变出蛋糕来的。变是终归变出来了两块,却委实变得太不容易了,所以哭,大约是因为觉得自己笨。

母亲说:"你可可真死心眼儿,有长白糕就买长白糕嘛,何必多跑两家铺子非买到蛋糕不可呢?"

他说:"我弟要吃的是蛋糕,不是长白糕嘛!"

还说,母亲给他的钱,买三块蛋糕是不够的,买两块还剩下几分钱,他自作主张,还为我买了两块酥糖……

"妈,你别批评我没经过你同意啊,我往家跑时都摔倒了。"

其实对于我,长白糕和蛋糕是一样好吃的东西。我已几顿没吃饭了,转眼就将蛋糕狼吞虎咽地吃了下去。

而母亲却发现,哥哥的胳膊肘、膝盖破皮了,正滴着血。当母亲替哥哥用盐水擦过了伤口,对我说也给你哥吃一块糖时,我连最后一块糖也嚼在嘴里了……

是的,我头脑中只不过就保留了对这么一件事的记忆。某些时候我试图回忆起更多几件类似的事,却从没回忆起过第二件。每每我恨他时,当年他那种像娃娃鱼又像变戏法的少年的样子,就会逐渐清楚地浮现在我眼前。于是我内心里的恨意也就会逐渐地软化,像北方人家从前的冻干粮,上锅一蒸,就暄软了。只不过在我心里,热气是回忆产生的。

是的——此前我许多次地恨过哥哥。那一种恨,可以说是到了憎恨的程度。也有不少次,我曾这么祈祷:"上帝呵,让他死吧!"并且,毫无罪过感。

我虽非教徒,但由于青少年时读过较多的外国小说,大受书中人物影响，倍感郁闷、压抑了，往往也会像那些人物似的对所谓上帝发出求助的祈祷。

千真万确，我是多次憎恨过我的哥哥的。

我上小学三年级时，哥哥已经在读初三了，而我从小学四年级到六年级的三年里，正是哥哥从高一到高三的阶段。那时，我又有了两个弟弟一个妹妹。而实际上，家中似乎只有我和两个弟弟一个妹妹四个孩子。除了过年过节和星期日，我们四个平时白天是不太见得到哥哥的。即使星期日，他也不常在家里。我们能见到母亲的时候，并不比能见到哥哥的时候多一些。而作为建筑工人的父亲，则远在大西南。某几年在这一省，某几年在那一省。从我小学一年级的时候起，父亲就援建"大三线"去了——每隔两三年才得以与全家团圆一次，每次十二天的假期。那对父亲来说如同独自一人的万里长征，尽管一路有长途汽车和火车可乘坐，但中途多次转车，从大西南的深山里回到哈尔滨的家里，每次都要经历五六天的疲惫旅程。父亲的工资当年只有六十四元，他每月寄回家四十元，自己花用十余元，每月再攒十余元。如果不攒，他探家时就得借路费了，而且也不能多少带些钱回到家里了。到过我家里的父亲的工友曾同情地对母亲说："梁师傅太仔细了，舍不得买食堂的菜吃，自己买点儿酱买几块豆腐乳下饭，二分钱一块豆腐乳，他往往就能吃三天！"

那话，我是亲耳听到了的。

父亲寄回家的钱，十之八九是我去邮局取的。从那以后，每次看着邮局的人点钱给我，我的心情不是高兴，而竟特别地难受。正是由于那种难受使我暗下决心，初中毕业后，但凡能找到份工作，我一定不读书了，早日为家里挣钱才更要紧！

那话，哥哥也是当面听到了的。

父亲的工友一走，哥哥哭了。

母亲已经当着来人的面落过泪了，见哥哥一哭，便这么劝：儿子别哭。你可一定要考上大学对不对？家里的日子再难，妈也要想方设法供你到大学毕业！等你大学毕业了，家里的日子不就有缓了吗？爸妈不就会得你的接济了吗？弟弟妹妹不就会沾你的光了吗……

从那以后，我们见到哥哥的时候就更少了，学校几乎成了他的家了。从初中起，他就是全校的学习尖子生，也是学生会和团的干部，他属于那种多项荣誉加于一身的学生。这样的学生，在当年，少接受一种荣誉也不可能，那是自己做不了主的事。将学校当成家，一半是出于无奈，一半也是根本由不得他自己做主。我们的家太小太破烂不堪，如同城市里的土坯窝棚。在那样的家里学习，要想始终保持全校尖子生的成绩是不太可能的，所以他整天在学校里，为那些给予他的荣誉尽着尽不完的义务，也为考上大学刻苦学习。

每月四十元的生活费，是不够母亲和我们五个儿女度日的。母亲四处央求人为自己找工作。谢天谢地，那几年临时工作还比较好找。母亲最常干的是连男人们也会叫苦不迭的累活儿脏活儿。然而母亲是吃得了苦的。只要能挣到一份钱，再苦再累再脏的活儿，她也会高高兴兴地去干。每月只不过能挣二十来元吧。那二十来元，对我家的日子作用重大。

一年四季，我和弟弟妹妹们的每一天差不多总是这样开始的：当我们醒来，母亲已不在家里，不知何时上班去了。哥哥也不在家里了，不知何时上学去了。倘是冬季，那时北方的天还没亮。或者，炉火不知何时已生着了，锅里已煮熟一锅粥了，不是玉米粥，便是高粱米粥。或者，只不过半熟，得待我起床了捅旺火接着煮。也或者，灶火并没生，屋里冷森森的，锅里是空的，须我来为弟弟妹妹们弄顿早饭吃。煮玉米粥或高粱米粥是来不及了的，只有现生火，煮锅玉米面粥……

我从小学二三年级起就开始做饭、担水、收拾屋子，做几乎一切的家务了。在当年的哈尔滨，挑一担水回家是不容易的。我家离自来水站较远，不挑水也要走十来分钟。对于才小学二三年级的孩子，挑水得走二十来分钟，因为中途还要歇两三歇。我是决然挑不起两桶水的，一次只能挑半桶。如果我早上起来，发现水缸里居然已快没水了，我对哥哥是很恼火的。我认为挑水这一项家务，不管怎么说也应该是哥哥的事。但哥哥的心思几乎全扑在学习上了，只有星期日他才会想到自己也该挑水的，一想到就会连挑两担，那便足以使水满缸了。而我呢，其实内心里也挺期待他大学毕业以后，能分配到较令人羡慕的工作，挣较多的钱，使全家人过上较幸福的生活。这种期待，往往很有效地消解了我对他的恼火。

然而我开始逃学了。

因为头一天晚上没写完作业或根本就没顾得上写，第二天上午忙得顾此失彼，终究还是没得空写——我逃学。

因为端起锅时，衣服被锅底灰弄黑了一大片，洗了干不了，不洗再没别的衣服可换（上学穿的一身衣服当然是我最体面的一身衣服了）——我逃学。

因为一上午虽然诸事忙碌得还挺顺利，但是背上书包将要出门时，弟弟妹妹们眼巴巴地望着我，显出我一走他们会害怕的表情时——我逃学。

因为外边大雪纷飞，天寒地冻，而家里若炉火旺着，我转身一走不放心，若将炉火压住，家里必也会冷得冻手冻脚——我逃学。

因为外边在下雨，由于房顶处处破损，屋里也下小雨，我走了弟弟妹妹们不知如何是好——我逃学……

我对每一次逃学几乎都有自认为正当的辩护理由。而逃学这件事，是要付出一而再，再而三的代价的。我头一天若逃学了，晚上会睡不着觉，唯恐面对老师当着全班同学面的训问不知如何回答是好。结果第二天又逃学，第三天还逃学。最多时，我连续逃学过一个星期，并且教弟弟妹妹们怎样帮我圆谎。纸里包不住火，谎言终究是要被戳穿的。有时是同学受了老师的指派到家里来告知母亲，有时是老师亲自到家里来了。往往母亲明白了真相后，会沉默良久。那时我看出，母亲内心里是极其自责的，母亲分明感觉到对不住我这个二儿子。

而哥哥却生气极了，他往往这么谴责我：你为什么要逃学呢？为什么不爱学习呢？上学对于你就是那么不喜欢的事吗？你看你使妈妈多难堪，多难过！你是不对的！还说谎，会给弟弟妹妹们什么影响？！明天我请假，陪你去上学！

却往往陪我去上学的是母亲，母亲不愿哥哥因为陪我去上学而耽误他的课。

哥哥谴责我时，我并不分辩。我内心里有多种理由，但那不是几句话就自我辩护得明白的。那会儿，我是恨过我的哥哥的。他一贯以学校为家，以学习为"唯此为大"之事。对于家事，却所知甚少。以他那样一名诸荣加身的优秀学生看来，我这样一个弟弟简直是不可理喻的，也是一个令他蒙羞的弟弟。在我的整个小学时期，我是同学们经常羞辱的"逃学鬼"，在哥哥眼中是一个令他失望的、想喜欢也喜欢不起来的弟弟。

一九六二年，我家搬了一次家。饥饿的年头还没过去，我们竟一个也没饿死，几乎算是奇迹。而哥哥对于我和弟弟妹妹，只不过意味着有一个哥哥。他在家也只不过就是我们学习的榜样。

那一年我该考中学了，哥哥将要考大学了。

六月，父亲回来探家了。那一年父亲明显地老了，而且特别瘦，两腮都塌陷了。他快五十岁了，为了这个家，每天仍要挑挑抬抬的。他竟没在饥饿的年代饿倒累垮，想来也算是我家的幸事了。

一天，屋里只有父亲、母亲和哥哥在的时候，父亲忧郁地说："我快干不动了，孩子们一个个全都上学了，花销比以前大多了，我的工资却十几年来一分钱没涨，往后怎么办呢？"

母亲说："你也别太犯愁，那么多年苦日子都熬过来了，再熬几年就熬出头了。"

父亲说："你这么说是怪容易的，实际上你不是也熬得太难了吗？我看，千万别鼓励老大考大学了，让他高中一毕业就找工作吧！"

母亲说："也不是我非鼓励他考大学，他的老师、同学和校领导都来家里做过我的工作，希望我支持他考大学……"

父亲又对哥哥说："老大，你要为家庭，也为弟弟妹妹们做出牺牲！"

哥哥却说："爸，我想过了，将来上大学的几年，争取做到不必您给我寄钱。"

父亲火了，大声嚷嚷："你究竟还是不是我儿子？！难道我在这件事上就一点儿也做不了主了吗？！"

他们都以为我不在家，其实我只不过趴在外屋小炕上看小说呢。那一刻，我的同情是倾向于父亲一边的。

在父亲的压力之下，哥哥被迫停止了高考复习，托邻居的关系，到菜市场去帮着卖菜。

又有一天，哥哥傍晚时回到家里，将他一整天卖菜挣到的两角几分钱交给母亲后，哭了。那一刻，我的同情又倾向于哥哥了。

他的同学和老师都认为，他似乎天生是可以考上北大或清华的学生。我也特别地怜悯母亲，要求她在父亲和哥哥之间立场坚定地反对哪一方，对于她都未免太难了。是我和哥哥一道将父亲送上返回四川的列车的。父亲从车窗探出头对哥哥说："老大，我该说的都说了，你自己再三考虑吧！"父亲流泪了，哥哥也流泪了，列车就在那时开动了。等列车开远,我对哥哥说:"哥,我恨你!"依我想来,哥哥即使非要考大学不可,那也应该暂且对父亲说句谎话,以使父亲能心情舒畅地离家上路,可他居然不。

多年以后,我理解哥哥了。母亲是将他作为一个"理想之子"来终日教诲的,说谎骗人在他看来是极为可耻的,那怎么还能用谎话骗自己的父亲呢?

哥哥没再去卖菜,也没重新开始备考。他病了,嗓子肿得说不出话,躺了三天。同学来了,老师来了,邻居来了,甚至街道干部也来了,所有的人都认为父亲目光短浅,让他不要听父亲的。连他的中学老师也来了,还带来了退烧消炎的药。居然有那么多的人关心我的哥哥,以至于当年使我心生出了几分嫉妒。直至那时,我在街坊四邻和老师同学眼中,仍是一个不太让家长省心的孩子。

哥哥考上了唐山铁道学院——他是为母亲考那所学院的。哈尔滨当年有不少老俄国时期留下的漂亮的铁路员工房。母亲认为,只要哥哥以后成了铁道工程师,我家也会住上那种漂亮的铁路房。

父亲给家里写了一封有一半错字的亲笔信,以严厉到不能再严厉的词句责骂哥哥。哥哥带着对父亲对家庭对弟弟妹妹的深深的内疚踏上了开往唐山的列车。

我上的中学,恰是哥哥的母校。不久全校的老师几乎都认得我了。有的老师甚至在课堂上问:"谁是梁绍先的弟弟?"——哥哥虽然考上的不是清华、北大,但他是在发着烧的情况之下去考的呀!而且他放弃了几所保送的大学,他是为了遵从母命才考唐山铁道学院的!一九六二年,在哈尔滨,底层人家出一名大学生,是具有童话色彩的事情。这样的一个家庭,全家人都是受尊敬的。

我这名初中生的虚荣心在当年获得了巨大的满足,我开始以哥哥为荣,我也暗自发誓要好好学习。第一个学期几科考下来,平均成绩九十几分,我对自己满怀信心。

饥饿像一只大手,依然攥紧着大多数中国人的胃,从草根草籽到树叶树皮,底层中国人几乎将一切能吃的东西都吃遍了,吃光了,并尝试吃许多自认为可以吃的,以前没吃过不敢吃的东西。父亲在大西北挨饿,哥哥在大学里挨饿,母亲和我们在家里挨饿。哥哥居然还不算学校里家庭生活最困难的学生,他每月仅领到九元钱的助学金。他又成了大学里的学生会干部,故须带头减少口粮定量,据说是为了支援亚非拉人民闹革命。父亲不与哥哥通信,不给他寄钱,也挤不出钱来寄给他。哥哥终于也开始撒谎了——他写信告诉家里,不必为他担什么心,说父亲每月寄给他十元钱。那么,他岂不是每月就有十九元的生活费了吗?这在当年是挺高的生活费标准了,于是母亲真的放心了,并因父亲终于肯宽恕哥哥上大学的"罪过"而感动。哥哥还在信中说他投稿也能挣到稿费。其实他投稿无数,只不过挣到了一次稿费,后来听哥哥亲口说才三元……

哥哥第一个假期没探家,来信说是要带头留在学校勤工俭学。第二个假期也没探家,说是为了等到父亲也有了假期,与父亲同时探家。而实际上,他是因为没钱买车票才探不成家。

哥哥上大学的第二个学年开始不久,家里收到了一封学校发来的电报——"梁绍先患精神病,近日将由老师护送回家"。电文是我念给母亲听的。

母亲呆了,我也呆了。

邻居家的叔叔婶婶们都到我家来了,传看着电报,陪母亲研究着,讨论着——精神病与疯了是一个意思,抑或不是?好心的邻居们都说肯定还是有些区别的。我从旁听着,看出邻居们是出于安慰。我的常识告诉我,那完全是一个意思,但是我不忍对母亲说。

母亲一直手拿着电报发呆,一会儿看一眼,一直坐到了天明。

而我虽然躺下了，却也彻夜未眠。

第二天我正上最后一堂课时，班主任老师将我叫出了教室——在一间教研室里，我见到了分别一年的哥哥，还有护送他的两名男老师。那时天已黑了，北方迎来了第一场雪。护送哥哥的老师说哥哥不记得往家走的路了，但对母校的路熟如家。

我领着哥哥他们往家走时，哥哥不停地问我：家里还有人吗？父亲是不是已经饿死在大西北了？母亲是不是疯了？弟弟妹妹们是不是成了街头孤儿……

我告诉他母亲并没疯时，不禁泪如泉涌。

那时我最大的悲伤是——母亲将如何面对她已经疯了的"理想之子"？

哥哥回来了，全家人都变得神经衰弱了。因为哥哥不分白天黑夜，几乎终日喃喃自语。仅仅十五平方米的一个破家，想要不听他那种自语声，除非躲到外边去。母亲便增加哥哥的安眠药量，结果情况变得更糟，因为那会使哥哥白天睡得多，夜里更无法入睡。但母亲宁肯那样。那样哥哥白天就不太出家门了，而这不至于使邻居们特别是邻家的孩子们因为突然碰到了他而受惊。如此考虑当然是道德的，但我家的日子从此过得黑白颠倒了。白天哥哥在安眠药的作用下酣睡时，母亲和弟弟妹妹们也尽量补觉。夜晚哥哥喃喃自语开始折磨我们的神经时，我们都凭意志力忍着不烦躁。六口人挤着躺在同一铺炕上，希望听不到是不可能的。当年城市背街的居民社区，到了夜晚寂静极了。哥哥那种喃喃自语对于家人不啻是一种刑罚。一旦超过两个小时，人的脑仁儿都会剧痛如灼的。而哥哥却似乎一点儿不累，能够整夜自语。他的生物钟也黑白颠倒了。母亲夜里再让他服安眠药，他倒是极听话的，乖乖地接过就服下去。哥哥即使疯了，也还是最听母亲话的儿子。除了喃喃自语是他无法自我控制的,在别的方面,母亲要求他应该怎样不应该怎样,他都表现得很顺从。弟弟妹妹们临睡前都互相教着用棉团堵耳朵了。母亲睡前也开始服安眠药了。不久,我睡前也开始服安眠药了……

两个月后,精神病院通知家里有床位了。

于是一辆精神病院的专车开来,哥哥被几名穿白大褂的男人强制性地推上了车。当时他害怕极了,不知要将他送到哪里去,对他怎么样。母亲为了使他不害怕,也上了车。

家人的精神终于得以松弛。而我的学习成绩一败涂地。

我又旷了两天课。也不用服安眠药,在家里睡起了连环觉。

哥哥住了三个月的院,在家中休养了一年。他的精神似乎基本恢复正常了。一年后,他的高中老师将他推荐到一所中学去代课,每月能开回三十五元的代课工资了。据说,那所中学的老师们对他上课的水平评价挺高,学生们也挺喜欢上他的课。

那时母亲已没工作可干了,家里的生活仅靠父亲每月寄回的四十元勉强维持。忽然一下子每月多了三十五元,生活改善的程度简直接近于幸福了。

那是我家生活的黄金时期。

家里还买了鱼缸,养了金鱼。也买了网球拍、象棋、军棋、扑克。在母亲,是为了使哥哥愉快。我和弟弟妹妹们都知道这一点的至关重要,都愿意陪哥哥玩玩。

如今想来,那也是哥哥人生中的黄金时期。

他指导我和弟弟妹妹们的学习十分得法,我们的学习成绩都快速地进步了。我和弟弟妹妹们都特别尊敬他了,他也经常表现出对我们每个弟弟妹妹的关心。母亲脸上又开始有笑容了。甚至,有媒人到家里来,希望能为哥哥做成大媒了。

又半年后,哥哥的代课经历结束了。

他想他的大学了。

精神病院开出了"完全恢复正常"的诊断书，于是他又接着去圆他的大学梦了。那一年哥哥读的桥梁设计专业迁到四川去了，而父亲也仍在四川。父亲的工资涨了几元，他也转变态度，开始支持哥哥上大学了。父亲请假到哥哥的大学里去看望了哥哥一次，还与专业领导们合影了。哥哥居然又当上了学生会干部，他的老师称赞他跟上学习并不成问题，同意他从大三第一学期开始续读。因为他在家里自学得不错，大二补考的成绩还是中上。

一切似乎都朝良好的方面进展。

那一年已经是一九六五年了。

然而哥哥的大三却没读完——转年"文革"开始，各大学尤其乱得迅猛，乱得彻底。有人"大串联"去了，有人赴京请愿告状了，有人留在学校打"派仗"。

哥哥又被送回了家里。

这一次他成了"政治型"的疯子。

他见到母亲说的第一句话居然是："妈，我不是'反革命'！"

哈尔滨也成了一座骚乱之城，几乎每天都有令人震动的事发生，也时有悲惨恐怖之事发生。全家人都看管不住哥哥了，经常是，一没留意，哥哥又失踪了。也经常是，三天五天找不到。找到后，每见他是挨过打了。谁打的他，在什么情况下挨的打，我和母亲都不得而知。母亲东借西借，为哥哥再次住院凑钱。钱终于凑够了，却住不进精神病院去。精神病人像急性传染病患者一样一天比一天多，床位极度紧张。盼福音似的盼到了入院通知书，准备的住院费又快花光了。半年后才住上院。那半年里，我和母亲经常在深夜冒着凛冽严寒跟随哥哥满城市四处去"侦察"他幻觉中的"美蒋特务"的活动地点。他说只有他亲自发现了，才能证明自己并非"反革命"。

他又整夜整夜地喃喃自语了。他很可怜地对母亲解释，他不是自己非要那样折磨亲人，而是被特务们用仪器操控的结果，还说他的头也被折磨得整天在疼。母亲则只有泪流不止。

在那样的日子里，我曾暗自祈祷：上帝啊，让我尽快没了这样的一个哥哥吧！

即使那时我也并没恨过哥哥，只不过太可怜母亲。我怕哪一天母亲也精神崩溃了，那可怎么办呢？对于我和弟弟妹妹们，母亲才是无比重要的。我们都怕因为哥哥这样了，哪一天再失去母亲，怕极了。

哥哥住了三个月的院，花去了不少的钱，都是母亲借的钱。报销单据寄往大学，杳无回音。大学已经彻底瘫痪了。而续不上住院费，哥哥被母亲接回家了，他的病情一点儿也没减轻。

在接下来的一年里，全家人的精神又倍受折磨，整天提心吊胆。哥哥接连失踪过几次，有次被关在某中学的地下室，好心人来报信，我和母亲才找到了他，他的眼眶被打青了。还有一次他几乎被当街打死，据说是因为他当众呼喊了句什么反动口号。还有一次是被公安局的"造反派"关押了起来，因为他不知从哪儿搞到了笔和纸，写了一张反动的大字报贴到了公安局门口……

"上山下乡"运动开始了。

我毫不犹豫地第一批就报了名。

每月能挣四十多元钱啊！我要无怨无悔地去挣！那么，家里就交得起住院费了，母亲和弟弟妹妹们就获拯救了。

我下乡的第二年，三弟也下乡了。我和三弟省吃俭用寄回家的钱，几乎全都用来支付哥哥的住院费了。后来四弟工作了，再后来小妹也工作了。他俩的学徒工资头三年每月十八元。尽管如此，还是支付不起哥哥常年的住院费，因为每月要八十几元。但毕竟我们四个弟弟妹妹都能挣钱了。幸而街道挺体恤我家的，经常给开半费住院的证明。而半费的住院者，院方是比较排斥的。故每年有半年的时间，哥哥是住在家里的。

有一年我回家探亲，家里的窗上安装了铁条，钉了木板，玻璃所剩无几；镜子、相框，甚至暖壶，一概易碎的东西一件没有了；菜刀、碗和盘子都锁在箱子里。

我发现，母亲额上有了一处可怕的疤，很深。那肯定是皮开肉绽所造成的。我还在家里发现了自制的手铐、脚镣、铁链，四弟的工友帮着做的。四弟和小妹谈起哥哥简直都谈虎色变了。四弟说哥哥的病不是从前那种"文疯"的情况了。而母亲含着泪说，她额上的伤疤是被门框撞的。那时刻，我内心里产生了憎恨。我认为哥哥已经注定不是哥哥了，而是魔鬼的化身了。那时刻，我暗自祈祷：上帝啊，为了我的母亲、四弟和小妹的安全，我乞求你，让他早点儿死吧！以往我回家，倘哥哥在住院，我必定是要去看望他两次的。第二天一次，临行一次。那次探亲假期里，我一次也没去看他。临行前我对四弟留下了斩钉截铁的嘱咐："能不让他回家就不让他回家！我的一名知青朋友的父亲是民政部的领导，住院费你们别操心，我要让他永远住在精神病院里！"我托了那种关系，哥哥便成了精神病院的半费常住患者……而我回到兵团的次年，成了复旦大学的"工农兵学员"。这件事，我是颇犯过犹豫的。因为我一旦离开兵团，意味着每月不能再往家里寄钱了，并且，还需家里定期接济我一笔生活费。我将这顾虑写信告诉了三弟，三弟回信支持我去读书，保证每月可由他给我寄钱。这样的表示，已使我欣然。何况当时，我自觉身体情况不佳，有些撑不住抬大木那么沉重的劳动了，于是下了离开兵团的决心。

在复旦的三年，我只探过一次家，为了省钱。分配到北京电影制片厂后，我又将替哥哥付医药费的义务承担了。为了可持续地承担下去，我曾打算将独身主义实行到底。两个弟弟和小妹先后成家，在父母的一再劝说和催促之下，我也只有成家了。接着自己也有了儿子，将父母接到北京来住，埋头于创作，在北京"送走"了父亲，又将母亲接来北京，攒钱帮助弟弟妹妹改善住房问题……各种责任纷至沓来，使我除了支付住院费一事，简直忘记了还有一个哥哥。哥哥对于我，似乎只成了"一笔支出"的符号。

一九九七年母亲去世时，我坐在病床边，握着母亲的手，问母亲还有什么要嘱咐我的。

母亲望着我，眼角淌下泪来。

母亲说："我真希望你哥跟我一块儿死，那他就不会拖累你了……"

我心大恸，内疚极了，俯身对母亲耳语："妈妈放心，我一定照顾好哥哥，绝不会让他永远在精神病院里……"

当天午夜，母亲也"走了"……

办完母亲丧事的第二天，我住进一家宾馆，命四弟将哥哥从精神病院接回来。

哥哥一见我，高兴得像小孩似的笑了，他说："二弟，我好想你。"

算来，我竟二十余年没见过哥哥了，而他却一眼就认出了我！

我不禁拥抱住他，一时泪如泉涌，心里连说：哥哥，哥哥，实在是对不起！对不起……

我帮哥哥洗了澡，陪他吃了饭，与他在宾馆住了一夜。哥哥以为他从此自由了。而我只能实话实说：现在还不行，但我一定尽快将你接到北京去！

一返回北京，我动用轻易不敢用的存款，在北京郊区买了房子。简易装修，添置家具。半年后，我将哥哥接到了北京，并动员邻家的一个弟弟"二小"一块儿来了。"二小"也是返城知青，常年无稳定工作、稳定住处。我给他开一份工资，由他来照顾哥哥，可谓一举两得。他对哥哥很有感情，由他来替我照顾哥哥，我放心。

于是哥哥的人生，终于接近是一种人生了。

那三年里，哥哥生活得挺幸福，"二小"也挺知足，他们居然都渐胖了。我每星期去看他们，一块儿做饭、吃饭、散步、下棋，有时还一块儿唱歌……

但好景不长，"二小"回哈尔滨探望他自己的哥哥及妹妹时，某日不慎从高处跌下，不幸身亡。这噩耗使我伤心了好多天，我只好向单位请了假，亲自照看哥哥。

我对哥哥说："哥，二小不能回来照顾你了，他成家了……"

哥哥怔愣良久，竟说："好事。他也该成家了，咱们应该祝贺他，你寄一份礼给他吧。"

我说："照办。但是，看来你又得住院了。"

哥哥说："我明白。"

那年，哥哥快六十岁了。他除了头脑、话语和行动都变得迟钝了，其实没有任何可能具有暴力倾向的表现。相反，倒是每每流露出次等人的自卑来。

我说："哥，你放心，等我退休了，咱俩一块儿生活。"

哥哥说："我听你的。"

哥哥在北京先后住过了几家精神病院，有私立的，也有公立的。现在住的这一家医院，据说是北京市各方面条件最好的。每月费用四千元左右。幸而我还有稿费收入，否则，即或身为教授，只怕也还是难以承担。

前几天，我又去医院看他。天气晴好，我俩坐在院子里的长椅上，我看着他喝酸奶，一边和他聊天。在我们眼前，几只野猫慵懒大方地横倒竖卧。而在我们对面，另一张长椅上坐着一对老伴儿，他们中间是一名五十来岁的健壮患者，专心致志、大快朵颐地吃烧鸡。那一对老伴儿,看上去是从农村赶来的,都七十五六岁了。二老腿旁,也都斜立着树杈削成的拐棍。他们身上落了一些尘土,一脸疲惫。

我问哥:"你当年为什么非上大学不可?"

哥哥说:"那是一个童话。"

我又问:"为什么是童话?"

哥哥说:"妈妈认为只有那样,才能更好地改变咱们家的穷日子。妈妈编那个童话,我努力实现那个童话。当年我曾下过一种决心,不看着你们几个弟弟妹妹都成家立业了,我自己是绝不会结婚的……"

他看着我苦笑。原来哥哥也有过和我一样的想法!我心一疼,黯然无语,呆望着他,像呆望着另一个自己的化身。哥哥起身将塑料盒扔入垃圾桶,复坐下后,看着一只猫反问:"你跟我说的那件事,也是童话吧?"

"什么事?"我的心还在疼着。

"就是,你保证过的,退休了要把我接出去,和我一起生活……"

想来,那一种保证,已是六七年前的事了,不料哥哥始终记着。他显然也一直在盼着。

哥哥已老得很丑了。头发几乎掉光了,牙也不剩几颗了,背驼了,走路极慢了,比许多六十八九岁的人老多了。而他当年,可是一个一身书卷气、儒雅清秀的青年,从高中到大学,追求他的女生多多。

我心又是一疼。

我早已能淡定地正视自己的老了,对哥哥的迅速老去,却是不怎么容易接受的,甚至有几分慌恐、悒惶,正如当年从心理上排斥父亲和母亲无可奈何地老去一样。

"你忘了吗?"哥哥又问,目光迟滞地望着我。我赶紧说:"没忘,哥,你还要再耐心等上两三年……"

"我有耐心。"他信赖地笑了,话说得极自信。随后,眼望向了远处。

其实,我晚年的打算从不曾改变——更老的我,与老态龙钟的哥哥相伴着走向人生的终点,在我看来,倒也别有一种圆满滋味在心头。对于绝大多数的人,人生本就是一堆责任而已。参透此谛,爱情是缘,友情是缘,亲情尤其是缘,不论怎样,皆当润砾成珠。

对面的大娘问:"是你什么人呀?"

我回答:"兄长。"话一出口,自窘起来。现实生活中,谁还说"兄长"二字啊!大娘耳背,转脸问大爷:"是他什么人?"大爷大声冲她耳语:"是他老哥!"我问大娘:"你们看望的是什么人啊?"

她说:"我儿子。"看儿子一眼,她又说:"儿子,慢点儿吃,别噎着。"

大爷说:"为了给他续上住院费,我们把房子卖了。没家了,住女婿家去了……"

他们的儿子津津有味地吃着,似乎老父亲老母亲的话,他一句也没听到。

我心接着一疼。这一次,疼得格外锐利。

我联想到了电视新闻报道的那件事——一位崩溃了毅忍力的母亲,绝望之下毒死了两个一出生便严重智障的女儿;也联想到了电影前辈秦怡在接受采访时讲述的实情——她的患精神病的儿子一犯病往往劈头盖脸地打她……

中国境内,不是所有精神病患者的家里,都有一个有稿费收入的小说家,或一位著名的电影演员啊!

我又暗自祈祷了:上帝啊,人间有些责任,哪怕是最理所当然之亲情责任,亦绝非每一个家庭只靠伦理情怀便承担得了的!您眷顾他们吧,您拯救他们吧……

这一次,在我意识中,上帝不是任何神明,而是——我们的国……

我的父母·我的小学·我的中学

我的父母

一九四九年九月二十二日,我出生在哈尔滨市安平街一个人家众多的大院里,我的家是一间半低矮的俄式房屋。邻院是苏联侨民的教堂,经常举行各种宗教仪式,我从小就听惯了教堂的钟声。

父亲目不识丁,祖父也目不识丁。原籍山东省荣成温泉寨村。上溯十八代乃至二十八代、三十八代,尽是文盲,尽是穷苦农民。

父亲十几岁时,因生活所迫,随村人"闯关东"来到了哈尔滨。

他是我们家族史上的第一个工人,建筑工人。他转折了我们这一梁姓家族的成分。我在小说《父亲》中,用两万余纪实性的文字,为他这个中国农民出身的"工人阶级"立了一篇小传。从转折的意义讲,他是我们家族史上的一座丰碑。

父亲对我走上文学道路从未施加过任何有益的影响,不仅因为他是文盲,也因为从一九五六年起,我七岁的时候,他便离开哈尔滨建设大西北去了。从此每隔两三年他才回家与我们团聚一次,我下乡以后,与父亲团聚一次更不易了。在我的记忆中,父亲是反对我们几个孩子看"闲书"的。见我们捧着一本什么小说看，他就生气。看"闲书"是他这位父亲无法忍受的"坏毛病"。父亲常因母亲给我们钱买"闲书"而对母亲大发其火。家里穷，父亲一个人挣钱养家糊口，也真难为他。每一分钱都是他用汗水换来的。父亲的工资仅够勉强维持一个市民家庭最低水平的生活。

母亲也是文盲。外祖父去读过几年私塾，是东北某农村新中国成立前农民称为"识文断字"的人。故而同是文盲，母亲与父亲不大一样。父亲是个崇尚力气的文盲，母亲是个崇尚文化的文盲。崇尚相左，对我们几个孩子寄托的希望也便截然对立。父亲希望我们将来都能靠力气吃饭，母亲希望我们将来都能成为靠文化自立于社会的人。父亲的教育方式是严厉的训斥和惩罚，父亲是将"过日子"的每一样大大小小的东西都看得很贵重的。母亲的教育方式堪称真正的教育，她注重人格、品德、礼貌和学习方面。值得庆幸的是，父亲常年在大西北，我们从小接受的是母亲的教育。母亲的教育至今仍对我为人处世深有影响。

母亲从外祖父那里知道了许多书中的人物和故事，而且听过一些旧戏，乐于将书中或戏中的人物和故事讲给我们。母亲年轻时记忆强，什么戏剧什么故事，只要听过一遍，就能详细记住。有些戏中的台词唱段，几乎能只字不差地复述。母亲善于讲故事，讲时带有很浓的个人感情色彩。我从五六岁开始，就从母亲口中听到过"包公传""济公传""杨家将""岳家将""侠女十三妹"的故事。母亲是个很善良的女人，善良的女人大多喜欢悲剧。母亲尤其愿意、尤其善于讲悲剧故事，"秦香莲""风波亭""杨继业碰碑""赵氏孤儿""陈州放粮""王宝钏困守寒窑""三勘蝴蝶梦""钓金龟""牛郎织女""天仙配""水漫金山寺""劈山救母""杜十娘怒沉百宝箱"……母亲边讲边落泪，我们边听边落泪。

我于今在创作中追求悲剧情节、悲剧色彩,不能自已地在字里行间里流溢浓重的主观感情色彩,可能正是由于小时候听母亲带着她浓重的主观感情色彩讲了许多悲剧故事的结果。我认为,文学对于一个作家儿童时代的心灵所形成的直接或间接的影响,对一个作家在某一时期或某一阶段的创作风格起着"先天"的、潜意识的作用。

母亲在我们小时候给我们讲故事,当然绝非想要把我们都培养成为作家;而仅靠听故事一个儿童也不可能直接走上文学道路。

我们所住的那个大院,人家多,孩子也多。我们穷,因为穷而在那个大院中受着种种歧视。父亲远在大西北,因为家中没有一个男人而受着种种欺辱。我们是那个市民大院中的人下人。母亲用故事将我们吸引而不是囚禁在家中,免得我们在大院里受欺辱或惹是生非,同时用故事排遣她自己内心深处的种种愁苦。

这样的情形至今仍常常浮现在我眼前:电灯垂得很低,母亲一边在灯下给我们缝补衣服,一边用凄婉的语调讲着她那些凄婉的故事。我们几个孩子,趴在被窝里,露出脑袋,瞪大眼睛凝神谛听,讲到可悲处,母亲与我们唏嘘一片。

如果谁认为一个人没有导师就不可能走上文学道路的话,那么我的回答是——我的第一位导师,是母亲。我始终认为这是我的幸运。

如果我认为我的母亲是我文学上的第一位导师不过分,那么也可以说我的小学语文老师是我文学上的第二位导师。假若在我的生活中没有过她们,我今天也许不会成为作家。

我的小学

我永远忘不了这样一件事:某年冬天,市里要来一个卫生检查团到我们学校检查卫生,班主任老师吩咐两名同学把守在教室门外,个人卫生不合格的学生，不准进入教室。我是不许进入教室的几个学生之一。我和两名把守在教室门外的学生吵了起来，结果他们从教员室请来了班主任老师。

班主任老师上下打量着我，冷起脸问："你为什么今天还要穿这么脏的衣服来上学？"

我说："我的衣服昨天刚刚洗过。"

"洗过了还这么脏？"老师指点着我衣襟上的污迹。

我说："那是油点子，洗不掉的。"

老师生气了："回家去换一件衣服。"

我说："我就这一件上学的衣服。"

我说的是实话。

老师认为我顶撞了她，更加生气了，又看了看我的双手，说："回家叫你妈把你两手的皴用砖头蹭干净了再来上学！"接着像扒乱草堆一样乱扒我的头发，"瞧你这满头虮子，像撒了一脑袋大米！叫人恶心！回家去吧！这几天别来上学了，检查过后再来上学！"

我的双手，上学前用肥皂反复洗过，用砖头蹭也未必能蹭干净。而手的生皴，不是我所愿意的。我每天要洗菜，淘米，刷锅，刷碗。家里的破屋子四处透风，连水缸在屋内都结冰，我的手上怎么不生皴？不卫生是很羞耻的，这我也懂，但卫生需要起码的"为了活着"的条件，这一点我的班主任老师便不懂了。阴暗的，夏天潮湿、冬天寒冷的，像地窖一样的一间小屋，破炕上每晚拥挤着大小五口人，四壁和天棚每天要掉下三斤土，炉子每天要向狭窄的空间飞扬四两灰尘……母亲每天早起晚归去干临时工，根本没有精力照料我们几个孩子，如果我的衣服居然还干干净净，手上没皴，头上没有虮子，那倒真是咄咄怪事了！我当时没看过《西行漫记》，否则一定会顶撞一句："毛主席当年在延安住窑洞时还当着斯诺的面捉虱子呢！"

我认为，对于身为教师者，最不应该的，便是以贫富来区别对待学生。我的班主任老师嫌贫爱富。我的同学中，区长、公社书记、工厂厂长、医院院长的儿女，他们都并非品学兼优的好学生，有的甚至经常上课吃零食、打架，班主任老师却从未严肃地批评过他们一次。

对班主任老师尖酸刻薄的训斥，我只有含侮忍辱而已。

我两眼涌出泪水，转身就走。

这一幕却被语文老师看到了。

她说："梁绍生，你别走，跟我来。"扯住我的一只手，将我带到教员室。她让我放下书包，坐在一把椅子上，又说："你的头发也够长了，该理一理了，我给你理吧！"说着就离开了办公室。学校后勤科有一套理发工具，是专为男教师们互相理发用的。我知道她准是取那套理发工具去了。

可是我心里却不想再继续上学了。因为穷，太穷，我在学校里感到一点尊严也没有。而一个孩子需要尊严，正像需要母爱一样。我是全班唯一的一个免费生。免费对一个小学生来说是精神上的压力和心理上的负担。"你是免费生，你对得起党吗？"哪怕无意识地犯了算不得什么错误的错误，我也会遭到班主任老师这一类冷言冷语的训斥。我早听够了！

语文老师走出教员室，我便拿起书包逃离了学校。我一直跑出校园，跑着回家。

"梁绍生，你别跑，别跑呀！小心被汽车撞了呀！"我听到了语文老师的呼喊。她追出了校园，在人行道上跑着追我。

我还是跑，她紧追。

"梁绍生，你别跑了，你要把老师累坏呀！"

我终于不忍心地站住了。

她跑到我跟前,已气喘吁吁。

她说:"你不想上学啦?"

我说:"是的。"

她说:"你才小学四年级,学这点文化将来够干什么用?"

我说:"我宁肯和我爸爸一样将来靠力气吃饭,也不在学校里忍受委屈了!"

她说:"你这种想法是错误的。小学四年级的文化,将来也当不了一个好工人!"

我说:"那我就当一个不好的工人!"

她说:"那你将来就会恨你的母校,恨母校所有的老师,尤其会恨我。因为我没能规劝你继续上学!"

我说:"我不会恨您的。"

她说:"那我自己也不会原谅我自己!"

我满腔自卑、委屈、羞耻和不平,哇的一声哭了。她抚摸着我的头,低声说:"别哭,跟老师回学校吧,啊?我知道你们家里生活很穷困,这不是你的过错,没有什么值得自卑和羞耻的。你要使同学们看得起你,每一位老师都喜爱你,今后就得努力学习才是啊!"

我只好顺从地跟她回到了学校。

如今想起这件事,我仍觉后怕。没有我这位小学语文老师,依着我从父亲的秉性中继承下来的那种九头牛拉不动的倔强劲儿,很可能连我母亲也奈何不得我,当真从小学四年级就弃学了。那么今天我既不可能成为作家,也必然像我的那位小学语文老师说的那样——当不了一个好工人。

一位会讲故事的母亲和从小的穷困生活,是造成我这样一个作家的先决因素。狄更斯说过——穷困对于一般人是种不幸,但对于作家也许是种幸运。的确,对我来说,穷困并不仅仅意味着童年生活的不遂人愿。它促使我早熟，促使我从童年起就开始怀疑生活，思考生活，认识生活，介入生活。虽然我曾千百次地诅咒过穷困，因穷困感到过极大的自卑和羞耻。

我发现自己也具有讲故事的"才能"，是在小学二年级。认识字了，语文课本成了我最早阅读的书籍，新课本发下来未过多久，我就先自己通读一遍了。当时课文中的生字，标有拼音，读起来并不难。

一天，我坐在教室外的楼梯台阶上正聚精会神地看语文课本，教语文课的女老师走上楼，好奇地问："你在看什么书？"我立刻站起，规规矩矩地回答："语文课本。"老师又问："哪一课？"我说："下堂您要讲的新课——《小山羊看家》。""这篇课文你觉得有意思吗？""有意思。""看过几遍了？""两遍。""能讲下来吗？"我犹豫了一下，回答："能。"上课后，老师把我叫起，对同学们说："这一堂讲第六课——《小山羊看家》。下面请梁绍生同学先把这一篇课文讲述给我们听。"

我的名字本叫梁绍生，梁晓声是我在"文革"中自己改的名字。"文革"中兴起过一阵改名的时髦风，我在一张辞去班级"勤务员"职务的声明中首次署了现在的名字——梁晓声。

我被老师叫起后，开始有些发慌，半天不敢开口。老师鼓励我："别紧张，能讲述到哪里，就讲述到哪里。"我在老师的鼓励下，终于开口讲了："山羊妈妈有四个孩子，一天，山羊的妈妈要离开家……"

当我讲完后，老师说："你讲得很好，坐下吧！"看得出，老师心里很高兴。

全班同学都很惊异，对我十分羡慕。

一个穷困人家的孩子，他没有任何值得自我炫耀的地方，当他的某一方面"才能"得以当众展示，并且被羡慕，并且受到夸奖，他心里自然充满骄傲。

以后,语文老师每讲新课,总是提前几天告诉我,嘱我认真阅读,到讲那一堂新课时,照例先把我叫起,让我首先讲述给同学们听。

我的语文老师,是一位主张灵活教学的老师。她需要我这样一名学生,喜爱我这样一名学生。因为我的存在,使她在我们这个班讲的语文课生动活泼了许多。而我也同样需要这样一位老师,因为是她给予了我在全班同学面前展示自己讲故事"才能"的机会。而这样的机会当时对我来说是重要的,使我幼小的意识中也有一种骄傲存在着、满足着我匮乏的虚荣心。后来,老师的这一语文教学方法,在全校推广开来,引起区和市教育局领导同志的兴趣,先后到我们班听过课。从小学二年级至六年级,我和我的语文老师一直配合得很默契。她喜爱我,我尊敬她。小学毕业后,我还回母校看望过她几次。"文革"开始,她因是市的教育标兵,受到了批斗。记得有一次我回母校去看她,她刚刚被批斗完,握着扫帚扫校园,剃了"鬼头",脸上的墨迹也不许她洗去。

我见她那样子,很难过,流泪了。

她问:"梁绍生,你还认为我是一个好老师吗?"

我回答:"是的,您在我心中永远是一位好老师。"

她惨然地苦笑了,说:"有你这样一个学生,有你这样一句话,我挨批挨斗也心甘情愿了!走吧,以后别再来看老师了,记住老师曾多么喜爱你就行!"

那是我最后一次见到她。

不久之后,她跳楼自杀了。

她不但是我的小学语文老师,还是我小学母校的少先队辅导员老师。她在同学们中组织起了全市小学校的第一个"故事小组"和第一个"小记者委员会"。我小学时不是个好学生,经常逃学,不参加校外学习小组,除了语文成绩较好,算术、音乐、体育都仅是个"中等"生,直到五年级才入队。还是在我这位语文老师的多次力争下有幸戴上了红领巾,也是在我这位语文老师的力争下才成为"故事小组"和"小记者委员会"的成员。对此我的班主任老师很有意见,认为她所偏爱的是一个坏学生。我逃学并非因为我不爱学习。那时母亲天不亮就上班去了,哥哥已上中学,是校团委副书记兼学生会主席,也跟母亲一样,早晨离家,晚上才归,全日制,就苦了我。家里还有两个弟弟一个妹妹,我得给他们做饭吃,收拾屋子和担水,他们还常常哭着哀求我在家陪他们。将六岁、四岁、二岁的小弟小妹撇在家里,我常常于心不忍,便逃学,不参加校外学习小组。班主任老师从来也没有到我家进行过家访,因而不体谅我也就情有可原,认为我是一个坏学生更理所当然。班主任老师不喜欢我,还因为穿在我身上的衣服一向很不体面,不是过于肥大就是过于短小,不仅破,而且脏,衣襟几乎天天带着锅底灰和做饭时弄上的油污。在小学没有一个和我要好的同学。

  语文老师是我小学时期在学校里的唯一的一个朋友。我至今不忘她,永远都难忘。不仅因为她是我小学时期唯一关心过我、喜爱过我的一位老师,不仅因为她给予了我唯一的竖立起自豪感的机会和方式,还因她将我向文学的道路上推进了一步——从听故事到讲故事。语文老师牵着我的手,重新把我带回了学校,重新带到教员室,让我重新坐在那把椅子上,开始给我理发。语文教员室里的几位老师百思不得其解地望着她。一位男老师对她说:"你何苦呢?你又不是他的班主任。曲老师因为这个学生都对你有意见了,你一点不知道?"她笑笑,什么也未回答。她一会儿用剪刀剪,一会儿用推子推,将我的头发剪剪推推摆弄了半天,总算"大功告成"。她歉意地说:"老师没理过发,手太笨,使不好推子也使不好剪刀,大冬天的给你理了个小平头,你可别生老师的气呀!"

教员室没面镜子。我用手一摸,平倒是很平,头发却短得不能再短了。哪里是"小平头",分明是被剃了一个不彻底的秃头。虮子肯定不存在了,我的自尊心也被剪掉剃平了。

我并未生她的气。随后她又拿起她的脸盆,领我到锅炉房,接了半盆冷水再接半盆热水,兑成一盆温水,给我洗头,洗了三遍。只有母亲才如此认真地给我洗过头。我的眼泪一滴滴落在脸盆里。她给我洗好头,再次把我领回教员室,脱下自己的毛坎肩,套在我身上,遮住了我衣服前襟那片无法洗掉的污迹。她身材娇小,毛坎肩是绿色的,套在我身上尽管不伦不类,却并不显得肥大。教员室里的另外几位老师,瞅着我和她,一个个摇头不止,忍俊不禁。她说:"走吧,现在我可以送你回到你们班级去了!"她带我走进我们班级的教室后,同学们顿时哄笑起来。大冬天的,我竟剃了个秃头,棉衣外还罩了件绿坎肩,模样肯定是太古怪太滑稽了!

她生气了,严厉地喝问我的同学们:"你们笑什么?有什么可笑的?哄笑一个同学迫不得已的做法是可耻的行为!如果我是你们的班主任,谁再敢哄笑我就把谁赶出教室!"

这话她一定是随口而出的,绝不会有任何针对我的班主任老师的意思。我看到班主任老师的脸一下子拉长。班主任老师也对同学们呵斥:"不许笑!这又不是耍猴!"班主任老师的话,更加使我感到被当众侮辱,而且我听出来了,班主任老师的话中,分明包含着针对语文老师的不满成分。语文老师听没听出来,我无法知道。我未看出她脸上的表情有什么变化。她对班主任老师说:"曲老师,就让梁绍生上课吧!"班主任老师拖长语调回答:"你对他这么尽心尽意,我还有什么话可说?"

市教育局卫生检查团到我们班检查卫生时,没因为我们班有我这样一个剃了秃头，棉袄外套件绿色毛坎肩的学生而在我们教室门上贴一面黄旗或黑旗。他们只是觉得我滑稽古怪，惹他们发笑而已……

从那时起直至我小学毕业，我们班主任老师和语文老师的关系一直不融洽。我知道这一点，我们班级的所有同学也都知道这一点，而这一点似乎完全是由于我这个学生导致的。几年来，我在一位关心我的老师和一位讨厌我的老师之间，处处谨小慎微，循规蹈矩，力不胜任地扮演一架天平上的小砝码的角色。扮演这种角色，对于一个小学生的心理，无异于扭曲，对我以后的性格形成不良影响，使我如今不可救药地成了——一个忧郁型的人。

我心中暗暗铭记语文老师对我的教诲，学习努力起来，成绩渐好。

班主任老师却不知为什么对我愈发冷漠无情了。

四年级上学期期末考试，我的语文和算术破天荒地拿了"双百"，而且《中国少年报》选登了我的一篇作文，市广播电台"红领巾"节目也广播了我的一篇作文，还有一篇作文用油墨抄写在儿童电影院的宣传栏上。同学对我刮目相看了，许多老师也对我和蔼可亲了。

校长在全校师生大会上表扬了我的语文老师，充分肯定了在我这个一度被视为坏学生的转变和进步过程中，她所付出的种种心血，号召全校老师向她那样对每一个学生树立起高度的责任感。

受到表扬有时对一个人不是好事。

在她没有受到校长的表扬之前，许多师生都公认，我的"转变和进步"，与她对我的教育是分不开的。而在她受到校长的表扬之后，某些老师竟认为她是一个"机会主义者"了。"文革"期间，有一张攻击她的大字报，赫赫醒目的标题即是——"看机会主义者××是怎样在教育战线进行投机和沽名钓誉的！"

而我们班的几乎所有同学，都不知掌握了什么证据，断定我那三篇给自己带来荣誉的作文,是语文老师替我写的。于是流言传播,闹得全校沸沸扬扬。

  四年级二班的梁绍生,
  是个逃学精,
  老师替他写作文,
  《少年报》上登,
  真该用屁崩!
  ……

  一些男同学,还编了这样的顺口溜,在我上学和放学的路上,包围着我讥骂。班主任老师目睹过我被凌辱的情形,没有制止。

  班主任老师对我冷漠无情到了视而不见的地步。她教算术,在她讲课时,连扫也不扫我一眼了。她提问或者叫同学在黑板上解答算术题时,无论我将手举得多高,都无法引起她的注意。

  一天,在她的课堂上,同学们做题,她坐在讲桌前批改作业本。教室里静悄悄的。"梁绍生!"她突然大声叫我的名字。我吓了一跳,立刻怯怯地站了起来。全体同学都停了笔。"到前边来!"班主任老师的语调中隐含着一股火气。我惴惴不安地走到讲桌前。

  "作业为什么没写完?"

  "写完了。"

  "当面撒谎!你明明没写完!"

  "我写完了,中间空了一页。"

  我的作业本中夹着印废了的一页,破了许多小洞,我写作业时随手翻过去了,写完作业后却忘了扯下来。我低声下气地向她承认是我的过错。她不说什么,翻过那一页,下一页竟仍是空页。我万没想到我写作业时翻得匆忙,会连空两页。她拍了一下桌子:"撒谎!撒谎!当面撒谎!你明明是没有完成作业!"我默默地翻过了第二页空页,作业本上展现出了我接着做完的作业。她的脸倏地红了:"你为什么连空两页?!想要捉弄我一下是不是?!"

我垂下头,讷讷地回答:"不是。"

她又拍了一下桌子:"不是?!我看你就是这个用意!你别以为你现在是个出了名的学生了,还有一位在学校里红得发紫的老师护着你,托着你,拼命往高处抬举你,我就不敢批评你了!我是你的班主任,你的小学鉴定还得我写呢!"

我被彻底激怒了!我不能容忍任何人在我面前侮辱我的语文老师!我爱她!她是全校唯一使我感到亲近的人!我觉得她像我的母亲一样,我内心里是视她为我的第二个母亲的!

我突然抓起了讲台桌上的红墨水瓶。班主任以为我要打在她脸上,吃惊地远远躲开我,喝道:"梁绍生,你要干什么?!"我并不想将墨水瓶打在她脸上,我只是想让她知道,我是一个人,在忍无可忍的情况下我是会愤怒的!我将墨水瓶使劲摔到墙上。墨水瓶粉碎了,雪白的教室墙壁上出现了一片"血"迹!我接着又将粉笔盒摔到了地上。一盒粉笔尽断,四处滚去。教室里长久的一阵鸦雀无声,直至下课铃响。那天放学后,我在学校大门外守候着语文老师回家。她走出学校时,我叫了她一声。她奇怪地问:"你怎么不回家?在这里干什么?"我垂下头去,低声说:"我要跟您走一段路。"她沉思地瞧了我片刻,一笑,说:"好吧,我们一块儿走。"我们便默默地向前走。她忽然问:"你有什么事要告诉我吧?"我说:"老师,我想转学。"她站住,看着我,又问:"为什么?"我说:"我不喜欢我们班级!在我们班级我没有朋友,曲老师讨厌我!要不请求您把我调到您当班主任的四班吧!"我说着想哭。"那怎么行?不行!"

她语气非常坚决,"以后你再也不许提这样的请求!"我也非常坚决地说:"那我就只有转学了!"眼泪涌出了眼眶。

她说:"我不许你转学。"我觉得她不理解我,心中很委屈,想跑掉。

她一把扯住我,说:"别跑。你感到孤独是不是?老师也常常感到孤独啊!你的孤独是穷困带来的,老师的孤独……是另外的原因带来的。你转到其他学校也许照样会感到孤独的。我们一个孤独的老师和一个孤独的学生不是更应该在一所学校里吗?转学后你肯定会想念老师,老师也肯定会想念你的。孤独对一个人不见得是坏事……这一点你以后会明白的。再说你如果想有朋友,你就应该主动去接近同学们,而不应该对所有的同学都充满敌意,怀疑所有的同学心里都想欺负你……"

我的小学语文老师她已成泉下之人近二十年了。我只有在这篇纪实性的文字中,表达我对她虔诚的怀念。

教育的社会使命之一,就是应首先在学校中扫除嫌贫谄富媚权的心态!

而嫌贫谄富,在我们这个国家,在我们这个国家的小学、中学乃至大学,在二十一世纪的今天,依然不乏其例。

因为我小学毕业后,接着进入了中学,而后又进入过大学,所以我有理由这么认为。

我诅咒这种现象!鄙视这种现象!

我的中学

我的中学时代是我真正开始接受文学作品熏陶的时代。比较起来,我中学以后所读的文学作品,还抵不上我从一九六三年至一九六八年下乡前这五年内所读过的文学作品多。

在小学五六年级,我已读过了许多长篇小说。我读的第一部中国长篇小说是《战斗的青春》;读的第一部外国长篇小说是《钢铁是怎样炼成的》。

而在中学我开始知道了托尔斯泰、巴尔扎克、雨果、车尔尼雪夫斯基、陀思妥耶夫斯基、高尔基等外国伟大作家的名字,并开始喜爱上了他们的作品。

我在我的短篇小说《这是一片神奇的土地》中有几处引用了希腊传说中的典故,某些评论家们颇有异议,认为超出了一个中学生的阅读范围。我承认我在引用时,有自我炫耀的心理作怪。但说"超出"了一个中学生的阅读范围,证明这样的评论家根本不了解中学生,起码不了解六十年代的中学生。

我的中学母校是哈尔滨市第二十九中学,一所普通的中学。在我的同学中,读长篇小说根本不是什么新鲜事。不分男女同学,大多数都喜欢读长篇小说。古今中外,凡是能弄到手的都读。一个同学借到或者买到一本好小说,首先会在几个亲密的同学之间传看。传看的圈子往往无法限制,有时扩大到几乎全班。

外国一位著名的作家和一位著名的评论家之间曾经有过下面的有趣而睿智的谈话:

> 作家:最近我结识了一位很天才的评论家。
> 评论家:最近我结识了一位很天才的作家。
> 作家:他叫什么名字?
> 评论家:青年。你结识的那位天才的评论家叫什么名字?
> 作家:他的名字也叫青年。

青年永远是文学的最真挚的朋友，中学时代正是人的崭新的青年时代。他们通过拥抱文学来拥抱生活，他们是最容易被文学作品感动的最广大的读者群。今天我们如果进行一次有意义的社会调查，结果肯定也是如此。

我在中学时代能够读到不少真正的文学作品，还应当感谢我的母亲。母亲那时已被铁路上解雇，在一个加工棉胶鞋鞋帮的条件低劣的小工厂工作，每月可挣三十几元钱贴补家用。

我们渴望读书。只要是为了买书，母亲给我们钱时从未犹豫过。母亲没有钱，就向邻居借。

家中没有书架，也没有摆书架的地方。母亲为我们腾出一只旧木箱，我们买的书，包上书皮儿，看过后存放在箱子里。

最先获得买书特权的，是我的哥哥。

哥哥也酷爱文学。我对文学的兴趣，一方面是母亲以讲故事的方式不自觉地培养的结果，另一方面是受哥哥的熏染。我之所以走上文学道路，哥哥起的作用，不亚于母亲和我的小学语文老师起的作用。

六十年代的教学，比今天更体现对学生素养的普遍重视。哥哥高中读的已不是"语文"课本，而是"文学"课本。

哥哥的"文学"课本，便成了我常常阅读的"文学"书籍。有一次哥哥上课竟找不到课本了，因为我头一天晚上从哥哥的书包里翻出来看没有放回去。

一册高中生的"文学"课本，其文学内容之丰富，绝不比现在的一本什么文学刊物差，甚至要比现在的某些文学刊物的内容更丰富，水平更优秀。收入高中"文学"课本中的，大抵是古今中外优秀文学作品的章节。古今中外的诗歌、散文、小说、杂文，无所偏废。"岳飞枪挑小梁王""鲁提辖拳打镇关西""杜十娘怒沉百宝箱"，鲁迅、郁达夫、茅盾、叶圣陶的小说，郭沫若的词，闻一多、拜伦、雪莱、裴多菲的诗，马克·吐温、欧·亨利、高尔基的小说……货真价实的一册综合性文学刊物。

那时的高中"文学"课多么好！

我相信，六十年代的高中生可能有不愿上代数课的，有不愿上物理课、化学课、政治课的，但如果谁不愿上"文学"课则太难理解了！

我到北大荒后，曾当过小学老师和中学老师，教过语文。七十年代的中小学语文课本，让我这样的老师根本不愿拿起来，远不如"扫盲运动"中的工农课本。

当年，哥哥读过的"文学"课本，我都一册册保存起来，成了我的首批"文学"藏书。哥哥还很舍不得将它们给予我呢！

哥哥无形中取代了母亲家庭"故事员"的角色。每天晚上，他做完功课，便捧起"文学"课本，为我们朗读，我们理解不了的，他就用心启发我们。

一个高中生朗读的"文学"，比一位没有文化的母亲讲的故事当然更是文学的"享受"。某些我曾听母亲讲过的故事，如"牛郎织女""天仙配""白蛇传"，由哥哥照着课本一句句朗读给我们听，产生的感受也大不相同。从母亲口中，我是听不到哥哥从高中"文学"课本读出来的那些文学词句的。我从母亲那里获得的是"口头文学"的熏陶，我从哥哥那里获得的才是真正的文学的熏陶。

感激六十年代的高中"文学"教科书的编者们！

哥哥还经常从他的高中同学们手中将一些书借回家里来看。他和他的几名要好的男女同学还组成了一个"阅读小组"。哥哥的高中母校是哈尔滨一中，是重点学校。在他们这些重点学校的喜爱文学的高中生之间，阅读外国名著蔚然成风。他们那个"阅读小组"还有一张大家公用的哈尔滨图书馆的借书证。

哥哥每次借的书，我都请求他看完后迟还几天，让我也能看。哥哥一向满足我的愿望。

可以说我是从大量阅读外国作品开始真正接触文学的。我受哥哥的影响，非常崇拜苏俄文学，至今认为苏俄文学是世界上伟大的文学。当代苏联文学不但继承了俄罗斯文学传统，在借鉴西方现代派文学方面，也比我们捷足先登。当代苏联文学可以明显地看到现实主义和现代派文学的有机结合。苏联电影在这方面进行了更为成功的实践。

回顾我所走过的道路，连自己也能看出某些拙作受苏俄文学的潜移默化的影响，而在文字上则接近翻译体小说。后来才在创作实践中渐渐意识到自己中华民族文学语言的基本功很弱，才开始注重对中国小说的阅读，才开始在实践中补习中国传统小说这一课。

我除了看自己借到的书，看哥哥借到的书，小人书铺是中学时代的"极乐园"。

那时我们家已从安平街搬到光仁街住了。像一般的家庭主妇们新搬到一地，首先关心附近有几家商店一样，我首先寻找的是附近有没有小人书铺。令我感到庆幸的是，那一带的小人书铺真不少。

从我们家搬到光仁街后到我下乡前，我几乎将那一带小人书铺中我认为好的小人书看遍了。

我看小人书，怀着这样的心理：自己阅读长篇小说时头脑中想象出来的人物是否和小人书上画出来的人物形象一致。二者接近，我便高兴。二者相差甚远，我则重新细读某部长篇小说，想要弄明白个所以然。有些长篇小说，就是在这样的情况下读过两遍的。

谈到读长篇，我想到了《红旗谱》，我认为它是新中国成立以来中国最优秀的长篇小说。由《红旗谱》我又想起两件事。

我买《红旗谱》，只有向母亲要钱。为了要钱才去母亲做活的那个条件低劣的街道小工厂找母亲。

那个街道小工厂，二百多平方米的四壁颓败的大屋子，低矮、阴暗、天棚倾斜，仿佛随时会塌下来。五六十个家庭妇女，一人坐在一台破旧的缝纫机旁，一双接一双不停歇地加工棉胶鞋鞋帮，到处堆着毡团。空间里毡绒弥漫，所有女人都戴口罩。几扇窗子一半陷在地里，无法打开，空气不流通，闷得使人头晕。耳畔脚踏缝纫机的声音响成一片，女工们彼此说话，不得不摘下口罩，扯开嗓子。话一说完，就赶快将口罩戴上。她们一个个紧张得不直腰，不抬头，热得汗流浃背。

有几个身体肥胖的女人，竟只穿着件男人的背心。我站在门口，用目光四处寻找母亲，却认不出在这些女人中，哪一个是我的母亲。

负责给女工们递送毡团的老头问我找谁，我向他说出了母亲的名字。

我这才发现，最里边的角落，有一个瘦小的身躯，背对着我，像八百度的近视眼写字一样，低头垂向缝纫机，正做活。

我走过去，轻轻叫了一声："妈……"

母亲没听见。

我又叫了一声。

母亲仍未听见。

"妈！"我喊起来。

母亲终于抬起了头。

母亲瘦削而憔悴的脸，被口罩遮住三分之二。口罩已湿了，一层毡绒附着在上面，使它变成了毛茸茸的褐色。母亲的头发上、衣服上也落满了毡绒，母亲整个人都变成了毛茸茸的褐色。这个角落更缺少光线，更暗。一只可能是一百度的灯泡，悬吊在缝纫机上方，向窒闷的空间继续散热，一股蒸腾的热气顿时包围了我。缝纫机板上水淋淋的，是母亲滴落的汗。母亲的眼病常年不愈，红红的眼睑夹着黑白混浊的眼睛，目光呆滞地望着我，问："你到这里来干什么？找妈有事？"

"妈，给我两元钱……"我本不想再开口要钱。亲眼看到母亲是这样挣钱的，我心里难受极了。可不想说的话，说了，我追悔莫及。

"买什么？"

"买书……"

母亲不再多问，手伸入衣兜，掏出一卷毛票，默默点数，点够了两元钱递给我。

我犹豫地伸手接过。

离母亲最近的一个女人，停止做活，看着我问："买什么书啊？这么贵！"

我说："买一本长篇。"

"什么长篇短篇的！你瞧你妈一个月挣三十几元钱容易吗？你开口两元，你妈这两天的活白做了！"那女人将脸转向母亲，又说，"大姐你别给他钱！你是当妈的，又不是奴隶！供他穿，供他吃，供他上学，还供他花钱买闲书看吗？你也太顺他意了！他还能出息成个写书的人咋的？"

母亲淡然苦笑，说："我哪敢指望他能出息成个写书的人呢！我可不就是为了几个孩子才做活的么！这孩子和他哥一样，不想穿好的，不想吃好的，就爱看书！反正多看书对孩子总是有些教育的，算我这两天白做了呗！"说着，俯下身继续蹬缝纫机。

那女人独自叹道："唉，这老婆子，哪一天非为了儿女们累死在缝纫机旁！……"

我心里内疚极了，一转身跑出去。

我没有用母亲给我那两元钱买《红旗谱》。

几天前母亲生了一场病，什么都不愿吃，只想吃山楂罐头，却没舍得花钱给自己买。

我就用那两元钱，几乎跑遍了道里区的大小食品商店，终于买到了一听山楂罐头，剩下的钱，一分也没花。母亲下班后，发现了放在桌上的山楂罐头，沉下脸问："谁买的？"我说："妈，我买的。用你给我那两元钱为你买的。"说着将剩下的钱从兜里掏出来也放在桌上。"谁叫你这么做的？"母亲生气了。我讷讷地说："谁也没叫我这么做，是我自己……妈，我今后再也不向你要钱买书了！……""你向妈要钱买书妈不给过你吗？那你为什么还说这种话？一听罐头，妈吃不吃又能怎么样呢？还不如你买本书，将来也能保存给你弟弟们看……""我……妈，你别去做活了吧！……"我扑在母亲怀里，哭了。母亲变得格外慈爱。她抚摸着我的头发，许久又说："妈妈不去做活，靠你爸每月寄回家那点钱，日子没法过啊……"

《红旗谱》这本书没买，我心里总觉得是一个很大愿望没实现。那时我已有了六七十本小人书，我便想到了出租小人书。我的同学中就有出租过小人书的。一天少可得两三毛钱，多可得四五毛钱，再买新书，以此法渐渐增多自己的小人书。

一个星期天，我将自己的全部小人书背着母亲用块旧塑料布包上，带着偷偷溜出家门，来到火车站。在站前广场，苏联红军烈士纪念碑下，铺开塑料布，摆好小人书，坐一旁期待。

火车站是租小人书的好地方。我的书摊前渐渐围了一圈人，大多是候车或转车的外地人。我不像我的那几个租过小人书的同学，先收钱。我不按小人书的页数决定收几分钱，厚薄一律二分。我预想周到，带了一截粉笔，画线为"界"。要求看书者们必须在"界"内，我自己在"界"外。这既有利于他们，也方便于我。他们可以坐在纪念碑台阶上，我盘腿坐在他们对面，精力集中地注意他们，防止谁贪小便宜将我的书揣入衣兜。看完了的，才许跨出"界"外，一手还书，一手交钱。我管理有方，"生意"竟很兴隆，心中无比喜悦。

"喂，起来，起来！"背后一个声音忽然对我吆喝，一只皮鞋同时踢我屁股。我站起来，转身一看，是位治安警察。"你们，把书都放下！"戴着白手套的手，朝那些看书的人指。人们纷纷站起，将书扔在塑料布上，扫兴离去。治安警察命令："把书包起来。"我情知不妙，一声不敢吭，赶紧用塑料布将书包起来，抱在怀里。那治安警察将它一把从我怀中夺过去，迈步就走。我扯住他的袖子嚷："你干什么呀你？""干什么？"他一甩胳膊挣脱我的手，"没收了！""你凭什么没收我的书呀？""凭什么？"他指指写有"治安"二字的袖标，"就凭这个！这里不许出租小人书你知道不知道？""我……我不知道，我今后再也不到这儿来出租小人书了！……"我央求他，快急哭了。"那么说你今后还要到别的地方去出租啦？""不，我不是那个意思，我今后哪儿也不去出租了，你还给我，还给我吧！……""一本不还！"

那个治安警察真是冷酷，说罢大步朝站前派出所走去。我哇的一声哭了，我追上他，哭哭啼啼，由央求而哀求。他被我纠缠火了，厉声喝道："再跟着我，连你也扯到派出所去！"我害怕了，不敢继续哀求，眼睁睁看着他扬长而去……我失魂落魄地往家走。那种绝望的心情，犹如破了产的大富翁。

经过霁虹桥时，真想从桥上跳下去。

回到家里，我越想越伤心，又大哭了一场，哭得弟弟妹妹们莫名其妙。母亲为了多挣几元钱，星期日也不休息。哥哥问我为什么哭，我不说。哥哥以为我不过受了点别人的欺负，未理睬我，到学校参加什么活动去了。

母亲那天下班挺晚。母亲回到家里,见我躺在炕上,坐到炕边问我怎么了。

我因为我那六七十本小人书全部被没收一下子急病了。我失去了一个"世界"呀!我的心是已经迷上了这个"世界"的呀!我流着泪,用嘶哑的声音告诉母亲,我的小人书是怎样在火车站被一个治安警察没收的。母亲缓缓站起,无言地离开了我。我迷迷糊糊睡着了,梦中从那个治安警察手中夺回了我全部的小人书。我迷迷糊糊睡了两个多小时,由于嗓子焦灼才醒过来。窗外,天黑了,屋里拉亮了灯。

我一睁开眼睛,首先发现的,竟是我包小人书的那个塑料布包!我惊喜地爬起,匆匆忙忙地打开塑料布,内中包的果然是我的那些小人书!

外屋,传来嘭、嘭、嘭的响声,是母亲在用铁丝拍子拍打带回家里的毡团。母亲每天都必得带回家十几斤毡团,拍打松软了,以备第二天絮鞋帮用。

"妈!⋯⋯"我用沙哑的声音叫母亲。母亲闻声走进屋里。我不禁喜笑颜开,问:"妈,是你要回来的吧?"母亲"嗯"了一声,说:"记着,今后不许你出租小人书!"说完,又到外屋去拍打毡团。我心中一时间对母亲充满了感激。母亲是连晚饭也没顾上吃一口便赶到火车站去的。母亲对那个治安警察说了多少好话,是否交了罚款,我没问过母亲,也永远地不知道了⋯⋯

三天后的中午,哥哥从外面回来,一进门就告诉我,要送我一样礼物,并叫我猜是什么。那一天是我的生日,生活穷困,无论母亲还是我们几个孩子,是从不过生日的。我以为哥哥骗我,不猜。哥哥神秘地从书包里取出一本书:"你看!"是《红旗谱》!

对我来说，再也没有比它更使我高兴的生日礼物了！哥哥又从书包里取出了两本书："还有呢！"我激动地夺过一看——《播火记》！《红旗谱》的两本下部！我当时还不知道《红旗谱》的下部已经出版。我放下这本，拿起那本，爱不释手。哥哥说："是妈叫我给你买的。妈给了我一张五元的钱，我手一松，就连同两本下部也给你买回来了。"我说："妈叫你给我买一本，你却给我买了三本，妈会责备你吧？"哥哥说："不会的。"我放下书，心情复杂地走出家门，走到胡同口母亲做活的条件低劣的街道小工厂。

我趴在低矮的窗上向里面张望，在那个角落，又看到了母亲瘦小的身影，背朝着我，俯在缝纫机前。缝纫机左边，是一大垛轧好的棉胶鞋鞋帮；右边，是一大堆拍打过的毡团。母亲整个人变成了毛茸茸的褐色。

我心里对母亲说："妈，我一定爱惜买的每一本书⋯⋯"却没有想到只有将来当一位作家才算对得起母亲。至今我仍保持着格外爱惜书的习惯。小时候想买一本书需鼓足勇气才能够开口向母亲要钱，现在见了好书就非买不可。平日没时间逛书店，出差到外地，则将逛书店当成逛街市的主要内容。往往出差归来，外地的什么特产都没带回，带回一捆书，而大部分又是在北京的书店不难买到的。

买书其实莫如借书。借的书，要尽量挤时间早读完归还。买的书，却并不急于阅读了。虽然如此，依旧见了好书就非买不可。

由于我迷上了文学作品，学习成绩大受影响。我在中学时代，是个中等生。对物理、化学、地理、政治一点兴趣也提不起来，每次考试勉强对付及格。初一上学期俄语考试得过一次最高分——九十五，以后再没及格过。我喜欢上的是语文、历史、代数、几何课。代数、几何所以也能引起我的学习兴趣，是因为像旋转魔方。公式定理是死的，解题却需要灵活性。我觉得解代数或几何题也如同写小说。一篇小说，要达到内容和形式的高度完美统一，必定有一种最佳的创作选择。一般的多种多样，最佳的可能仅仅只有一种。重审我自己的作品，平庸的，恰是创作之前没有进行认真选择角度的。所谓粗制滥造，原因概出于此。

初二下学期，我的学习成绩令母亲和哥哥替我担忧了，不得不开始限制我读小说。我也唯恐考不上高中，遭人耻笑，就暂时中断了我与文学的"恋爱"。

"文革"风起云涌后，同一天内，我家附近那四个小人书铺，遭到"红卫兵"的彻底"扫荡"。

我记得很清楚，那一天我到通达街杂货店买咸菜，见杂货店隔壁的小人书铺前，一堆焚书余烬，冒着袅袅青烟。窗子碎了。租小人书的老人，泥胎似的呆坐屋里，我常去看小人书，他对我很熟悉。我们隔窗相望一眼，彼此无话可说。我心中对他充满同情。

"文革"对全社会也是一场"焚书"运动，却给我个人带来了更多读书的机会。我们那条小街住的大多是"下里巴人"，竟有四户收破烂的。院内一户，隔街对院一户，街头两户。

"文革"初期，他们每天都一手推车一手推车地载回来成捆成捆的书刊。我们院子里那户收破烂的户前屋内书刊铺地。收破烂的姓卢，我称他"卢叔"。他每天一推回书刊来，我是第一个拆捆挑拣的人。书在"文革"中成了起祸的根源。不知有多少人，忍痛将他们的藏书当废纸卖掉了。而我成了一个地地道道的"发国难财"的人。《怎么办？》《猎人笔记》《白痴》《美国悲剧》《妇女乐园》《白鲸》《堂吉诃德》……一些我原先连书名也没听说过的，或在书店里看到了想买而买不起的书，都是从"卢叔"收回来的书堆里寻找到的。寻找到一两本时，我打声招呼，就拿走了。寻找到五六本时，不好意思白拿走，象征性地交给"卢叔"一两毛钱，就算买下来。学校停课,我极少到学校去,在家里读那些读也读不完的书,同时担起了"家庭主妇"的种种责任。

最使我感到愉快的时刻,是冬天里,母亲下班前,我将"大子"淘下饭锅的时刻。那时刻,家中很安静,弟弟妹妹们各自趴在里屋炕上看小人书。我则可以手捧一本自己喜爱的文学作品,坐在小板凳上,守在炉前看锅。"大子"粥起码两个小时才能熬熟,两个小时内可以认认真真地读几十页书。有时书中人物的命运引起我的沉思和联想,凝视着火光闪耀的炉口,不免出神入化。

一九六八年我下乡前,已经有满满的一木箱书,我下乡那一天,将那一木箱整理了一番,底下铺纸,上面盖纸,落了锁。

我把钥匙交给母亲替我保管,对母亲说:"妈,别让任何人开我的书箱啊!这些书可能以后在中国再也不会出版了!"

母亲理解地回答:"放心吧,就是家里失了火,我也叫你弟弟妹妹先把你的书箱搬出去!"

对较多数已经是作家的人来说,通往文学目标的道路用写满字迹的稿纸铺垫。这条道路不是百米赛跑,是漫长的马拉松,是必须一步步进行的竞走。这也是一条时时充满了自然淘汰现象的道路。缺少耐力、缺少信心、缺少不断进取精神的人,缺少在某一时期内自甘寂寞的勇气的人,即使"一举成名",声誉鹊起,也可能昙花一现。始终"竞走"在文学道路上的大抵是些苦行僧。

小 街 啊 小 街

一

其实，此文题并非初衷。我原本要起的，是"小街无语"或"小街断想"之类。然而，落笔现字，却觉意犹未涵。沉思默想，几经斟酌，仍难确定。于是，只有"啊"。

中国许多城市中的许多小街，早已先后在"城改"中名存实亡。城市旧貌换新颜，乃近二十年来的发展成就，造福祉于百姓，其好甚大。对那些简直就是贫民窟的小街的消失，若竟生什么凭吊似的感慨，除了说明文人的矫情，再并不能说明别的什么。

但我还是很有些感慨。若别人认为便是凭吊，我也无言可辩。

有时想来，每个人的一生，可以由多个方面来划分阶段。比如年龄阶段；比如婚前婚后；比如从事这种工作以前从事那种工作以后等等。

然而我的人生，确切地说，我的城市人生，也可以由三条小街来划分的。其一曰安平街；其二曰光仁街；其三曰健安西路。

我的五十七年的生命，除了下乡六年，大学三年，在原北京电影制片厂院内的一幢老旧的筒子楼里住过的十一年——总共二十年，另外三十七年，只不过被三条小街全部占有了去。或换一种说法，被三条小街牢牢地拴住了。或再换一种说法，与三条小街发生着命里注定似的人生关系。

人生竟也是如此简单的一种加法。

我心难免因而愀然。

"啊"，主要是由此而发的。

先说安平街——它是半个多世纪以前的哈尔滨边角地带的一条小街。岁月催人老。我竟讲起半个多世纪以前的事了，且是自己的人生的一部分，不由得不感慨。

在半个多世纪以前，在哈尔滨的那一处边角地带，数条小街曾以"非"字形存在。一条纵向有缓坡的较宽的土路，将分别由安平街、安心街、安宝街、安国街、安顺街、安达街等六条小街排列两旁。我已经记不清那一条土路叫什么路了。更无法确切地说出安平街是它的六小"横"中的哪一"横"。

安平街长约五六百步。街路自然也是土路。在当年的哈尔滨的边角地带，几乎一切的街路全都是土路。安平街宽三十余步。无论与南方某些城市里的小街相比，还是与哈尔滨中心区的某些小街相比，它实在算得上是一条够宽的小街了。这乃因为，居住在那一带的哈尔滨的先民，其实没几户是中国人家。十之八九是苏联"十月革命"之后流亡中国的老俄国的侨民，被红色政权所不容的那样一些老俄国人。苏联的电影《列宁在十月》中，有一段列宁和他的贴身卫士瓦西里的对话是这样的：

瓦西里：我们起初想把那些地主富农全都杀掉……

列宁：唔？……

瓦西里继续读他的农村老乡写给他的信：但我们又一想，

那样做太不人道了。我们革命者是应该讲人道的。所以我们将他们赶跑了……

列宁：唔？赶到哪里去了？

瓦西里：我们将他们一直押到边境，赶到别的国家去了……

列宁：对！这样做很对。这一封信写得很好啊，很有水平啊！……

列宁所称赞的，并不是将自己国家的地主富农赶到别的国家去有多么地对、多么地好，而是竟没有采取一了百了彻底消灭的方式"把那些地主富农全都杀掉"。

而那"别的国家"，主要便是中国。

老俄国的某些贵族们，在"十月革命"之风声鹤唳之前，便有不少逃亡到了哈尔滨。他们从国内带出的金银财宝，足以使他们在当年的哈尔滨继续过着富有的准贵族的生活。在哈尔滨的道里、道外、南岗三大中心市区，他们兴建楼宅，投资商场，依旧活得来劲儿。道里区的所谓"外国头道街"至"十二道街"，亦即现在成为步行街的"中央大街"及两旁的街道上一幢挨一幢的美观的俄式建筑风格的楼房里，所居住的便是他们。至于从老俄国逃亡出来的一些小地主和富农，他们挤不进本国逃亡出来的贵族们在哈尔滨占领了的地盘，便只有在城市边角地带重建家园。我想，有些事，他们肯定是共同出资，比较齐心协力地来做的。否则，当年遗留下来的那些街路，断不会那么宽、那么直、那么平坦。那显然是经过压道机反复碾压过的一些沙土混合而成的街道。路面两旁有排水沟，沟宽约一米，其上铺木板。下雨天，人若怕弄脏了鞋，是可以走在排水沟的木板上的。就像走在人行道上。如果谁穿的是后跟钉了铁钉的皮鞋或靴子，走在其上，木板也会发出声音，挺好听。在两道排水沟的内侧，无一例外地是围在各式各样的窗前的大小花园。俄国人,现在又应该这么称呼他们了——他们对于家宅的窗,是很讲究的。每一扇都具有独特的审美。尤其早晨,当一扇扇美观的护窗板对开以后,仿佛一册册装帧精美的书翻开了。俄国人也是喜欢花的,有些花,比如被哈尔滨人叫作"扫帚梅"的一种其茎能长到一人多高的好看的花,据说就是由他们将花籽带到哈尔滨的。"扫帚梅"开有红、白、粉三色,是一种根本无须侍弄的花。只要哪一年在哪一处地方曾生长出几株,那么来年那地方准会开出一片来。它是一种哈尔滨人特别熟悉也特别喜欢的花。

当年那些俄国人的家都是独门独院的。有的院子大到如同小学校的操场。依我想来,那些俄国人家大约是逃亡出来的地主吧?他们的院子里甚至有马棚,有漂亮的带顶罩的俄式马车和高大的洋马匹。而那些院子较小住宅也较小的人家,则大约是从老俄国逃亡出来的富农。富农之所以是农也富,几乎全靠了比贫农多一些的土地。大抵,他们仅富在农业产品的秋收方面。一旦离开了曾属于他们的土地,他们往往也就不再富了。富农这一概念和富人的概念是很不同的。估计他们当年没能从老俄国带出来多少钱财。老卢布作废了,他们当年确有些钱也都成了废纸。所以他们当年不能在哈尔滨过上食积服蓄而又高枕无忧的日子。他们必须为他们的生活做些事情。然而他们是农民出身的人,没有什么可以赖以挣钱的手艺和技能。于是他们在不甚大的院子里养奶牛、羊,或养兔和鹅。在老俄国爆发"十月革命"的前后,当年中国哈尔滨的那一地带,基本上是他们那样一些逃亡到中国的俄国人的居住地,或曰避难所。哈尔滨的那一地带的人居状态,实际上是一种俄罗斯的乡村情形。

黑龙江省在一九四七年就已经解放了。黑龙江省解放之前,一批俄国人又仓皇地继续逃亡到外蒙去了。黑龙江省解放之后,在苏联的要求之下,也有一批被遣送回他们本国去了。那时,才有些中国人家开始定居在那一地带。许许多多带大小院子的俄式房屋由他们的主人贱卖，或由哈尔滨的有关官员监督着进行公开的拍卖。当年买一处独门独院的不十分大却也绝不算小的俄式住房，那价格真是便宜到了今天的中国人难以想象的程度。这是一个千载难逢的好机会。在当年，闯关东的人家，借钱也要买下一处家园了啊。机不可失，失不再来啊。一户人家买不起一处宅院，便几户人家合着将这买下来。原先认识不认识，已经变得不重要。便宜到什么程度才是下决心的前提。更有那富人家，趁机广置房产，租给终究还是买不起住房的穷人家。

及至我两三岁时，也就是一九五一年、一九五二年前后，哈尔滨的那一地带，人家已经变得相当稠密了。从前一户俄国人住的院子，至少已经住着两三户中国人家了。有的房屋多的大院子，甚至住着十一二户人家。街名，也是在那一时期取定的。

两三岁的我开始记事了。我的家住在安平街十三号。那是一个长方形的大院，包括我家在内住着八九户闯关东来到哈尔滨的人家，皆是山东各县的人家。整个院子是由一户人家买下的，邻居们都是租户。我家住着院子最里边的一处小房屋，两间。大间十五六平，小间十一二平。还有一个五六平的护门小屋，哈尔滨人叫"门斗"。虽是俄式房屋，但毕竟相当老旧了。当年我家五口人：父亲，母亲，哥哥，我，和刚出生的三弟。

在我的记忆中，那是我家的一段相对幸福的日子。父亲才三十几岁，身体强壮；哥哥学习很好，特别懂事又特别有礼貌；母亲呢，她是那么勤劳，征得了房东的同意，居然在自家屋后养了两头猪。

安平街上，依然有几户俄国人家住着。安平街上的俄国教堂，每天早晨依然会有大钟敲响。教堂的院子与我家所住的那个院子，仅仅由一道木板障子隔着。两个院子都是安平街上最大的院子。

在我的记忆中，每天早晨大钟敲响以前，先是远近雄鸡的啼鸣，大钟敲响以后，该听到一串串的俄语。或男人的声音，或女人的声音。那几户俄国人家，要趁早遛遛他们养的奶牛或羊。就像如今养宠物狗的人家遛狗那样。他们的牛羊如果不每天走走，大约是会被圈出病来的。他们倒也比较懂得公德，带着撮子和铲子，会将牛羊粪干干净净地铲起来。如果他们不那样，街道组长便会找上门去，严肃地批评他们。街道组长的批评对于中国人家并不是一件值得不安的事，有时不服，与之顶撞的情况是经常发生的。但对于那几户俄国人，街道组长的批评是必须认真对待的事，他们往往显出诚惶诚恐的样子。总之样子肯定是那么一种样子，内心如何则就不得而知了。他们在中国住久了，听和说中国话，都已基本不成问题。套用今天我们中国学生英语考级来比喻，说他们都差不多具备四级汉语的听说水平，大概不算是夸张。

六点到六点半时，如果是夏天，如果那时我醒了，可以听到院子里的大人们在互相打招呼。互相打招呼的男人，大抵又同时在家门前漱口、洗脸。家家户户的门前都有一张简陋的长凳，或者一块被砖石垫高的长木板。它的功用就是专为放脸盆供全家人在外边洗脸的。夏天的晚上，一家人往往也会坐着它把脚都洗了……

七点到七点半之间，院子里和街上便会接连不断地响起自行车清脆的铃声——那是家家户户的男人们上班去了。哈尔滨的这一地带当年没有工厂，男人们都要到别的区域去上班。当年公共交通路线也没有通到这一地带，自行车对于男人们是必不可少的。当年国产的自行车或许还没生产出来，他们骑的皆是二手的外国牌子的自行车。日本造、俄国造或德国造。那是外国人仓皇而去之前卖给中国人的，据说有时便宜到了和一件旧衣服的价格差不多。男人们很在乎他们的车铃响得清脆不，那似乎意味着体现他们阳刚之气的一部分。

父亲们上班去了以后，院子里随之出现是学生了的孩子们的身影。他们在上学之前须将家里的尿盆倒了，那通常是他们的家庭义务。等他们也上学去了，女人们才终于有空从家里走出到院子里。街上的每个院子里自然都会有一处公共厕所。女人们一出家门，往往的，径直便向厕所走去。她们便在那时相互说些话，无非是"上班的打发走了吗？"或"全家都吃过吗？"——倘厕所里有人，两个女人便会在厕所外继续说话。厕所里的人一出来，两个等着的女人之间还会互相礼让一番……

"你先。你家有老人。"

"你先嘛，你家不是活多嘛！"

如今回忆起来，那情形是很好笑的。

而几分钟以后，便有胖胖的俄国"玛达姆"推着小车逐院卖牛奶了。有时，卖牛奶的也会是一个漂亮的俄国姑娘。我们的母亲们，往往会一起逼着漂亮的俄国姑娘唱歌跳舞。都说，否则不买牛奶。那是她们的一乐。俄国姑娘只得唱和舞，而孩子们一听到歌声，便争先恐后地跑出家门围着看。那是我们孩子最初的文娱欣赏。

一个多小时以后，也就是上午九点钟左右，院子里也罢，街上也罢，归于平静。

那一种平静，是今天的城里人所无法想象的，也是今天的城里人所梦想奢望的。尤其街上，不但平静到没有任何声音，也会很长时间不见一个人影。

尽管人口密度已经大大地增加了，但相比于今天的城市，同样范围内的人口，那也还是少得多。

确乎的，当年哈尔滨的那一地带，虽然属于城市的一个地带，但是却更像乡村，所谓都市里的乡村。中国都市里的俄国特征显然的乡村。

如今我一回忆起安平街，似乎还能闻到那一条小街的气息——家家户户临街的窗前那些小花园里各种花粉的气息；从某些人家的木障子后边将丫杈探向街上的榆树的气息；俄国人住的院子里散发出来的料草的气息；牛粪、羊粪那一种潮湿的中药般的气息；还有泥土本身的气息……

如果是在雨后，一切气息混合了，时浓时淡的，细细地嗅闻，竟有点儿甜似的。即使是住在安平街上的一个瞎子，仅凭那气息，也会知道自己是走在安平街上的。比之于其他几条安字头的街道，安平街是格外具有气息的一条街。因为一处东正教堂在这一条街上；因为这一条街上临街的花园多，几乎无窗不临花园；还因为这一条街上始终住着几户俄国人，他们也始终养着牛、羊和马……

我在安平街上度过的学龄前的童年时期，乃是我人生中最快乐的时期。家里的生活尽管清贫，但在那个年代，无论大人还是孩子，对生活质量的要求是极低极低的。这样的人类自然是容易快乐的。我的回忆使我至今相信——如果说人类的不快乐有三分之二是由于清贫所致，那么也许有三分之一恰恰是由于对享受式的生活太过奢望而自造自加的烦恼吧？

我上小学以后，安平街几乎可以说是迅速地变成了一条老朽的街。另外几条安字头的街，亦是如此。首先是因为人口密度迅猛增加，这儿那儿，自建的小屋满目皆是了。它们占据了街道，街道变窄了。花园的面积是可以私下里成交卖钱的，所以街两旁的小花园也几乎全都不见了。街道两侧排雨水的水沟，成了众多人家倾倒泔水甚至屎盆尿盆的地方。人口密度迅猛增加了，街上却还没有盖起一处公共厕所。变窄了的街路，每年都向沟里塌土，有些沟就被泥土填满了。一到雨季，街路整段整段地被雨水终日浸泡，变得泥泞不堪了。而那些俄式的房子，斯时存在于中国地面上的岁月，大抵都有四五十年那么长久了。它们又普遍是些铁皮顶板泥土结构的房子，每年都需进行维修的。它们的主人变换成清贫的中国人以后，又大抵是维修不起的……

在我读小学五年级时，最后的几户俄国人也被遣送回国了。教堂归公了。公家也不知该如何利用它的房屋和院子，所以任房屋闲置着，院子荒芜着，教堂钟楼上的钟，就再也没被人敲响过……

我上小学六年级时，安平街上兴建一座铁丝厂。教堂被拆除了。我们那个大院里的人家全都成了动迁户，先后搬走了，最后仅剩我家和隔壁的陈大娘家了。

院子是没有了。

那厂房盖盖停停，三年还没有完工。我家和陈家的房子，被建筑工地的垃圾堆四面包围，连条通向街上的路都没有了。那几年的夏季雨多，工地上到处挖地基坑，变成了一个又一个大水坑。坑里的水无处排流，连我家和陈家的屋里都渗出一尺多深的水来了……

厂方原本是想节省两处房子，不动迁我家和陈家的。陈大娘的丈夫早已去世，只她和两个女儿一个儿子；而我父亲，当年已到四川工作去了。"把我们两家的家院搞成了这样，却还不打算动迁我们，这明明是欺负我们两家没有和他们进行理论的男子呀！"好性情的母亲终于忍无可忍，生气了。生气了的母亲，在一个月里，代表陈大娘家，找了三次市委……

二

光仁街是一条宽仅七步半的小街。是的。宽，仅七步半。而且，是以一个少年的步子来踱量的。倘它不叫"街"，叫什么什么胡同，那就不能算窄了。但它明明是叫一条街。我和母亲第一次出现在那条街上时，母亲站在街的中央，左右扭头望望，踟蹰不前地说："这条街,太窄了。"于是我就默默地迈步来丈量它,之后告诉母亲:"七步半。"我的意思是——七步半呢,不窄了。但我却希望母亲并不那么觉得。我已经陪着母亲看过好几处地方的房子了。显然,铁丝厂的人认为,如果给我们家这样一户动迁户安排了一处说得过去的房子,那他们就太吃亏了,也太让我家占便宜了。所以我们去看过的房子,不是紧挨着肮脏的街头厕所,就是由铁道线边上的一些临时工棚马马虎虎改造的。终于看中了一处房子,母亲又主动让给陈大娘家了。母亲这样做,我和哥哥也都是支持的。陈大娘对于我有如第二位母亲,我愿一辈子含辛茹苦的陈大娘晚年能住上较像样子的房子。然而我早已满腹怨言了。因为帮母亲拿这等大主意的本该是哥哥,可哥哥是中学里的学生干部,没时间,所以母亲只有每次拉上我给她做参谋。可我才是一名小学生,并不能实际地起到参谋的作用。在我看来,每一处住房都是我们全家应该立刻搬去住的,哪怕后窗对着厕所的门,哪怕一天要听无数次载货列车过往的噪音。因为我们的家早已不像是人家了,而更像一处被建筑垃圾包围着的两栖动物的穴。臭水淹了床脚,泡着炉壁,屋里搭着使人不至站在臭水里的踏板,我家的人可不很像水陆两栖的动物嘛!我巴不得能早一天离开那样的穴。

然而母亲终究是一位母亲。肯定的,在她想来,那也许是她为全家选择一处住房的唯一一次机会,而且也将会是她这一辈子的最后一处家。她企图为我们全家人考虑得周到一些是理所当然的。

"儿子你看,那儿更窄了,街两边的人都开了窗可以隔街聊天了!"母亲对光仁街表达着不中自己意愿的看法。

我反驳道:"那又有什么不好?"

母亲又说:"咱们从前的安平街多宽啊!"

我光火了,气不打一处来地抢白她:"安平街是咱们的吗?它再宽那也是从前！"

母亲瞪我一眼，不理我了，径自慢慢地往前走去，边走边左看右看的。分明的，街两旁低矮的东倒西歪的房屋，给她留下的是极其糟糕的印象。

然而光仁街十三号，却是一个不小的院子。院中的房子倒也齐整，起码不东倒西歪的。外墙都刷了白灰，窗框门框都刷了绿油。那样的房子，在我眼里，简直够得上美观了。

母亲脸上终于露出了满意的表情。

她问我："你觉得这个院子怎么样？"

我说："好！"

母亲却说："也有一点不好。比街面低不少呢！夏天，街上的雨水肯定会往院子里流的。"

我又生气地说："看都搬来好多家了，别人家都不担心，怎么就你担心！"母亲复瞪我一眼，又不理我了。说那个院子不小，是相对于光仁街而言的。比起我家在安平街住过的那个院子，那还是小多了。院中公有的空地，只有前者的五六分之一。三面是住房，一面是各家各户的煤棚。有两扇对开的院门，门旁是公厕。全院只剩一处空房子了——两间。大间十五米，小间八九米，带门斗，前后窗。母亲在空房子里时，一个女人走出家门，主动和母亲打招呼。她家也是安平街上动迁过来的，和母亲认识。她说："要是看中了，趁早搬过来吧，正好咱们两家成了住一个院子的近邻。"

母亲说："当家的远在外省，我得和孩子们商议商议。"

我立刻说："妈，我同意！"

那女人笑道："真是你妈的好参谋！"

母亲看我一眼，也不由得笑了，还抚摸了我的头一下……

就这样，我家从安平街搬到了光仁街。那时已是九月。穷家易搬。厂方出了一辆卡车,仅一车就搬了个一干二净。我们在新家过的"十一"。里间外间都搭了床,全家六口分两张床睡,我从没睡得那么宽绰。母亲的心情也从没那么好过,脸上经常浮现着满足的微笑。"十一"那天,她还有极好的情绪率领她的四儿一女逛了一次动物园。两个月后,冬季来临了。那一年的冬季可真冷啊!正是备战的年份,据说好煤都由国家储存起来了,供给居民冬季取暖的只不过是煤粉。不好烧,炉膛里的火总是半燃半熄的,往往连一顿大糙子粥也不易煮熟。那一个冬季,母亲和我们几个孩子全都被冻感冒过。春节的日子里,轮到了我发高烧。然而那样我也还是在年三十儿那一天晚上将地板刷了一遍。不是刷油,是用刷子蘸肥皂水刷裸纹的地板。终于又住上有地板的房子了,干吗不将它刷得干干净净的呢?发高烧又有什么呢?谁又没发过高烧呢?

尽管我们的新家冻手冻脚的,然而我们有珍藏的旧年画用图钉按在墙上;有母亲巧手剪成的拉花悬在天花板上;所有的门两旁,还贴着哥哥用工整的毛笔字写的对联。初一邻居们相互拜年时,都夸我们的家里最有过春节的气氛。漫长的冬季总算挨过去了,母亲和我们对春天的到来显出异乎寻常的欢喜。五月份,大地一开始变得松软,我便向邻居借了一辆小推车,动员了两个弟弟,每天一放学就这里那里到处去发现黄土堆,挖掘了一小推车一小推车地往家里推。有时,要去到离家很远的地方。

七月,我小学毕业了。我和两个弟弟托出了百余块土坯,并且它们都已经晒得干干的了。八月是我小学阶段的最后一次暑假。在这个月份里,我为我家的两间屋子盘成了两铺火炕。炕面和炕墙糊了一层又一层的旧报纸。我是瓦匠的儿子,那些活对我而言并非难事。试烧了几天,烟路通畅。母亲见我们那么能干,一高兴,手就松了,居然舍得拿两块多钱允许我买了一盒油漆。我极为节省地用光了一盒绿色的油漆，于是两铺炕成了绿色的。我在盘火炕时，不小心弄穿了一面墙的墙根。其实也不能怪我不小心，那墙它实在太是一面骗人眼睛的墙了。原来，那院子本是一个加工纸盒的街道小厂。开不下去了，就被铁丝厂收购了去。把全院的房子草草伪装了一番，用以应付动迁的人家。我家的房子是最后一套，干那种活的人们更是应付了事，仅仅用些草绳就马马虎虎编了一面墙，里外抹上泥，人眼又怎么看得穿呢？我怕母亲发现了真相，后悔搬到这个院子里来。趁母亲不在家里的半天，把那堵墙根推倒，用剩下的土坯重砌起来。等母亲回到家里，我已大功告成。

九月，父亲回来探家了。父亲对我们的新家也很满意。新邻居们的关系相处得特别友好，这令父亲对生活产生了满心怀的感激。他说："等我退休了，能在这个院子里养老，岂不是我前世修来的福吗？"他对我盘的两铺火炕，也予以了郑重其事的表扬。他为我家的前后窗都围起了小院子。我家的房子虽然在全院是最小的，却因为是最把头的一套，前后窗前都有理属我家的空地。母亲向街坊要了几种花，而我趁夜从一所疗养院的院子里盗挖了一株檞树苗。于是我家前窗外有花，后窗外有树，使邻居们大为羡慕。

我们这一家的小百姓生活，似乎已开始过出了几分诗意。对此我的理解，幸福的生活似乎并非梦想了。

但父亲临走时却大发了一顿脾气——他不同意哥哥考大学，要求哥哥找工作。可哥哥却一心渴望上大学，母亲暗中支持着哥哥。事情还惊动了校方，哥哥的班主任老师陪同一位副校长来到家里，批评了父亲一通。

父亲走的那一天，恰是哥哥大学考试的第一天。

哥哥谎说去找工作，没送父亲。

我代表全家将父亲送到了火车站。

父亲辩解似的对我说:"爸开始老了,实在是没能力供一名大学生了啊!"

列车一开,我看到父亲眼中流下了泪……

我先收到了中学录取通知书;几天后哥哥收到了大学录取通知书;又过几天母亲被选为街道组长。

我家这一户新搬到光仁街上才一年的人家,因为母亲是街道组长,因为出了一名大学生,成了一户颇受尊敬的人家。对于哥哥考上大学,我一点儿都不奇怪。那是我预料之中的事。哥哥之善于学习,正如我之善于托坯盘火炕。但母亲居然被选成了街道组长,却是我怎么也想不到的事。在短短的一年里,她怎么就赢得了几十户人家的好感呢?我百思不得其解。

那些日子里,母亲脸上经常浮现着微笑。我看得出来,她特有成就感。

对于我来说,我家的幸福生活,到来得是未免太顺利了呀。

那一年的冬季我家温暖如春。

那一年的春节我把家粉刷了一遍,四壁滚上了好看的花样。我把我们小小的温馨的家当成了一个王国。父亲远在外地,哥哥上大学去了。我就是国王。我可以随心所欲地对我们的家施行美化性的改造,母亲只偶尔地"垂帘听政"。倘我不向她伸手要钱,母亲从不反对我的任何主张。

当年秋末,哥哥被大学里护送回来了——他患了精神病。

从此我家的生活不再有丝毫的诗性可言,幸福一去不复返。父亲和母亲,也永远地失和了。我想,他们可能一直到死,都谁也没有真正地原谅了谁——父亲认为母亲支持哥哥考大学是绝对错误的;母亲则认为,哥哥得了精神病,纯粹是由于父亲施加给他的心理压力太大了……

弟弟妹妹们失去了欢乐……

我成了班级里学习成绩最差的学生……

又两年后，我为了替家里挣份钱，无怨无悔地报名下乡去了。依我想来，要治好哥哥的病，前提是得有钱。只有治好了哥哥的病，母亲脸上才会重现微笑；弟弟妹妹们才会重享欢乐；父母才会彼此和解；诗性才会回到我们的生活中来，幸福才会回到我们的生活中来……

我那时当然还不明白，精神病是无法根治的。

我下乡以后，从地理上讲，父亲离我是更遥远了。从心理上讲，我离父亲反倒像是更贴近了。因为我终于也和父亲一样，成了一个能够挣钱养家的人。而这正是我所梦寐以求的事情。

光仁街十三号，它成为我和父亲共同的意识中枢。我和父亲每月各将钱汇往这个地址。我们的目光，从东北边陲和西区的大山之间，共同关注着光仁街十三号——这个院子里有家啊！

我和父亲相见一面更难了。

父亲从四川回到哈尔滨的光仁街十三号，竟往往需要六天；而我从北大荒回到光仁街十三号，一路顺利，不住店，那也得经历一个白天和一个夜晚。

我和父亲不容易在同一年的同一个月里请下探亲假。我和父亲见上一面特别地难了。

在我下乡的六年多里，光仁街一天比一天破落了。它的姊妹街光义街、光理街、光智街、光信街，也全都一天比一天破落了。因为那些街道，原本就不曾怎么像过街道的样子。新中国成立以前，那儿只不过有一处日本兵营、一处日本军妓馆，旁边是一幢日本军官们住的二层小楼。那么新中国成立以前，中国的老百姓谁敢在那儿安家呢？新中国成立后才逐渐有老百姓建家院，从四面八方迁驻到那个被城市荒弃的地方。刚解放的老百姓，尽是一穷二白的老百姓。当初自建的家院有多么简陋可想而知。那些后来被文化人起了很文化的街名的街道,当初只不过是一种自然形成的家与家、户与户、屋与屋、院与院的距离而已……

我上大学那一年,途经哈尔滨,在家里住了两天。那两天大雨中雨小雨接连不断,立体的光仁街笼罩在雨中,平面的光仁街浸泡在水里,像一只不知被雨水从哪儿冲过来却又被什么东西挂住了的破鞋子。

不少人家的房屋倒塌了。

我家也塌了一面墙。

我走时,哭了……

"文革"后,两个弟弟一个妹妹成家了;父亲退休了;起先住五六口人的家,东接出几米,西盖出几米,成了四个家庭三代人共同拥有的一个阴暗潮湿的半地上半地下的窝。我自然是经常想家的。然而,一旦批下了探亲假,我又往往会愁眉不展。回到家里,可叫我睡哪儿呢?跟谁睡在一起呢?直到一九九六年,所有那些"光"字头的街道,才由市政府整合了各方面的资金,一举推平了。住在那一带的老百姓们,才终于熬出头了……

三

我现在住在健安西路原中国儿童电影制片厂的宿舍楼里,是一幢一九八四年盖的楼,可以算是一幢旧楼了。

我曾在北京电影制片厂院内的一幢危楼里住了十一年。那原是一幢小办公楼,未经改造便分给了北影的一些员工,家家户户都没厨房,都在走廊里占据一小块地方做饭,共用公厕。我有幸在那一幢楼里分配到一间十三平方米的阴面房间。

儿子小学二年级时，也就是一九八八年十月中旬，我从北影调到童影，于是住进了一九八八年底还很新的单元楼房。其实，我主要是为了能使父母在有生之年享受享受住单元楼房的福气，才毅然决然地从北影调到童影的。

我对童影始终深怀感激。因为童影使我的愿望提前实现了，而且实现得比我的预期更加令我心满意足。事实证明我的决定完全正确——旧家具在新家里刚刚摆放稳没几天，父亲便接到我的信又来北京了。那一年我已虚岁四十。那一年父亲已是七十七岁的老人。那一年健安西路还是一条白天晚上总是寂静悄悄的小街。那一年童影门前的马路上过往车辆还很少；学知口那儿也没有立交桥；元大都土城墙遗址只不过是一道杂草丛生的土岗而已……

那一年的十二月份，父亲在我的新家病逝。作为新中国的第一代建筑工人，他终于在生命的最后五十几天里住上了楼房，尽管每一天都在单元楼房里忍受着癌症的疼痛。但他确确实实的是感到真是享了福了——一辈子从未享过的福。阳台，室内厕所，管道天然气，私家电话……一切使他觉得恍如置身梦境似的。

他曾对我说："如果我才六十几岁，也没生病，那多好啊！"

我第一次从我父亲的口中听到了一句非常留恋人生的话。

父亲那一句话令我大为愀然……

屈指算来，如今，我在健安路上已生活了十七个年头。

如今，元大都土城墙遗址已建成了海淀区最美的一处公园。虽然我一年三百六十几天里难得有几次去到公园里悠闲地散步，但一想到我是全北京住得离这一处公园最近的人之一，不由得不倍感幸运。隔窗而望，我能清楚地来数公园里一棵老杨树的叶片。十七个年头里，我眼见它一番夏绿秋黄，对它已是十分的熟稔，它就像是一位一天里见好几次面的老朋友。

前年的夏季，有天夜里，那老杨树被雷劈断了一杈小盆头般粗壮的斜枝，仿佛一个人被砍断了一臂，让我看着替它伤心。我以为它受了那么严重的创击，只怕以后活不了多久了。没想到，今夏它那一树肥大的叶片更加油绿。断枝被锯掉后，反而显得树形美观了。

在哈尔滨，路是比街大的一个概念。路，普遍地很长，较宽。而街，只要区别于胡同就算是了。比如光仁街那类街，人们并不会认为它不该叫街。

所以我总觉得，健安西路之谓路，实在是有些名不符实的。当我将它与长安街相比时，尤其觉得它作为"路"，未免太袖珍了。故凡是初来我家的人，我总是会在电话里这么解释："那只不过是一条小街。"

是的，健安西路，只不过是一条小街罢了。严格地说，又只能算是半条小街。因为它的另一端是被院落堵死了的。它的一边，依次是童影的一幢宿舍楼、北影的两幢宿舍楼和总参干休所的两幢宿舍楼，都是八十年代初建成的。而它的另一边，自然便是著名的元大都土城墙遗址了。包括两边的人行道，此路宽约十四五米。

从电影学院和童影（现在是电影频道）门前那一条马路拐入这一条小街，第一个小街的标识是一家饭店。它已易了几次主人。每易一次，改一次名。现在的店名是"咱家小吃"。它旁边是一家规模很小的洗浴中心，但起了一个特雅的名——"伊丽尔美容美发休闲中心"。既然叫作"伊丽尔"，也就只有谢绝男士入内了。我家刚搬到这条小街上住时，"伊丽尔"的原址便是类似的地方了，但那时叫"清水大澡堂"，曾是个吸引不少男人光顾的地方。不管叫作什么，我从没进入过。

对我这个人而言，最佳的休闲方式乃是关了电话，卧床看书或美睡一大觉。倘不靠安眠药，后一种享受对我已不可能。然静静地躺在床上，闭目养神，我也很惬意。至于洗澡，除了开会住宾馆时，我一向只习惯于在家里。

在"伊丽尔"的旁边,是"禾谷园",快餐店的一处分店;其旁是一家杂货铺;再旁是影协表演艺术学会办的培训学校;又旁是一家小餐馆;最左边是一家卖麻辣串和烧烤的小铺面……

所有那些商家的招牌首尾相连,组成一列,但总长也不过二十几米。表演艺术培训学校的招牌恰居其中,给人一种"鹤立鸡群""出类拔萃"的印象;也给人一种艺术之神沦落风尘似的印象。在那些招牌的下面和店铺的门前,还有二三处卖水果、卖菜蔬的摊床。

对我而言,它们便是家门口的"商业区"了。我的绝大部分日常生活需求,赖于它们的存在。除了"禾谷园",它们的主人,多是靠小本生意来京谋生计的男女。而表演艺术培训学校的学生们是他们的"上帝"。倘若不然,仅靠我一家所在的小区的居民们的消费指数来支撑的话,大约皆会倒闭的。

而那些表演艺术培训学校的学生们,大抵是每年报考电影学院的落榜生。依我想来,培训学校是他们的临时收容所。他们无不希望经过培训,获得点儿经验,重振信心,来年再参与激烈的竞争。他们中某些男孩和女孩,也还算有几分帅气和姿色。这又使他们仿佛有那么几分准明星似的自我感觉。好像说不定哪一天,一旦时来运转,自己便会是明星无疑了。他们中有些孩子,自然是女孩子,竟是拥有跑车的。那使她们自我感觉更良好了。

每每的,看见那些孩子们,我便会庸人自扰、一厢情愿地替他们,也替他们的家长倍感忧虑。因为他们的文化水平,想来仅有初中的程度。万一将来当不成明星,长久的人生不知还能转向何业?但我内心里有时是对他们心存感激的。许多青春期的脸庞和身影出现和活动于某一小区,无疑会使某小区"活力在线"——在视线。否则,我经常所见,将十之七八是老年人的寂寞脸庞和蹒跚身影……

我在"禾谷园"常与那些孩子隔案用餐。有时我还会看到他们的父母。那些外省市的父母们望着自己儿女的目光充满爱意和希冀。天下父母之心的仁慈溢于言表，每使我大为感动。感动之余，亦感慨多多。

我还经常在"禾谷园"发现电影频道的领导和员工们。我认识的后者较少，但身居领导层的人士，皆与我稔熟，也可以说皆与我有着友好的关系。

我们相互看见了，总是会端着盘碗往一块儿凑。所谓同类相吸，边吃边聊，话题也总是离不开电影和电视。我从他们口中能获得不少关于电影和电视的最新信息，也常能从他们口中听到真知灼见和新颖观点。那时，我忍不住会说："等等，再说一遍。"他们便笑我认真。

如果说某些招牌是该小区的标识的话，那么有一个人物也是该小区的"标识"，便是在我家所住的那幢楼边上修自行车的人。我不知他多大年纪了，也许该有三十五六岁了吧？甚或，年龄还要大些也说不定的。他身材挺高，将近一米八，也挺壮，肩圆背厚的。据我所知，他还单身着。又据我所知，他的父亲是北影的一名老制景木工，早已去世了。他的母亲有没有工作我不清楚，但我听说她身体不怎么好。修自行车的人与母亲相依为命。修自行车是他养活自己和母亲的唯一收入。我曾问过他的收入情况，他说平均下来每月七八百元。又每笑道："还能勉强维持生活。"他的笑，绝非苦笑。他这个人，只要一和人说话，便笑。那么可以说他是一个很爱笑的男人。但我却从没见他苦笑过。他总是一个大男孩般天真而又无邪地笑。无论春夏秋冬，我从没见他穿过一件较像样子的衣服。没人修自行车时，他便安安静静地坐在一块石头上看小报。与对面的摊位相比，他所占的地盘更小。我家搬到健安路不久，他便是那两平方米不到的地盘的主人了。十几年来，他渐渐在我心目中形成了一种佛般的印象。北影厂家属区后门开在健安路上，每有"奔驰""宝马"一类名车驶来驶往。另一些人们的另一种生活，谁想装作浑然不知几乎是不可能的。

然而一切人生状况的巨大反差，似乎从来也没入过他的眼。他一向是那么的平静而又友善地看待周边的世相。天真而又无邪地笑对之，似乎便是"淡泊"二字的活的人体字形。是的，他常使我联想到"立地成佛"一词。我每欲得知他头脑里究竟有着怎样一种人生观。他既是一个人，我想，人生观必定也是有的吧？但我从来也没试探地问过他。他极敬我，每次看见我，都主动地微笑着打招呼。我想，他肯定并不知道，我对他所怀有的敬意，远超过他对于我的。他那一种据地数尺，甘事小技，总是笑度日子的心理定力，着实地令我自愧弗如。对于我，健安西路仿佛是一部经书，天天翻开在我面前，天天给我以点点滴滴的人生思索和启发。对于我，那修自行车的人，仿佛是我的一位教父。他经常以他的存在暗示我——人其实无须向人生诉求得太多。理当满足但仍不满足的人，那也许是上苍在折磨他们的欲望……

比起来，我在健安路这一条小街上居住的年头最长久。十八年——只比我的人生的三分之一少一年。它也是我所住过的最像样子的一条小街。我相信，以后它的路面和人行道重铺一次的话，更会是一条闹中取静的体面小街了。那么，我即使在这一条小街上终老一生，也算是上苍眷顾于我了啊！

我想，所谓人生，看得再通透些，似乎也是可以这样来理解的——人在特定时空里的几个阶段的剪辑。对于大多数人，也不过便是三五阶段而已。还是往多了说……

第二章

心安处

从复旦到北影

一

一九七四年九月二十七日,下午两三点钟,哈尔滨至上海的一趟火车进站。一个其貌不扬的年轻人被人流裹着,步子虚浮地出了上海站。

上海很热,三十四度左右。这年轻人穿件咔叽布的、旧的、在洗染店染过的、黑色而又变灰了的学生制服。一条崭新的、裤线笔直的"的卡"裤子,蓝色的,太长,折起一寸有余。一双半新的网球鞋。头戴一顶崭新单帽。

他左手拎皮革旅行包,右手拎网兜,里面兜着一个新脸盆、牙具什么的。

他避开人流,有些发蒙,不知该往哪儿去。

他像东北农村某人民公社的小文书一类。更具体说,像《艳阳天》中的"马立本"。连"马立本"那点土潇洒也没有,模样迟钝。

虽然是"文革"时期,讲究穿着的上海人还是比全国其他大城市的人们明显地穿得雅致。他有些自惭其"土"。他从来也没有见过满大街的女人尽数裸胳膊裸腿的情形。他感到有些害羞,竟不知目光应朝什么地方看才算个正经的年轻人。

从他眼前走过的女人们,却并不注意他。偶有一两个女人看他一眼,完全是觉得他有些"憨大"。他便更自惭,更害羞。没有一个男人像他似的头上戴着顶崭新的单帽。撑帽纸板还保留在帽子里,未丢掉是为了帽脸儿显得更陡,给自己增添点精神。

他不由得将帽子摘了下来,塞进手提兜里。可是想到自己一个多月前剃秃头,头发生出还不足半寸,一定更傻里傻气,又取出帽子重新戴上。撑帽纸板折坏了,只好扔了。单帽失去了它,不如原先那么像样。

他有几分沮丧。他是我。

如果上海的年轻人们知道我随身带着一份复旦大学的"工农兵学员"入学通知书,他们肯定会非常羡慕甚至可能嫉妒我这个"东北土老帽"的。那年头"工农兵学员"正吃香,复旦又是国内名牌大学。我家祖坟大冒红烟紫气!

我向一个清扫工问去复旦怎样乘车。他上下打量我一阵,反问:"新入学的工农兵学员?"

我不无自豪地点头。

又问:"从哪儿来?"

我回答:"北大荒。"

再问:"北大荒当地人?"

答:"哈尔滨知青。"

他说:"我女儿也在北大荒,一师三团。"

我说:"我在二团。"

他询问兵团知青的近况。我很乐意地回答了他提出的种种问题。我的上海知青朋友很多,上海话早已听惯。他对我颇产生了一点好感,末了说:"复旦大学的接站车停在离这儿不远的地方,我带你去。"

我能进入复旦,自己完全没想到。

一九七三年初,我从黑龙江生产建设兵团总司令部所在地佳木斯市回到我们一师二团。我是到兵团总部去参加文学创作学习班的。我是团宣传股报道员,兵团业余文学创作员。

回到团部刚几天,政治部主任带我到木材加工厂"蹲点",总结"政治思想工作"经验。木材加工厂是团后勤处直属连队,在团部附近,离团机关区只五六分钟的路。木材加工厂有一个鹤岗知识青年,抬大木时摔断了腿,被送到师部医院住院。腿好后,他在医院给连队领导写了一封信,要求回鹤岗市探一次家。连队领导没批准。他私自回到了鹤岗。他的母亲给连队领导写了一封信,其中有句质问的话:"我的儿子千里迢迢去到边疆,在劳动中摔断了腿,我自己也在生病,难道你们当连队领导的,竟没有批准我儿子探一次家的善心吗?"可想而知,这封信使连队领导恼怒到什么程度。他一个星期后回到连队的当天,团支部召开会议,对他进行批评教育,并讨论对他的处分。"讨论"不过是一种形式,处分已在他回到连队之前就确定了——开除团籍。

我以团政治部工作组成员之一的身份,参加了这次基层连队的团组织特殊会议。会前我了解到,连队领导已找过一些团员骨干个别谈话,"指示"他们在讨论处分时起到"应起的作用"。团支部书记、一位哈尔滨姑娘,对连长和指导员的"指示"当然心领神会,毫无异议,"坚决照办"了。这种做法,本应被列为破坏团组织原则的做法,甚至可以说是"小动作",是不光明正大的,也是对每个团员意志施加的压力,更不利于一个基层连队的政治思想工作。

在那个鹤岗知青痛哭流涕地反复承认错误,做了检讨之后,在经过一阵沉默之后,在由团支部书记宣布给予他开除团籍的组织处分之后，在那几个连长、指导员找他们个别谈过话的团员骨干同时举起手之后，在其他团员们十分犹豫的时候，我忍耐不住了，开口发言了。我的性格不允许我在那一时刻保持沉默。而当我对什么事情不赞同的时候，我的言词往往是尖酸刻薄的。我当时说了些什么，无须赘述。总之，团支部书记兼副指导员显得非常尴尬和难堪，几乎是愤愤然地吩咐一个团员："去把连长和指导员找来！"

连长来了，指导员也来了。两位连队领导的"坐阵"局面，使气氛格外严峻。这种严峻的气氛，将我推到了被迫"迎战"的地位。而人一旦被推到这种地位，哪怕是一个沉着练达的人，有时也会变得一反常态，激昂慷慨起来的。我天生永远不可能成为一个沉着练达的人。我的气质中有种易于冲动、易于激昂慷慨的不良基因。而我一旦冲动起来，岂止"激昂慷慨"而已，简直可以说"目中无人""气冲霄汉"！尤其当我深信正义是在我一方时，我是颇有点不怕天不怕地的。

我当时又说了些什么，连我自己如今也记不清了。有一点却记得很清楚，连长没坐多一会儿，就一言未发，面色青白地怫然而去。指导员比连长涵养好，默默地吸了两支烟，也站起身走了。他虽然表面上不动声色，但离开前狠狠踩灭烟蒂的动作，也够令人"触目惊心"的。如果不是因为我的工作组成员的身份，他当时绝不会表现得那么有涵养。团支部书记也要起身走，我把她叫住了，对她说："团组织会还没开完呢，你不能走！"她只好留下，眼泪汪汪的，几乎快哭了。

多数团员知青，对于出现了这样一种他们万万料想不到的、剑拔弩张的局面，既感到震惊，也暗暗感到钦佩。我无形中成了代表他们被压制的意见的人。他们主张继续表决。表决的结果——给那个鹤岗知青警告处分。这等于对木材加工厂连长和指导员威信的一次严重打击。剖析起来,我的仗义执言,倒并非主要是受所谓"正义感"的驱使。还有更为主要的,当时连我自己也根本不可能意识到的心理因素起强烈作用。这种心理,就是身为一个知识青年,经常受到种种抑制性的不正当的"管束",人格被"领导意志"随心所欲地扭曲,情绪被外界力量无端粗暴地施加骚扰,寻找机会想得以发泄,表示反抗的心理。不过在什么机会下,以什么事件为导火索,以什么方式发泄和反抗,因人而异罢了。这件事,我在我的小说《这是一片神奇的土地》中,作为"情节"移植到女主人公李晓燕身上了。

我以我认为恰当的方式发泄了。我的心里感到了一种发泄后的满足,感到了一种类乎"大获全胜"的痛快,一种从未有过的痛快。然而,"大获全胜"的不是我,也不可能是我。我不过扮演了一次"堂吉诃德"式的惨败者的角色而已。我已说过,从木材加工厂到团部只需五六分钟。刚表决完,还没散会,我就被叫去接电话。政治部主任从团部打来的。"放下电话,立刻跑步到我的办公室!"政治部主任在电话中用异常严厉的语调命令。

我没跑步,但走得很快。走进政治部主任办公室,木材加工厂连长和指导员坐在办公室里,都幸灾乐祸地瞧着我,都是一副皮笑肉不笑的神气。

"从今天起,不,从现在起,你不再是工作组成员了!你必须在木材加工厂团支部会议上做深刻检查!"主任对我拍桌子瞪眼睛。

"没什么可检查的!"我恼火透了。

"你太放肆了!"主任气得脸色紫红。

我顶撞道:"作为一个人,我有权放肆一次!"

主任腮帮子抽搐,说不出话。

"小梁,你何必发这么大火呢!有话好好讲嘛!"木材加工厂连长和指导员虚伪地劝说我。

我狠狠瞪了他们一眼,走出了主任办公室。政治部主任对我没有半点好印象。他给我的印象更不怎么样。我从连队调到宣传股两个多月后,我们连的文书,一位小巧玲珑的"安琪儿"般的牡丹江姑娘,也调到了团部组织股。她报到的当天,吃晚饭的时候,我和她肩并肩向机关食堂走。政治部主任吃罢了晚饭,迎着我们俩往回走。相距三十步远,我就发现他的五官往一块儿挤,在脸上挤出了一堆笑。尽管我不爱看他那种笑,但却认为他是在对我笑。自从我调到宣传股后,他只对我简短地说过几句例行公事的话,还从没对我笑过。主任对我笑,而且是第一次,仅仅出于礼貌,我想我也应对主任笑。我心里那么想,表情上也就相应地做出了一种笑模笑样。笑得不怎么自然,也不怎么由衷。相距二十步远,主任脸上那堆笑更加可掬了。相距十步远,我才看出,主任脸上那堆笑,并非为我,而是呈献给我身旁那位"安琪儿"般的她的。目光,是聚焦的。整整齐齐的两束,投射向一个焦点——她的脸,连点儿余光,也没赏赐给我。我那笑模笑样,算是白做出了,像一个蹩脚的"二传手",移传不到位。

我撇下她,识趣地独自走了。从那一天起,我就认定政治部主任不是个好东西。事实证明,我对人的看法很有准头。他终于因为道德败坏,被开除了军籍、党籍,撤销了一切干部职务,"发配"到我的老连队,成了名副其实的"二劳改"。

这个"不是好东西"的人,在当时,还没有充分的证据被公认为"坏东西",因此也就还完全操纵着我这个小小报道员的命运。不久,团机关开始"精简机构"。政治部所属干部、组织、宣传三个股要精简掉二十二分之一。我就是一。宣传股长觉得有些对不住我,安慰我:"你到机械连吧,能学点技术。以后,找个机会,我再把你抽上来。"我没到机械连去。我那时年少气盛,一种对政治部主任,对木材加工厂连长和指导员的挑战情绪,促使我要求到木材加工厂去。这样的要求当然不会遭到拒绝。

在木材加工厂的连部里,连长坐在椅子上,撩起眼皮看了我一眼,慢条斯理地说:"你自愿来到木材加工厂,我当然很欢迎。在哪里跌倒,在哪里爬起来嘛!可我们这儿没轻活啊!"

他分明对我落到这种地步很高兴。

我问:"什么活最累?"

他说:"抬大木。"

我说:"我抬大木。"

他说:"好啊!"

他站起来,从办公柜里取出一双帆布手套、一副垫肩,放在桌子上,悠悠然走出去了……

我永远感激当年木材加工厂抬木班的知青伙伴们,他们对我的爱护之情,胜似兄弟。他们认为我是被"贬"到木材加工厂的。他们觉得有义务爱护我。最初三个月内,我的肩膀几乎没挨过"蘑菇头"——抬大木的杠棒,只是用卡钩搬搬木头。三个月后,在我的要求下,他们才开始轮流与我搭对抬木头。我的脚步起初总是踏不上号子,大原木前扭后晃,左右摇摆,"耍龙"不止。好几个人由于和我搭对子扭伤了腰,却没有一个人对我说过一句抱怨的话。

我永远感激他们,永远不会忘记他们的姓名和绰号。他们的音容笑貌,至今仍常常浮现眼前。在北京的几个,虽然都已成了家,各自被家庭和工作所累,来往不多了,但每到春节,总是要互相看望看望的。

他们性格各异,都很豪爽,很正直。也许这一点与特殊的体力劳动分不开。八个人,哼起号子,抬千斤重木,是不可能不齐心的。

一声"弟兄们,起呀……",将人和人拉近了。四个月后,招生名额下到连里了。

我成为三名被推荐者之一,名列第二。

但那一年出了个张铁生,我没走成。政治部主任也不甘心让我去上大学。他亲自将我的名字划掉了。

第二年,木材加工厂只分到两个名额:一个大学名额,一个中专名额。大学名额是哈尔滨师范学院,中专名额是鹤岗市邮电学校。

那时我已借调到黑龙江出版社文艺编辑室,为期一年。对上大学不感什么兴趣了。唯希望一年后兴许会被留在出版社,做一名编辑。因为他们对我好,有这个意思。

但连队的知青伙伴们替我报了名。推荐的结果,我名列第三。伙伴们还颇为我遗憾。我从哈尔滨回木材加工厂"探家",推荐工作刚刚结束。

被推荐到鹤岗市邮电学校的,是一名鹤岗知青,木材加工厂的卫生员。他处了个女朋友,是我们哈尔滨姑娘,菜班班长。

推荐结束的当天晚上,菜班班长约卫生员"会晤"。她对他说:"你千万不要去上什么邮电学校吧!鹤岗不过是个小小煤城,回去当邮递员图的什么呢?卫生员在我们这里很吃香,人人求得着,难道你舍得丢掉听诊器吗?"卫生员犹豫起来。

菜班班长进而含情脉脉地说:"反正我是无论如何也不让你走的!你一走,我们的爱情就完结了!我怕你回到鹤岗,会爱上别的姑娘!"

卫生员信誓旦旦,言道人虽离开,心是永远不变的。菜班班长哭了,又说:"就算你不会变心,将来两地生活,多么不幸福啊!"

卫生员终于被说服,为了爱情,做出"牺牲",放弃名额。

菜班班长却瞒着卫生员,去找后勤处长,说她的男朋友希望能由她顶替这个名额，恳求后勤处长成全他们的愿望。

木材加工厂归后勤处领导。后勤处长经常到木材加工厂走走，对菜班班长这个哈尔滨姑娘印象不错，爽快答应。

一个鹤岗市邮电学校的名额，谁顶替谁都不至于引起什么风波。何况又是女朋友顶替男朋友。更何况后勤处长亲自出面说情。招生办认为反正不算原则问题，同意了。这岂能瞒得过卫生员？

卫生员知道后，未免生气，质问女朋友，怎么可以"偷梁换柱"呢？

菜班班长说："我是太想上学，太想离开兵团了。只要能离开兵团，到任何一个小城市去都行！为了我们的爱情，你就彻底做出牺牲吧！我绝不会对你变心的！其实呢，两地生活，也有两地生活的好处。不经常在一起，思念会加深爱情的……"云云。

卫生员对这样的话颇不受用。他真爱她，上了一次当，就不怎么肯轻信她，于是找到招生办吵闹。

招生办觉得他们无事生非，很恼火，对他们说："拉倒吧！你们都扎根边疆吧！"

结果，他们两个上鹤岗市邮电学校的资格都被取消。感情却未破裂，似乎断了想法反而更相爱了。

连里呢，认为别白瞎一个名额啊！指导员就去招生办交涉，又将这个名额要回来了。要回来，是为了让另一个女知青走。指导员和那个女知青的关系有点非正常。

连里的知青们不同意，说应该让我走。因为我是经过推荐的，而且名列第三。名列第二的没资格了，当然该名列第三的走。

我呢，其实又不想去上什么邮电学校。分配去向是预先明告的——鹤岗市邮电部门。我一想到以后将穿着一身绿衣服，在小小的煤城鹤岗的某一邮电所里整天拿着一颗邮章不停地盖东盖西，或者骑辆自行车丁丁零零地驶街穿巷,觉得并不美好。

伙伴们说服我。他们讲人挪活树挪死。他们讲你想留在黑龙江出版社没那么容易。从兵团调走一个知青关卡多着呢!你身体这么不好,再回到木材加工厂抬大木,非把你累垮了不可!他们讲团里的干部们不喜欢你,连里的干部们也不待见你,不走留恋的又是什么呢?

那个当初因为我替他说了一句公道话才保留了团籍的鹤岗知青对我说:"我爸爸是《鹤岗日报》的副主编,你千万别错过这机会!将来我让我爸爸想办法将你调到《鹤岗日报》当记者!"

我不忍辜负他们的好心。而且对能否留在黑龙江出版社当一名编辑,毫无把握,就做出了我一生中很重大的一次决定——去当一名鹤岗市公民。我对抬大木这重体力活也确实有些怵了。那一时期我吃不下饭,浑身无力,走路双腿发软,不要说抬大木上高跳板了。有一次险些在三节跳板上被压趴下。果真如此,我的小命也早就报销在大木之下了。我自己不知道,那时我已患了急性无黄疸型肝炎。肝功能损伤严重。

我的名字报到团招生办的第二天,我正硬撑着和伙伴们抬大木,连长走来了,对我说复旦的一名老师要见见我,叫我立刻到招待所去。

"负担?什么负担?"我有些疑惑。惭愧得很,直到那一天,我还不知道中国有所著名的大学是复旦大学。只知道清华、北大、哈工大、哈军工。如果我"大串联"时到过上海,肯定会知道的,但我没到过。平素也未从上海知青口中听过"复旦"二字。一个初中毕业生,又怎么会知道全国的每一所名牌大学呢?

连长显然也糊里糊涂,说:"你去了就知道了。"

我就去到了招待所,见到的是复旦的一位四十余岁的男老师。

如果我没记错,他姓陈,政治经济系的。

他对我很热情,问我都读过哪些文学书籍,我就回答他读过了什么什么。

又问我最喜欢哪些著作。

我说:"《牛虻》《钢铁是怎样炼成的》《红与黑》《红字》……"

"在这几本书中,最感动你的是哪本书?"

我想了想,说:"《红与黑》。"

"为什么?"

我语塞了。我看《红与黑》,是在初中一年级。记得读完这本书,我痛哭了一场。我最同情的倒不是于连,而是德·瑞那夫人。她对于连的爱,在我看来太令人伤心太不幸了。我想我要是于连,可能会朝自己的太阳穴开一枪,绝不忍去伤害那样热烈、那样痴情地爱过自己的女人。而且看过《红与黑》后,我常常设想另一种结局——于连越狱逃走,带着德·瑞那夫人双双逃到一个孤岛或大森林里去,有情人终成眷属,生下一个女儿,白头到老……我就把这些想法讲了。

他很认真地听。

最后我说:"第一次被深深地感动和第一次恋爱一样,是难忘的。"

他看我一眼,忽然想到了什么,问:"你有女朋友?"

我摇头说:"没有。"

他还问:"真的?"

我说:"为什么要骗你呢?"

他说:"好,很好。"

我当时并不明白他为什么认为我没有女朋友"好",而且"很好"。

但能有这么一位大学老师很认真地听一个知青谈文学,我觉得格外高兴，不再感到拘束，又谈起了别的作品。记得我还谈到了《纳赛·吉约》。这是一个短篇，小学五年级看的。篇名中肯定有两个字我记错了或颠倒了。而且是不是梅里美的作品，也搞不太清楚了。内容是：一个富家子弟与一个孤儿院长大的美丽女工相爱，但又没有娶她为妻的意思。她无法摆脱对他的爱情，跳楼自杀，未死，摔断了一条腿。被一个专做慈善事情的年轻的伯爵夫人所怜悯，送到医院里，天天给她读圣经，教导她为自己"罪恶"的爱情忏悔。富家子弟深感内疚，决心娶女工为妻。但他的监护人，也是他的小姨反对这种爱情。认为一个富家子弟爱一个女工是有失贵族体面的爱情。那小姨就是那伯爵夫人，她亦爱上了自己的侄子。结局是：那女工凄凉地死在医院里，伯爵夫人阻挡了她的情人与她的每一次见面。伯爵夫人要女工临死前向上帝忏悔。

她说："我爱过。"

她说："是我，我爱过。"

她就死了。一年后，年轻寡居的伯爵夫人与自己的侄子结成夫妻。小说的名字我虽然记错了，但是那女工临死前说的话，铭刻在我记忆中。

我还记得对这篇小说的介绍中这样写道："作品一发表，贵族阶层大哗，对作家进行愤怒的围剿。贵妇淑女们，谩骂作家是一只可憎的忘恩负义的猴子，'一旦攀上高枝，便向人间作态'……"

陈老师自始至终听得很认真。他又问我看过哪些中国文学作品。我老老实实地回答我都看过了什么什么。他沉思了一会儿，忽然问："看过《牛田洋》吗？"我说："看过。语录引用得太多，不是小说。"他不再问什么。我便告辞了。抬大木的伙伴们围住我，问我复旦的老师找我什么事儿，问了些什么，我怎样回答的。我复述了一遍，他们就一个个直拍大腿，说我是个大傻蛋，不该对复旦的老师卖弄，大谈什么西方文学。尤其不该贬低《牛田洋》，那是"革命样板文学"。他们认为我如果回答得高明，兴许能入复旦。

我想哪有这等好事落在我头上？我上鹤岗市邮电学校，已是板上钉钉了，报以一笑而已。第二天，那复旦的老师到师里去了。隔了三天，他从师里回到了我们团，又把我找到招待所，一见面就对我说："你的档案，我从团里带到师里了，如今已从师里寄往复旦大学了。如果复旦复审合格，你就是复旦大学中文系创作专业的学生了！"

我呆住了，半天讲不出话。他又说："关于《牛田洋》的那些话，你如果真入了复旦，是不能再说的。复旦很复杂，言行要谨慎。不要希望目前情况之下能在大学学到很多，自己多看些书吧！多看书，对一个人今后总是有益处的。"

事后我才知道，那一次招生，整个东北地区只有两个复旦大学的名额，都分在了黑龙江省。黑龙江省又都分在了兵团。其中一个名额又分在了我们二团。陈老师住在招待所里，偶读《兵团战士报》，发现了我的一篇小散文，便到宣传股，将我几年来发表的小散文、小诗、小小说一类，统统找到，认真读了。还给黑龙江出版社去了一封信，了解我在那里的表现。然后亲自与团招生办交涉，将我的名字同复旦大学联系在了一起。

是机遇吗？不是机遇又是什么呢？

从此我在许多事情上都非常相信机遇了。如果木材加工厂的知青们对我不好，不连续两年推荐我，便没有这机遇。如果黑龙江出版社文艺编辑室的那些老编辑们给我写封很坏的而不是很好的鉴定，便也没这机遇。如果陈老师不是偶然在招待所中翻看《兵团战士报》，仍没这机遇。如果不是陈老师是另外一位老师来招生呢？更没这机遇。

我的机遇是许许多多人给予我的。我甚至认为包括木材加工厂的卫生员和菜班班长。这次机遇是我生活道路上的一次重大转折。机遇决定了多少人的命运啊！生活中，有多少人，仅仅因为没有机遇，便默默无闻。而一旦有了机遇，谁又能断定走在大马路上的一个什么人，不会在一番什么事业中取得什么成功呢？当时我们兵团创作员中，不少人在写作上都比我强得多。那次机遇却偏偏落在我头上。对他们真是不公正，对我真是太幸运。我是兵团创作员中最早离开北大荒去上大学的一个。让我在这篇记叙性文字中，对当年木材加工厂的我的知青伙伴们，对黑龙江出版社文艺编辑室在文学上给予我许多指引的老编辑们，对复旦大学的陈老师，再次表达我永远的感激吧！也让我感激机遇吧！这冥冥之中的仿佛法力无边的主宰。而且让我说，人啊，都为别人更多地创造机遇吧！如果人人如此，我们每个人的机遇也便在其中了。某些人苦苦追求某一事业而不成功，有时实在不是因为缺少才华，而是缺少机遇。进而言之，是缺少为他或她创造机遇的一些人。我们为他人创造机遇，更多的时候并不损失我们自己的什么利益。何乐而不为呢？仅仅因为"我不能，你便也别想"这样一种心理，断送了别人可能一辈子只有一次的机遇，那是多么该诅咒的行为！这样的行为在我们的生活中太多了。少一点，生活将会变得多么美好！

有一部电影中的一个情节，令我感动至深，永难忘记。

年轻的肖邦初到巴黎，无人赏识他的音乐天才。他偶识了乔治·桑——这也是机遇。乔治·桑引他进入自己的沙龙的第一天，邀请了许多音乐界名流，告诉他们，大音乐家李斯特将为他们演奏钢琴曲。但有一个条件，需熄烛听之。黑暗中，钢琴声将所有的人都陶醉了。琴声止，掌声起。乔治·桑挽着李斯特持烛走至钢琴旁。这时人们才发现，演奏者原来并非李斯特，而是一个陌生的年轻人。

持在法国女作家手中的蜡烛,照亮了未来的大音乐家的脸。

李斯特说:"这位年轻人演奏得好极了!我非常羡佩他的音乐天才!"

也许是虚构。但是真美好!美好的乔治·桑!美好的李斯特!当时眼望着银幕,我流泪了,从此喜爱乔治·桑的作品,喜爱李斯特的乐曲,尤胜喜爱别的作品和别的乐曲。乔治·桑与肖邦的爱情,对我来说,也成为容不得什么人的什么文字非议的爱情了……

在接到复旦大学的录取通知书前的半个月,我每天仍抬木头。身体愈加不行,撑着,以此感谢心中要感激的一切。一天,竟晕倒了……

二

我到复旦那天,两腿浮肿,鞋袜难脱。以为是在火车上坐的,并不是,是急性肝病的症状。

当天晚上,专业已报到的同学们,聚在一起开"认识会"。天南地北,各自拿出带来的好吃的东西,堆了一桌子。我只剩下几个小苹果,不好意思拿出来,也不好意思光吃别人的,就吸烟。

我的东北老乡,C,女性,放在桌上的是两个哈尔滨特有的"大列巴",有小脸盆那么大。我只在很小时吃过几次。当时哈尔滨难以买到。大家觉得新奇,切了,你一片他一片,都说好吃,我也拿起一片吃。吃的是老乡的,太客气反而显得疏远。我在一师,C来自五师,原先互不认识。心中暗想,同学中有一个老乡兼兵团战友,真不错。

有一同学问:"听说你们哈尔滨人天天吃这种'大列巴'?"

C回答:"当然。哈尔滨人个个都是从小吃'大列巴'长大的!"

我觉得很有纠正一下的必要，便说："只有百分之五，也许还更少的哈尔滨人是从小吃'大列巴'长大的。百分之九十五以上的人是从小吃大饼子长大的。"

我说的是绝对正确的。因为当时哈尔滨人的粮食定量是——面粉二斤，大米一斤，其余全是粗粮。米面在一般家庭中，除了过年过节，都是给上班的人带的。

C当即反驳我："你一个人是吃大饼子长大的，也代表不了哈尔滨人。我就是从小吃'大列巴'夹红肠长大的！"

我据理力争，说我是百分之九十五中的一个，当然代表大多数哈尔滨人。她不过是百分之五那"一小撮"中的一个，无论如何代表不了哈尔滨人。

她生气了，说："你说谁是'一小撮'？告诉你，我的家庭是'革干家庭'！你侮辱革命干部！"

我说："我不知道啊！可你为什么要说谎呢？为什么要欺骗这么多初识的同学们呢？你明明知道百分之九十五以上的哈尔滨人吃的是粗粮！哈尔滨人如果都是从小吃'大列巴'夹红肠长大的，哈尔滨人早算进入共产主义了！"

我认为，百分之九十五以上的哈尔滨人究竟是从小吃"大列巴"夹红肠还是吃大饼子长大的，这是非辩论清楚不可的。对于这一类问题，我一向特别敏感，容不得别人当我面说一句假话。

她说："你的话里明明有对现实不满的意思！"

我火了，说："咱俩都是工农兵学员，你少跟我来这一套！就算我对现实不满，你又能把我怎么样？"

她说："我是一名共产党员，那我就有权批判你！"

我说："你不过是从小吃'大列巴'夹红肠长大的共产党员，统计一下，你在共产党员中也不过是百分之五！"

其他的同学就劝解。他们越劝解，我越来气。我希望他们都能够相信我的真话，而不要相信C的假话。但他们似乎对我与C争论的问题一点也不感兴趣，只对"大列巴"感兴趣，这比他们相信了C的话还令我气愤。若在兵团，如果C不是女的，而是男的，说哈尔滨人百分之九十五以上是从小吃"大列巴"夹红肠长大的，还坚持，非被吃大饼子长大的哈尔滨青年们合伙揍一顿不可！

怎么能瞪着眼睛认真严肃地说假话呢？

C拍了一下桌子，气势汹汹地说："你这是在分化我们党员队伍！"

我腾地立了起来，说："滚你妈的！"将吃剩下那半片"大列巴"，狠狠朝桌上一摔，猛转身离开了，回到自己的宿舍。

我以前从不骂人，是到木材加工厂后学会的。学会了，就觉得在必要时来一句"滚你妈的"，十分管用。

我躺在自己床上，还气得不行，还想再去找C展开一场大辩论。忍而又忍，才忍住怒火。

我的性格中，有种过于认真而又过于激烈的劣根性。在连队，跟几任连干部大吵过。在团里，跟政治部主任、副主任、参谋长大吵过。到木材加工厂，性格依然不改。

我在初二便已入团。到了北大荒，要求重新入团。劳动很能干，不怕苦不怕累的。就是因为这种性格，重新入团竟入不了。四年后，调到团宣传股的前一年，只好又请求恢复团籍，补了十二元多的团费。教训可谓深刻，但江山易改，本性难移。

现在回想起来，哈尔滨人究竟是从小吃"大列巴"还是吃大饼子长大的，有什么值得辩论的呢？吃大饼子长大的有之，吃"大列巴"夹红肠长大的也有之。干吗脸红脖子粗地争谁代表百分之九十五的哈尔滨人呢？

听隔壁宿舍阵阵说笑声，我忽然意识到，我是换到了另一种环境里。复旦与北大荒太不一样了。我将与之共处的同学也与木材加工厂抬木头的伙伴们太不一样了。我必须正视这个现实。想起陈老师在我们团招待所里对我说过的那番告诫的话，倏然地我心中产生了一种孤独感。

隔壁宿舍里不断传来欢声笑语，C的说笑声尤为响亮。同学们吃着她的"大列巴"，当然不会表示怀疑她的话而相信我的话了。

可我从来没有像那时那刻一样，希望自己的话被相信。每月二斤面粉的哈尔滨人——我心里真是有些难过。

隔了两天，我到医务室去看身体复检结果。医生问过我的姓名，翻到我的化验单，只看了一眼，就低声叫道："乖乖，好家伙！"接着说："你跟我来，你跟我来！"不用手扯我，用夹化验单的夹板从背后顶着我往前走。我就这么被顶上了医务室的二楼，顶进了一扇三夹板临时做成的门内。我糊里糊涂地问："这是什么地方啊？"

医生说："肝炎隔离室。"

我这才知道，我是一个带病毒者——转氨酶五百八十以上。

我请求道："那也得让我回宿舍一次呀！"

医生说："不行。你的一切东西都得经过严格消毒。消毒后日常用的我们会替你送来。从现在起你不能离开这里！"

共有二十几名各系各专业的新生被关闭在"肝炎隔离室"。我是其中肝指数最高的。大家的活动区仅限各房间，每房间四五人，有一个四十多平方米的大阳台。阳台下是篮球场。可谁也不愿出现在阳台上，那好像等于自我展览。

我苦闷起来，唯恐被退回兵团。未入复旦，不知复旦名气。入了复旦，方知复旦果果真真是可以改变一个人命运的地方。有一个上海"老高三"的新生，与我对面床，每天向我讲复旦的历史。我才知道复旦是出名人的地方,不禁从此对这所大学肃然起敬。

有一天,学校里的气氛似乎显得有些异常。那"老高三"经常偷偷溜出隔离室,带回一些消息。那天他又溜出去了,回来后告诉我们,是某国元首到学校参观,还说翻译就是复旦上一届分配到外交部的学生。"肝友"中一个外语系的,不知为什么就哭了。大家问他哭什么,他说:"我的名额将来是要分到外交部去的,现在却被关在这儿!"大家寂然。

大学既是往人头脑里灌输学问的地方,也是在人头脑里编织梦幻的地方。天天批"智育第一",学问贬值。"戴帽分配"——即入学前便已预知分配去向,尤使梦幻迷人。想想看,昨天还在握锄把或抡大锤,明天突然进了某某名牌大学,三年后将要被分配到什么外交部、文化部、中宣部、《人民日报》社等好去处,怎地不使人天天做梦呢?

"肝友"中还有一个国际政治系的,是广西农村学员。"老高三"半真半假地对他说,他们这一届国际政治系中,有分配到中国驻联合国办事处去的。他便天天梦想着有朝一日代表中华人民共和国在联合国大会上发言。每天不断地冲葡萄糖水喝,以为转氨酶会早降下来。还买了一本《肝脏病知识》,手不释卷。一会儿用小镜照舌苔,一会儿看手,害怕发现"肝掌"。

我也借来那本《肝脏病知识》读,也学会了长长地伸出舌头照着小镜自己观察自己的舌苔,也学会了观察身上有没有"蜘蛛痣",手上出没出现肝掌。也梦想,梦想有朝一日分配到黑龙江出版社文艺编辑室做一名编辑。为这个梦想也暗暗祈祷过,不是祈祷上帝,而是祈祷"复方"什么"草冲剂"——医生每天给我三次的草药汤。

一天,刚刚吃过晚饭,正躺在床上忧愁,忽听外面有人喊我。走到阳台上,朝下一望,是陈老师。见了他,就如同见了一位久别的亲人，不禁泪潸潸无语。他仰视，我俯视，我俩好像戏台上《空城计》中的诸葛亮和司马懿。他见我那可怜样子，安慰道："别想得太多，安心养病。思想负担太重，对肝病也是不利的。"

我说："我真怕被退回去。"

他说："一般情况下不会的。肝炎没那么可怕，也不是什么不治之症。"

陈老师走后，我回到隔离病房，重新躺在床上，感到内心的忧郁稍释。

同学小莫给我送来十几封信。一封家信，其余全是木材加工厂抬大木的伙伴和宣传股的朋友们写来的。信给我带来了一些安慰。

有三封信是宣传股的姑娘们分别写来的。我们宣传股只有三位姑娘。北京姑娘小徐是广播员，天津姑娘小张和鹤岗姑娘小张都是放映员。我总是叫她们"张天""张鹤"。我们宣传股在政治部人最多，加上三名报道员、三名干事、两名男放映员，可谓是一个大家庭。股长当年也才三十六七岁，现役军人，是我们的"家长"，令我们感到很可亲的一位"家长"，在我们面前，半点也没有股长的架子，对政治部主任也是"敬而远之"。

我们宣传股的知青之间非常友好。三位姑娘，像我们的三位妹妹一样。这原因很简单，因为那时似乎谁也没有谈情说爱的念头，关系都很单纯。起码我自己那时没有产生过与三位姑娘中的哪一个谈情说爱的念头，也从未看出其他几个小伙子对三位姑娘有过这种表示。

我上大学两年之后，我在宣传股时那种互相之间友好的关系就分崩离析了。都是爱情把这种关系搞坏了。毕竟不是亲兄妹们。到了年龄，小伙子们总希望某一个姑娘不再是自己的"知青姊妹"，而成为自己的妻子。这是任谁也没办法阻止的。只有互相不被吸引的青年男女之间才有所谓纯粹的友谊。这是一条关于男人和女人的定律。伪君子们才企图证明这条定律是错误的。

我们宣传股的三位姑娘,是三位非常可爱的姑娘。都很懂事,很温柔,很善良,也都各有其美,各有动人之处。小徐的身体最弱,我们视她为最小的妹妹。说句实在话,我们是把她宠得有点任性了。但她的任性,也不过是闹点女孩家的小脾气而已。逗她几句,就又笑了。她对我最好,比我小三岁,倒像我一位姐姐,经常善意地取笑我。不知为什么,我很认真地说的话,很认真地做的事,在她看来,似也有几分可笑。

最难忘的一件事是,夏天,我在河边刷棉袄(我的棉袄脏了,一向是刷洗的,拆了就不可能再自己做上),忽然想游泳,将棉袄用一块大石头压在河中,脱了衣服跃入河里游够了,穿上衣服就走了。直至冬天快到了,却哪里也找不见棉袄了。一天猛然想起,是夏季泡在河里了。到河边去找,仍被大石压着,冻在一层薄薄的冰下面。破冰捞出,已被小鱼小虫之类钻了许许多多的蜂窝洞。拿回来晒,瞧着发愁。那时知青们普遍都很节俭,轻易不扔一双鞋一件衣服,何况是棉衣。小徐听说了这件事儿,好一顿笑。她非要亲眼看看那棉袄成了什么样子不可。看到了,更笑得不行。笑了好几气儿,指点着我说:"你呀,你呀,你呀,你真应该带个阿姨一块儿下乡!看来今后我有义务当你阿姨了,谁叫我们在一个股呢?你真叫姑娘们觉着可怜!"我被她的玩笑话说得脸红红的,认为自己整个儿是个"傻青"。她又说:"棉袄都这样了,晒干了又怎么穿?还不成铠甲啦?"要拿去替我拆了重做。我怕她费事,不肯。她竟自作主张湿淋淋沉甸甸的就硬拿了去。几天后,她将棉袄替我做好了。送来时,要我叫她一声"阿姨"。我说:"叫姐吧!"她让步了,说:"也行啊!"我就叫了她一声"姐"。我一看棉袄,认不出是自己的了。

里儿也换了，面儿也换了，棉花分明也换了。厚厚的、新新的。她给我重做了一件袄……

"张天"呢，一口娇小姐似的懒洋洋慢吞吞的天津话。人却一点也不娇气，常像小伙子们似的，戴一顶单军帽，将辫子掖在帽檐里。乍看，像个俊俊秀秀、腼腼腆腆的小伙子。

我被"精简"到木材加工厂，常回股里去玩玩，像回家一样。

她见了我，总是先笑盈盈地说一句："你来了呀？"而后就静静地坐在一旁，听我与股里的小伙子们聊天。偶尔插嘴说一句："你瘦多了呢！"或者问："劳动很累吧？""我家里寄来一听麦乳精，你拿去吧？"她好像任何脾气都没有，从未和什么人翻过脸。谁对她发脾气，她也依然笑盈盈地瞧着人家，使对方的脾气不发自消。

有一次，大礼堂放电影《杜鹃山》，我坐在放映机旁。断了几次片，机械连的几个坏小子，就往她身上扔鞭炮。鞭炮接二连三在她身上爆炸，她只是一声不响地接片子。我忍不住站起来大声说："不愿看的，滚出去！"那几个坏小子也一齐站了起来，朝我跨过来，想揍我。

"你们别欺负人！"她停了放映机，将我掩护在身后。

我喊："木材加工厂的哥儿们，有人想跟我动武！"

我们抬木班的伙伴们，还有其他许多木材加工厂的小伙子，呼啦啦站起来一片。木材加工厂的知青们，打架是出了名的，没有哪一个连队的知青敢惹。那几个机械连的坏小子，见势不妙，慌慌张张地逃出去了。

事后，她对我说："你还有那么多肯帮你打架的朋友啊？"

我骄傲地说："那是当然！"又问："那几个坏小子往你身上扔鞭炮，你怎么一点儿都不生气？"

她一笑，说："跟他们生的哪份儿气呀？犯不着嘛！我不理他们，他们自己就会感到没趣儿的！"说罢，塞到我手中两块糖……

"张鹤"是矿工的女儿，白白净净的，短发齐耳，眼睛挺大、挺妩媚，略胖。她是三个姑娘中看起来发育最成熟的一个，也是三个姑娘中顶厉害的一个。有一次在连队放电影，因为断片次数多了，知青们起哄。她便停了放映机，不肯再放，直至那个连队的连长和指导员向她说了许多好话……

我读着她们各自寄给我的信，感到极大的快乐。回忆着我们相处时的种种趣事，借以排遣心中的忧郁。我忽然产生了一个念头，想给她们之中的某一个写一封求爱信。那时我非常强烈地渴望获得爱情。可是她们之中我最爱谁呢？觉得她们都曾非常友好地对待我，认为她们之中无论谁将来成为我的妻子，我都会很幸福。的的确确，她们是三位非常好的姑娘，以后我在生活中再也没有碰到过像她们那么好的姑娘。一个人二十多岁时认为非常好的姑娘，到了三十五六岁回忆起来还认为非常好，那就真是好姑娘了。在二十多岁的青年眼中，姑娘便是姑娘。在三十五六岁乃至更大年龄的男人眼中，姑娘是女人。这就很要命。但男人们都如此。所以大抵只有青年或年轻人，才能真正看出一个"姑娘"的美点。到了"男人"这个年龄，觉得一个姑娘很美，实在是觉得一个"女人"很美。这之间的意念上的区别，有如看话剧与看电影的区别。也许我是个坏男人，才生出这么不地道的体会。

于今我认识的姑娘中，漂亮的颇有几个。八十年代的姑娘有八十年代姑娘的特点。有的毫无思想，毫无思想而又"彻底解放"，也便谈不上有多少实在的感情。有的仿佛是女哲人，或者自以为是女哲人。女人到了哲人的地步，不复再是女人，而是怪物。即令美到如花似玉，也不过就是如花似玉的怪物。这两类，都叫我受不了。又有八十年代的流行病传染着她们——玩世不恭。真真的玩世不恭，那是一种境界。装模作样地玩世不恭，那是一种病态。是达到了某种境界还是染了某种病态，带她们到自由市场上走一遭就分辨出来了。企图少花块儿八毛的钱从小贩手中买一件便宜衣服时，你就可以对她们直言："你有病。"八十年代的姑娘装模作样地玩世不恭，和封建社会的公主小姐们装模作样地弱不禁风，是一码事。话题扯开去了，还谈我们宣传股的三个姑娘吧！

她们都没有装模作样的毛病。她们也没有那么许多深刻的思想，但都非常珍重感情。她们写给我的信，都流露出对我的真挚的关心。

我没给她们中的哪一个写求爱信。虽然有这念头，却提不起这精神。在"肝炎隔离病房"内写求爱信，命运未卜，我只怕自己会写得太不像样子。但从此，就觉得三位姑娘中的哪一位，已经是我的恋人了似的，心中明朗了许多。几乎每天都拿出她们的信读。

到了冬天，多数"肝友"都已"获释"，只剩下了我和另外三个。形影相吊，冷冷清清好不凄凉！情绪都坏到了极点。又过了半个多月，一天下午，一辆小卡车，将我们拉到了虹桥医院。

我整个第一学期没上一天课。

出院后，心情渐渐开朗，积压了许多信件，就在一个星期天集中回复。于是又重读了三位姑娘各自写给我的几封信，竟不知如何回复才妥当了。

人啊，人啊，有时真是令自己都鄙视自己。在学校"肝炎隔离病房"，在虹桥医院，我天天都盼着三位姑娘给我来信，希望她们经常给我来信，多多益善。每收到她们的来信，便如获至宝，仿佛收到包治肝炎的灵丹妙药。从字里行间，我寻找着那些充满友情的、流露关心的、善良而温柔的话语，反复咀嚼，细细体味，获得某种精神上的怜恤和安抚。而一旦离开了那种特殊的令人沮丧的环境，肝指数正常了，心术则变得有些诡诈起来。

眼前摆着她们的几封来信，头脑中忽然闪过一种想法：我若回信，她们必再来信，导致书信往来不断。继而将会导致什么呢？

导致什么呢？——导致爱情。毫无疑问。

曾认为被她们之中的任何一个所爱，将是莫大幸福的我，肝病初愈，便觉得未见其然了。是啊，我已经是复旦——全国名牌大学的大学生了，她们呢，还在北大荒。这爱的后果，又有何幸福可言呢？最不理想，我也会被分配到黑龙江出版社吧？一位出版社的编辑，在哈尔滨什么样的姑娘物色不到呢？何必操之过急呢？凡事还是现实些的好啊！人是不是都在生病的时候才更需要获得爱情呢？生病时所需要获得的爱情，病好了是否便都觉得不那么太急于获得了呢？我当时弄不明白自己是怎么一回事了。好像心里生出了一个鬼，在教我一点诡诈。

我重读那几封信，便认为那些充满友情的、流露关心的、善良而温柔的话语，分明都包含着不直白、待我回信中主动表露的一个"爱"字。

我可不能。我想。我千万别头脑发昏，今朝一主动，则将永远被动了。

信总是要回的。

不回，太没人味了。

究竟怎么回呢？想啊想啊，受心中那个鬼的启发，想出了一个可谓"上策"。

于是我动笔在一张信纸上这样写——小徐、张天、张鹤：你们的来信收到了……

每一句都经过反复推敲，既要表达出感激，又要在关系上拉开远远的距离。写完之后，涂涂改改，句句换字，最后定稿一封给"知青姐妹"的致敬电一般的短信。抄了一遍，再读一遍，觉得挺满意。

料想她们收到这样一封写给她们的公开信，大约是不会再来信了。来信，也可能是联名信了。联名信就没什么需设防的后果了。我觉得自己挺聪明的。

信寄出后，过了一个多月，果然未收到她们中任何一个人的回信。心中有鬼，必然有愧。终于按捺不住内疚心理，就给股里的一个朋友写了封信。末尾似乎随便地带了一句——我给三位姑娘的回信她们收到否？何以竟不复信？

三

不久，收到了朋友的来信。信中告诉我，三位姑娘接到我的信那天，正都在股里开会。她们互相传阅了我的信，谁也没有说什么，谁也没有表示什么。散会后，我的信就遗留在桌子上，没人收。一连在桌子上放了几天，后来就不知哪去了，大概当废纸被烧了。还告诉我，三位姑娘，已有了意中人，爱情都很美满。她们是真心实意地都关心着我，像过去我曾是宣传股这个"大家庭"中的一员一样关心着我。她们还向股长建议，动员我寒假或暑假回团里探一次"家"，往返路费由她们"报销"……我怔呆了许久许久。

又读她们的来信，那些充满友情的、流露关心的、善良而温柔的话语，仿佛不是写在纸上的，而是她们站在我面前婉婉地对我说的，都是我从前与她们相处时听惯了的话语。如果离开她们上大学的并非我，而是我们宣传股"知青家庭"中的另外一个人，她们依然会写这样的信，信中依然会写那些话语。她们如此珍视友情，如同养蜂人珍惜蜂蜜，那乃是因为她们的天性本如此，她们的品德本如此，她们为人的原则本如此。自作多情的是我自己，想入非非的是我自己，心怀鬼胎的是我自己，亵渎了友情的亦是我自己。在我没那样做之前，我不知自己的灵魂内还蛰伏着一个鬼。在我那样做时，那鬼就变成了我自己。因而我不能看到自己有多么丑恶。在这件事已无可挽回之后，我自己开始憎恨我自己。以前我也做过对不起人的事，但都是在并无鬼胎的情况下做了的。也自责过，但从没有鄙视过自己，从没有憎恨过自己。而这件事则不同。它的本质证明着为人的诡诈、狡猾和虚伪，动用了心术，而且是对三位真挚地关心着我的姑娘。谁动用过卑下的心术，谁就将得到等量的报应。动用没动用心术，这是该不该原谅的界线。

"梁晓声，梁晓声，你这个狗崽子，你真不是东西，你真没人味啊！……"

我只有在心中暗暗诅咒我自己。

那一下午，我没说一句话……

新学期第三天，全系在一起开大会。什么内容我已记不起，只记得许多平常见不到的老教授们全到会了。

首先照例是系工宣队队长、总支书记讲话。他讲了些什么，我也不能全记起了，只记得这样一句话："复旦是藏龙卧虎之地，也是虎豹豺狼之窝。工农兵学员不要只带着红口袋来到大学装知识，还要积极参与复旦的斗、批、改，彻底占领上层建筑……"这番话是针对新生说的，也分明是针对那些老教授们说的。他们当时那种普遍的无动于衷的默然表情告诉了我这一点。接着是评论、创作各专业各年级的学生代表发言。

我是创作专业新生的发言代表。我成为发言代表，是"毛遂自荐"的结果。同学们互相推诿。有的是真推诿，有的是假推诿。C其实很想受命当之，大家也都认为应该。因为她是支部副书记，但她既非常想，又忸怩作态，希望造成一种大家逼迫她成为发言代表的局面。我看不顺眼，就说："她如果真不愿意，我可以代表大家发言。"我主动请缨,谁也不好说不同意。于是发言代表就是我了。C老大不悦,一张宽脸拉长了。

其实我也不是要与C过不去。在我的本性中,沉淀着一种强烈的、长期被压抑的、爱出风头的愿望。活了二十五岁了,社会还没为我提供过一次像样的机会,让我像样地满足地出一次风头。按说"文革"总该算一次机会,出身干净,红五类。大风头出不了,小风头也是可以出出的。揭竿而起,成立个什么红卫兵组织,并非干不成。我们中学里,最初起码有三十几个红卫兵组织。最小的红卫兵组织只有七八人。我又觉得那种风头太丢脸面。黑龙江省"炮轰派"的一个头头,哈军工的学生,与"捍联总"的头头们从北京谈判后回到哈尔滨,站在飞机舷梯上,答各派战报记者问,那潇洒风度,那演讲才能,令我羡慕极了。当时我十九岁,那个头头二十四五岁,正是我到复旦的年龄。十九岁的我到机场看热闹,目睹仿佛电影里的情形,那时便暗暗想,给我一次这样的机会,我死也甘心了!

全市中学生红卫兵组织联合代表大会召开,我也去看热闹。一位中学女红卫兵领袖,站在台上,面对数千人,就像《钢铁是怎样炼成的》中的安娜一样,一擎臂,群情激昂的数千人顿时鸦雀无声,而后以铿锵的语调大声演讲:"埋葬全世界的帝修反,是我们红卫兵的历史使命,我们要光复莫斯科!解放华盛顿!踏平巴黎!占领伦敦……"于是台下嚣起一阵阵口号的狂涛:"光复莫斯科!解放华盛顿!……"我在台下暗想,哪怕我是为那中学女红卫兵领袖摆弄扩音器的人,也值得自豪自豪啊!

下乡后,渐渐地对一切轰轰烈烈都厌倦了,但是更爱出风头。开个什么庆祝会,总要胡写几行歪诗当众朗诵朗诵。若有人奉承:"诗写得不错呀!"便足可得意几天。后来也终于觉得不过瘾,也厌倦。期待着我人生路上有更辉煌的机会到来，出更辉煌的风头。

二十五岁，二十五岁，这真是年轻人最最渴望出风头的年龄！研究起来，年轻人的爱出风头，大抵是因为姑娘们的存在。正如不见雌孔雀，也未受什么鲜艳色彩的刺激，雄孔雀是懒得开屏的。只有小伙子们在一起的情况下，连最爱出风头的小伙子，也没多大兴致出风头。反之，只有姑娘们在一起的情况下，连最爱打扮的姑娘，也没多大兴致打扮自己。出风头实在是小伙子们为姑娘们"打扮"自己的特殊方式。

我将代表专业新生发言，看成是在全系师生面前的一次公开"亮相"。在名牌大学的大学生中，在名牌大学的教授、讲师面前进行一次精彩的发言，我以为这风头是大大值得一出的，是一次够辉煌的机会。

预先写好了发言稿，但对同学和老师说尚未写好。发言稿揣在兜里，走出学校，在校园后围墙下来回徜徉，将发言稿背了下来。我要达到在发言时出口成章的效果。我要在发言后引起掌声和窃窃私议。我要在散会时听到学生、教授和讲师们互相询问："他叫什么名字？""哪个专业的？几年级？"还要听到这样的称赞："发言太有水平了！""简直出口成章！""从容不迫！""有演说家气质！"还要引起男学生们的嫉妒。还要从此无论在什么场合下都吸引女学生们的目光。还要从此为自己在专业、在系里奠定一种优上的地位……在学校"肝炎隔离室"和传染病医院里孤孤寂寂地度过了整整一学期，想出一次风头的愿望几乎都成了精神上的需要。

开会那天，我穿了一件新的铁灰色的咔叽中山装。出院后买的。上海那时流行衬领，便新买了一条洁白的衬领，使铁灰色内露出一圈洁白。单帽早已不戴，头发早已长出。往宿舍的窗子上照照自己，半清半楚地映出一个斯文了点的"马立本"，觉得自己还颇有发言代表的风度,挺自信的。系总支书记、工宣队长的讲话,扰乱了我背熟的发言。我觉得他说得太荒唐。无论是什么人,说了我不赞同的话,无论什么场面下,我也会起而反驳,全然不计后果。这是我本性中的另一面。与我的爱出风头相得益彰,互为衬映,显现出一个我来。他的话刚结束,我便站了起来。我说:"我不同意您的话!复旦大学谁是虎豹豺狼?既有之,指出给我们看!当然不会是我们工农兵学员吧?那么难道是这些教授、副教授、讲师们不成?我看他们没那么可怕!在上、管、改中,工农兵学员不是与革命的教师们是同一战壕的战友吗?虎豹豺狼一词,不是明明在分裂我们吗?……"

工人若在工厂里做工,我是很尊敬他们的。若在大学里颐指气使,那再令人讨厌不过了。我是有意当众表示出我对这位工宣队队长的蔑视。下乡前,军宣队也当众顶撞过,顶撞也就顶撞了。在兵团,一般连队的知青,几年后已普遍形成了对权力的蔑视。有一次,一位兵团总部副政委到木材加工厂视察,进入我们男知青宿舍,大家躺着的照样躺着,歪着的照样歪着,光着脊梁洗脸的照样水花四溅地大洗特洗,没一个拿正眼瞧一下那副政委的。他说"同志们好",也没人应声。

我初入复旦,不知深浅。不知工宣队在复旦的一统天下的权力,更不知"藏龙卧虎之地,虎豹豺狼之窝"这句话是张春桥说的。

所以我的话,使全体鸦雀无声。许多老师和许多学生是都知道张春桥说过那句话的。如果我也知道,绝不会当众反驳工宣队长的。我以为反驳他一下,不过就像在兵团时反驳团长政委一下,也不能把我怎么样。其实大不一样。

我的话所造成的静场效果,使我爱出风头的心理受到了怂恿和鼓励。于是我借题发挥,侃侃而谈。好像还说了托尔斯泰、巴尔扎克、雨果从书架上走下来，与老教授们坐在一起，同样引起我的敬意一类的话。总之，接下来我说的尽是一些花哨浮丽、卖弄唇舌的话，大大地哗众取宠了一番。工宣队队长脸色阴沉严峻。

"住口！"有人打断我的话，是一名评论专业三年级上海男同学，他激昂慷慨地批判我。他刚坐下，第二个立刻站起，一场批判会自发开始。我是那么不堪一击，没有机会站起来反驳，有机会站起来也失去了反驳的勇气和能力。得意之色一扫而光，坐在那里无地自容。

批判我的，差不多全是上海同学。这应该被解释为复旦的一种政治现象。同全国所有文理科大学一样，中文系也是复旦的"神经"，是工宣队控制最严的系。如果说其他理科各系的学生还可以也能够将政治视为"副科"，中文系的学生则不得不将政治当成本科。在那个历史时期，复旦中文系实应改为"复旦中国政治系"。复旦小舞台上的政治戏与中国大舞台上的政治戏，是按照同一脚本演出的。主演是工宣队，导演也是他们。在一切运动中，中文系带动哲学系、新闻系、历史系，然后带动起全校。

徐景贤曾对复旦工宣队说："北有北大，南有复旦。这是我们的两座桥头堡。复旦应该成为斯莫尔尼那样的大学。"斯莫尔尼，是苏联十月社会主义革命时期，为苏维埃夺取政权培训武装力量的革命大学。"四人帮"希望将复旦的学生培训成既能为他们夺取政权效力的工具，也能像保卫冬宫一样有朝一日保卫他们的"中国士官学生"。

工宣队在中文系培训的骨干，以上海学生为主。指出这一点，也许会伤某些上海"工农兵学员"的自尊心，但这是事实。有许多充分的证据足以证明这一点，张春桥曾对复旦做过指示："要多输送上海学生进京。"

但另一个事实是，并非所有的上海学生，都愿意成为"骨干"。

像C那样的外地学生积极靠拢工宣队的,有之,不多。每一个怀有政治目的之人,都希图在告别复旦时,得到复旦慷慨的政治馈赠。失掉了些什么,他们不在乎。像今天某些人对钱的观念很实在一样,一九七四年至一九七七年,某些人对政治的观念也是很实在的。这也就是"四人帮"粉碎以后,许多应该"说清楚"的人,为什么只谈政治,不谈灵魂,说来说去总也说不清楚的缘故。

我的风头出得很划不来,但因此出了点名。许多学生从此都知道中文系有个梁晓声。在女学生们眼中,我不过是个哗众取宠的家伙而已。但我并不认为这不公正。很公正。与其说那是对一个工农兵学员的观点的"围剿",不如说是对一个爱出风头的家伙的公开声讨。

在五角场买香烟,碰到了专业的一位老师。

他问:"气色怎么这么不好?病了?"

我说:"没病。"

他说:"你刚出院不久,肝病容易复发,要注意身体啊!"

我说:"谢谢。"

他说:"感到压力了?"

我说:"有点。"

他说:"工宣队是很恼火,还要继续动员学生对你进行批判。我替你多次辩解过了。你是新生,刚入校,对复旦的情况缺乏了解,发表了错误的观点也情有可原。"我默不作声。

他又说:"其实我和你的观点一样,工农兵学员应该同革命教师是同一战壕的战友。大学又不是动物园,哪有什么虎豹豺狼?耸人听闻嘛!即令有,也不是我们。你的观点并不错,只是太哗众取宠了。如果不是这样,肯定会有不少同学支持你的观点。哗众取宠,你就使自己正确的观点也变成孤立的观点了。在个性、气质、风度和其他一切方面，受人尊重的是质朴无华。你要记住这一点。今后要多观察，多分析，多思考啊！复旦值得思考的事情太多了。我们教师的责任之一，就是尽量保护自己的学生。"

老师的话使我非常受感动。

因为那次发言，以及"四人帮"被粉碎的消息刚刚传到复旦，我第一个闯入校党委抗议不许我们走出校园游行庆祝，我的毕业鉴定上多了对我十分有利而又十分重要的一条——"与'四人帮'进行过斗争"。

十六名同学中，只有我的鉴定中有这样一条评语。被粉碎了的"四人帮"是死老虎。踢死老虎一脚也算勇气吗？

细想想，真惭愧！政治对人的嘉奖也真大方啊！政治，政治，我从此对它有了悟性。

如今已经三十六岁。爱出风头的年龄早已过去了，与多情的年龄一块儿过去了。从个人的教训中，从别的爱出风头者们的庸俗中，体会到了这种庸俗实实在在是对一个人自己的莫大损害。也就学会了一点自尊。人既从自己的教训中发现自己的劣点，也是从别人的庸俗中总结出自己应当如何做人的原则的。不惑之年仍大惑不悟，好比女人的更年期无限延长。那是怪不幸的。

我在复旦见识到了不少在别的地方不太容易见识到的人和事。

中文系总支副书记中，有一个身高一米五左右的侏儒，男性，三十余岁，不知是留校生还是工宣队，样子很猥琐。我从未见其笑过，永远那么猥琐地严肃着。仿佛权力又极大，与系工宣队队长平起平坐，背景莫测。在《学习与批判》上发过一篇所谓杂文《赞"山羊角"精神》，据说很得张春桥好评。自那以后，似乎更身价百倍，使人觉得你不招他不惹他，他也时刻想猝然顶你一头。有一次我亲眼看见他在系里拍着桌子训斥一位副教授，大有顺我者昌，逆我者亡的架势。而且他还没有脖子。在校园里看见他，矮矮地趾高气扬，不可一世地移动过来，猥琐而严肃地瞪着你，够令人不舒服的。我经常是退避三舍，绕条路走。无路可绕，便低下头去。倒不是怕他到这般地步，是看见他也会破坏你一时的好心境。按说他应到某电影制片厂去做特型演员，却狂傲之极地在堂堂复旦大学内招摇过往。"四人帮"纳"贤"到了宠丑的地步，使人常常替中国替复旦深感羞耻和悲哀。

有一位工宣队员，某天中午还在复旦食堂用钢精勺敲着铁饭碗，一边哼唱样板戏一边排队买饭，第二天便在《人民日报》上扬名显姓，成了中央候补委员。他自己还不知道。别人将报纸拿给他看，指着他的名字问："是你吧？"他回答："我他妈的哪有当中央候补委员的造化！"后来证明果真是他，喜滋滋乐悠悠地又对人说："洪文对我真够意思！"原来他是王洪文造反起家时的小兄弟。王氏还真够讲交情的。鸡犬升天寻常事。难怪那年头许多人都认为政治是个一本万利的赌盘，抹下脸皮往上抛赌注。

"四人帮"粉碎以后，有次我在公共汽车上碰到了一个不寻常人——上海曾红极一时的一位小说作者。到我们专业去座谈过，故而认得。我问他日子好过否。他倒对我说了几句实话："日子不好过哇。其实我们这些人呢，对文学并不感兴趣。我们是要通过文学走向政治，我们崇拜的是张姚道路。唉，前途如烟了呀！……"

心灰意懒之人，往往能吐真言。

有一位研究文艺理论的老师，给我留下了难忘的印象。我在系图书馆偶然翻到一本他的小册子，"文革"前出的，便拿着向他请教某一文艺理论问题。

不料他连连摆手，有些惊惶地说："不是我写的，不是我写的。"

我说："别人告诉我就是您写的呀！"

他更加惊惶:"同名同姓,同名同姓!"说罢匆匆而去。

同学小莫恰巧看见了这情形,对我说:"你别再给自己找麻烦,也别给他找麻烦!"

我说:"我又怎么了呀?不过就是向他请教一个文艺理论问题嘛!"

小莫说:"文艺理论在中国只有一个——'三突出'创作原则,请教我吧!"

我问:"他不愿回答也罢了,干吗那么惊惶呀?"

小莫同情地望着他走远的背影,说:"因为他是个'坏人'啊!"

我更加大惑不解。

小莫便告诉我:据说他原是徐景贤的同学。徐氏还没在政治上成气候时,两人碰在一起开过一次什么会。徐氏爱听鬼故事。他也善讲鬼故事。讲罢回自己房间睡觉,半夜徐氏敲门,只穿着裤衩跨进他的房间,言道怕鬼,不敢独眠。房间里正好空一张床,徐氏便天天与他睡在同一房间。徐氏是怕鬼,又迷鬼。每晚都纠缠他讲鬼。后来徐氏成了上海市革命委员会副主任,反对徐的一派组织就派人到复旦来找这位研究文艺理论的讲师,想从他口中获得"炮轰"材料。讲师本是书呆子,不愿卷入政治旋涡,被纠缠烦了,无法摆脱,便拍拍衣兜说:"材料都在这里。时候不到。时候一到,材料抛出,十个徐景贤也打倒了。"说的实在是气话。

徐氏的上海市革命委员会副主任当稳了,就下令将他抓了起来,被隔离审查半年有余,逼他老实交代,到底掌握哪些徐的"黑材料"?审来讯去,他也只能交代出一条——徐景贤怕鬼。终于定不成什么罪名,不得不放了。放是放了,徐氏对他耿耿于怀。堂堂上海市革命委员会副主任怕鬼,总归是有点令人哂笑的事。而且容易使人产生疑问:真唯物主义者还是假唯物主义者?徐氏便下了一道

"口谕":"这个人是个坏人。要控制使用,永不得带学生。"

于是未盖棺而定论,这讲师便成了复旦园内罪名抽象的"坏人"。以后我每次再见到他,心中尤为充满同情。试想这"坏人"的罪名,对于好人来说,是作践到家了。它太容易使人猜测到道德败坏,腐化堕落,以及与女人乱搞关系一类事情上去。而且又是自己无法向别人释冤的。述说一次自己成为"坏人"的经过,便等于又散布一次上海市革命委员会副主任怕鬼的言论,岂非坏上加坏,罪上加罪吗?别人也是无法替他释冤的。就只有那样令人莫测地和一个"坏"字连着了。在我看来,他那半秃的头顶,那列宁式的智慧型的前额,那不修边幅的样子,完完全全是个只会做学问的人,可能做学问做得还有点"迂"。呜呼!悲夫!至今想来,黑色幽默之戏剧之文学,在中国人的生活中蕴含着大量大量的素材与启示,却怎么在外国异军突起了呢?不是中国作家和戏剧家们的一大遗憾吗?

讲师成了坏人,学生原来是"试验品"。

同学中有名女生小樊,上海川沙县人,农村姑娘。矮,胖,圆脸。像目前电视中正在播放的儿童动画片中的"小咪"。挺厉害,谁说她一句不的话也不行。开玩笑她会当真,动不动就这样抢白你:"咋啦,瞧不起阿拉贫下中农女儿哇?"心眼却很好,富有同情感。在十六名同学中,三年没说一句违心话,没做一件违心事的,我认为只有她一个人。"批邓"时,每个同学都至少贴过一张表态性质的大字报。唯独她例外,不写,很干脆地说:"阿拉写不来嘛!"若是别的同学,起码属于路线斗争的立场问题。对她,没人敢这么上纲上线。谁也奈何不得她。

她确是"写不来"。

老师将我和她编在一组,交给我帮助她提高"写作水平"的任务。

我第一次看她写的东西,是学期个人总结,连标点符号也不会用,一"逗"到底,最后一个实心大句号。而那字,像稻田里插的秧苗,一律倾斜地"长"在格子里,仿佛字字是从下往上挑着写的。通篇有四分之一的字似是而非,缺胳膊短腿。语法就更谈不到了。我想替她重标一下标点,力不从心。一"逗"到底,还看得明白。若重新断句,则没有一句意思是完整的。

我十分惊诧,问:"你上过几年学呀?"

答曰:"初一。"

又问:"为什么初中都没念完?"

答曰:"母亲死了,家中缺劳力,帮父亲挣工分。"

再问:"教你的语文老师没给你讲过如何运用标点符号吗?"

答曰:"谁有耐心认真学那些?"

"为什么?"

"不学那些就嫁不了人啦?"

我怔怔地瞧着她,许久不知说什么。她说崇明对面是台湾。我告诉她不是,她就跟我争执不休,争得我只好说是是是。

后来我才知道,张春桥对复旦中文系有过什么"指示",要招收一个文化很低的,根本不知"文学"为何物的学生,将其培养造就成为作家,以打破"文学神秘论""作家天才论"。她就是按照这样的指示,招入复旦的"试验品"。

知道了这个底细后,我常常替她感到悲哀。后来同学们差不多都知道了,却没有一个人告诉过她。她自己不知,也就从不悲哀。每月十七元伍角的助学金,吃饭很节省,竟能省下近半数的钱。不买书,买衣服。对我说:"两个月添一件衣服,三年三十六个月,我至少能添十几件衣服是不是?将来结婚的时候,就不必自己再添衣服了。"

我问:"你有对象了?"

她诚实地点点头，说："还没定。"

问："为什么还没定？"

答："要是我分在上海了，就把他甩了！定了，将来就甩不掉了。"

问："他很爱你？"

答："当然，我们全公社，这几年就出了我这么一个大学生。"

她对我比对别的同学信任，肯讲实话。

我在北大荒当过小学教师，就从怎样运用标点符号起帮她提高"写作水平"。三年来，我觉得我对她是尽了一个同学的义务的，不乏耐心。毕业时，除了逗号和句号，她还会运用冒号、引号、感叹号了。字写得依然如故，不见进步。残字在她的文化废墟上，依然可以组成一个"独立王国"。

有年端午节她从川沙返校，给我带回十几个肉粽子。我说："别都给我，也分给其他同学呀。"她说："哼，给他们个屁！"她觉得所有的同学都瞧不起她这个"贫下中农的女儿"。其实更多的同学并非瞧不起她，是可怜她。她似乎不觉得自己有什么可怜的，三年来与同学们"划清界线"。

做集体毕业鉴定时，十六个同学中，对十五个同学她一言不发。只对我一个人发了言，提了三条优点。过后，她单独找到我，说："我算报答你了吧？"一句话，竟感动得我几乎落泪。

三年，三条优点，还有那些肉粽子……她是个以德报德、以怨报怨的姑娘，而且自尊心特强。

三年来我对她的一些所谓帮助，实在不值一报。对于提高她的"写作水平"，也并不起什么作用。我是心有余而力不足。

我本欲告诉她，她为什么会被招入复旦，却终于没有告诉她。我想她知道了，准会大哭一场。何必要让她三年后怀着一颗深深受伤害的心灵离开复旦呢？

她离校时，除了我，没有第二个同学去送她。因为她不向同学们告别。

我一直将她送到公共汽车站。她对我竟有些依依不舍。忽然她哭了，说："其实我早就知道我能入复旦是怎么回事了，把我当成'试验品'，所以我偏不努力学，让他们扫兴……""他们"——当然不是指的老师们。老师们对她都很关心，她对此也不无感激。张春桥的任何一条"指示"都是复旦的法令。老师们没有抗拒的力量。她自己，三年来不过是以一种消极的心理，嘲弄政治对她的命运的摆布。

政治摆布人，如同猫摆布老鼠。

她还不是"工农兵学员"中最值得同情的一个。最值得同情的是评论专业的一个藏族女生。文化水平不比小樊高多少，两个孩子的妈妈。入校后有压力，也想孩子，对文学评论不感兴趣，如同盲人对看电影不感兴趣。数次要求退学，工宣队不同意，党委不批。她是农奴的女儿，认为退了她，是"阶级感情"问题。

有天我端着脸盆到水房洗衣服，见她呆呆地站立在三楼走廊的一个窗口出神。一件衣服还未洗完，就听"唰啦"一响，是什么从楼上掉下去砸到树的声音。我觉着那声音不祥，满手肥皂沫冲出了水房——走廊窗口已不见了她的身影。俯窗一看，楼底下卧着她的躯体。

她摔死了……

这些人，这些事，渐渐使我意识到，复旦是不能满足我强烈的求知欲的。它可以给予我的只能是另外一类东西：入党，理想的分配去向，政治垫脚石。想要多少块，它可以给你多少块！但需用等量的"实际行动"去换取。在给了工宣队一个不良的最初印象后，对我来说，换取到那些东西，得"摇身一变"，往自己脸上多涂几道反差油彩。

我没有足够的信心和足够的勇气。出卖自己也总需要点勇气,彻底出卖自己则需要大的勇气。

我唯愿自己能无风无波地在复旦度过三年。

我想,我得本分一点才好。

然而"本分"要成为一个人的愿望和原则时,还需获得客观的恩典。客观不发"允许证",主观就像一个被无赖纠缠的姑娘……

四

一天,吃午饭时,中文系留学生窗口贴了一张大白纸,上面工工整整的毛笔字写的是:我们不要留学生特殊化,我们要与中国学生同吃同住。署名——申·沃克。

也许是这个名字在留学生中具有某种潜在的号召力,也许是他提出的要求符合留学生们的普遍愿望,留学生窗口一个留学生也没有,他们皆分散地和我们中国学生排在一起了。

我平素对留学生都没太注意过,更没接触过,问同学小莫:"哪一个是申·沃克?"小莫朝前撅撅下巴:"喏,'瑞典王子'。"

站在三四个人前边的一名留学生转过身来,对我们点头微笑,态度友好。身材很高,一米八以上,却并不魁梧。因为身材高,还显得有些瘦。但举止矜持,风度优雅。我们也友好地对他点头微笑,仅仅是出于礼貌。中文系新闻系的同学合住四号楼。一幢楼一分为二,一半三楼划给了留学生。走廊被门隔开。门上挂着一把拳大的锁,镶的是乌玻璃。某个中国学生若与留学生们接触过多,准会被"留学生办"找去谈话。接触过多是与无来无往相对而言。谈话的实质却意味着提醒、批评、警告。我当时是一个"走白专道路"的典型，时时处于某些同学的监视之下，稍有不慎，便有"小报告"打将上去。所以我避免与留学生们发生接触，讨厌给自己招来什么麻烦。

　　逢年过节，什么纪念日，欢迎新同学或欢送毕业生，系里照例是要举行联欢会的，留学生们照例是要被组织起来参加的，他们有时也准备个小节目，一般照例是唱主席诗词歌。《沁园春·雪》《咏梅》《蝶恋花》是留学生们很喜欢唱的。只有在这些联欢会上，中外学生之间才显示出一点交往气氛来。也只限于气氛而已，并不能深入到感情层面去。像我和小莫回报沃克的微笑，谈不上友好，只能算礼貌。《重上井冈山》《鸟儿问答》两首诗词公开发表并被谱曲后，我却没听到任何一位留学生唱过。我们中国学生是很快就会唱了的，广播室天天以最高音量反复播放，早、午、晚响彻校园，听也听会了。何况每人还发了油印的铅印的歌篇，学生会还集体教唱了好几次。也巧，那天食堂还就是做了"土豆烧牛肉"。许多中国学生和留学生都买了。不知是哪位大师傅烧的，土豆成了羹，牛肉却不烂。食堂里一片抱怨之声。食堂外响而亮之地播放着《鸟儿问答》。

　　我和小莫买好饭后，端着碗用目光四处寻找座位。沃克刚刚在一条长凳上坐定。他看到我俩，又朝我俩点头微笑。所有的桌子凳子全被占据了，我俩找不到个可以坐下的地方。沃克欠身往他坐的那条长凳的一端挪了挪，只坐了个角，招之以手，示意我们和他坐在一起。

　　不过去坐下连礼貌也失掉了。我和小莫对视一眼，走了过去，与他"三位一体"。条凳只有二尺长，三个人坐上，两边两个人的屁股就缺少支点。这么坐着吃饭并不比站着吃饭强多少。我和小莫实实在在是出于礼貌。

　　其实饭厅里有五张桌子没人就座，都是"留学生专桌"。留学生们响应了沃克,谁也不去坐"专桌",端着碗往中国学生的饭桌上挤。没座位的中国学生们端碗站着吃,或端回宿舍去吃,也不愿坐到"留学生专桌"去。这是完全可以理解的。"不要特殊化",在留学生们提出来,是增进友好的愿望。由中国学生去坐,就未免有"不自觉"之嫌了。

沃克见他提出的要求得到留学生们的响应,心中分明暗暗高兴,一脸得意之色。

他将一块嚼不烂的牛肉吐在桌子上,侧脸瞅着我和小莫说:"朋友才坐在一条板凳上。你们俩是我的支持者吗?"他中国话说得相当流利,吐字很清楚,而且是标准的普通话语音。

小莫没吭声。

我自然也不愿有所表示,满怀信心地嚼着一块牛肉。沃克又说:"你们中国学生也应该支持我。"

小莫低声问:"你要我们用什么样的行动支持你?"沃克又朝桌上吐出一块嚼不烂的牛肉,盯着它恨恨地说:"简直像从轮胎上切下来的!"随后索性放下筷子不吃了,两肘支在桌上,双手托下巴颏,微笑着说:"从今天晚饭起,我希望你们带头坐到'留学生专桌'去,那么这个饭厅里就再也不存在什么'留学生专桌'了,嗯?"那一时刻,他脸上有种孩子般天真的神气。他的微笑也显得那么幼稚。他使我怀疑,他对他的做法并不是很认真的,甚至可能掺杂着无恶意的玩笑的成分。校方是绝不会喜欢一位留学生开这种玩笑的,我想。

"这就是你要达到的目的?"小莫又低声问。

我暗中踩了小莫的脚一下,希望他别愚蠢地提什么问题,快吃饭,吃完快跟我一道走。因为我发现已经有人在注意我们。

沃克的目光在整个饭厅巡视了一遍,望着所有仍在饭厅里的中国学生和留学生们,用缓慢的语调说:"我要达到的目的是了解。"他收回目光,又目不转睛地瞧着我和小莫,情绪变得有些激烈地说:"我们留学生从各国来到中国,绝不仅仅是为了学到中国文化!我们还非常想要接近中国人,了解中国人!对于我们,这是同了解和学到中国文化一样重要的!哪怕让我们真实地了解一个中国人也行啊!可是你们中国学生见了我们留学生,无非就是点头、微笑、'您好'、'请',仿佛你们都是机器人,就会说这么几个简单的词汇!难道我们是到一个机器人国家来留学的吗?有时我真想把你们的思想从你们头脑中挖出来!难道你们中国人的头脑里当真什么都没有吗?"

他的语调很高。这时的他,脸上那种纯稚的微笑不见了,那种孩子般天真的神气也没有了。他那样子好像要立刻同谁展开一场大辩论。

饭厅里一时变得寂静无声。中国学生和留学生们都停止了吃饭,从各个角度愕然地朝我们这边望。

我和小莫一时怔住了。我当时绝没有想到,这位瑞典留学生,竟会当着我和小莫——两个中国学生的面,坦率地说出那么一大番不够友好的话。我以为他想了解中国人的愿望是表达得过于强烈了!而经验,别人的经验,更准确说是别人的教训警告我,与这么一位不安分的留学生接触,对自己是很危险的。

我当机立断地站了起来。小莫却仍愚不可及地怔怔坐着。外面,大喇叭还在播放《鸟儿问答》,不知已是第几遍了。沃克也突然站了起来,环视着所有的人大声说:"安静,请聆听最高指示……"

他的话声刚落,紧接着大喇叭里传出一句歌声:"土豆熟了,再加牛肉……"再接着是:"不须放屁!不须放屁!……"留学生们哄笑起来。中国学生们,则一个比一个神态严肃。不难看出,有人的严肃是佯装出来的。一位老师傅在机械地抹桌子,仿佛身旁发生的事情,与自己毫不相干。

沃克离开桌子,走到那位老师傅跟前,极其认真地说:"老师傅,如果先烧牛肉,牛肉烧得半熟,再放土豆,今天就没有这么多人抱怨您了。"

那老师傅木讷地瞧了他一会儿,竟驴唇不对马嘴地张口来了一段语录:"凡是敌人反对的,我们就要拥护。凡是敌人拥护的,我们就要反对!"

沃克无可奈何地耸了一下肩膀。我趁此时机,扯起小莫,赶快离开了饭厅。

"这个申·沃克!……"我边走边嘟哝。

"复旦园有了这么一位留学生,够工宣队操心的喽!"小莫幸灾乐祸地说。

我说:"有什么操心的?工宣队实在看着他不顺眼的时候,也许会将他开除!你以为工宣队做不出来?"

小莫说:"只怕没那么便当!沃克在留学生中很有威信,开除了他,也许会引起留学生们的普遍抗议,造成国际影响呢!"

我问:"他真是瑞典王子?"

小莫回答:"留学生们送给他的绰号罢了。"

"他像吗?"

"我哪儿知道像不像!真正的瑞典王子,我也不曾见过。"

"真正的瑞典王子要比我温文尔雅得多!"没想到沃克又跟了上来,和我们并肩走,边走边说,"用你们中国话形容,儒者风度。"

我和小莫不禁都有几分尴尬,猜想我们议论他的话一定全被他听到了。

"你们对我的议论很有意思。"

果然如此!

我和小莫更加发窘。

他却粲然一笑,避而不提了,问:"你们一定读过新编的《中国文学发展史》,认同那种用阶级斗争观点阐述的文学史观吗?"

此作是很有威望的复旦 F 教授对其原著的"崭新"的"修正"。用阶级和阶级斗争的红线贯穿了中国的文学史,完全符合"迄今为止,人类的一切历史,都是阶级和阶级斗争的历史"的观点。老人家亲笔写给 F 教授的信,复印件敬存在复旦校中展览馆,我们中文系的学生几乎都"瞻仰"过。此著在复旦园内被称为"新文学史",规定中系学生人必购之,购必读之。"四人帮"对它也极为欣赏,在史学界大大鼓噪了一番,制造了一阵别有用心的热闹。

沃克提出了一个我和小莫不愿回答的问题。关于"新文学史",即使在我们中国学生之间谈起,若非彼此绝对信任,也是讳莫如深,谨而慎之的。但如果我们根本不回答,又未免显得我们心有所忌到了胆小如鼠的地步。这又会使我们感到,在一位留学生面前,人格贬低,自尊难保。而且,说到底,他向我们提出的毕竟是一个纯学术问题。起码我们可以认为是一个纯学术问题。

于是我用外交辞令回答:"那是一部很有独到见解的著作。"我因头脑中能想出这样一句圆滑的话作为回答,对自己感到很满意。同时极欲尽快摆脱掉这位"瑞典王子"的"纠缠"。是的,我已经觉得他是在"纠缠"我们了。小莫却自作聪明地反问:"您呢?您是否能够接受那种文学史观?"

"我当然反对了!如果我们留学生在中国都接受了这样一种文学史观,那就太可悲了!那我们就白到中国来留学了,那我们回国后的个人前途就毫无希望了!一个尊重自己的文学和文化历史的国家,是不会用阶级和阶级斗争的观点来篡改自己的文学史的,这难道不是极其愚蠢的事情吗?……"沃克激动起来,站在我们面前,看样子要对我们发表"激烈反对派"的演说。

当时我心中真是对他充满了羡慕。因为他有坦率说出自己观点的权力。而我没有,小莫也没有。复旦园内哪一位教师哪一个中国学生都没有。他说了,最严重的后果,也无非是可能被宣布为"不受欢迎的人"。而他说的那番话如果出自我们口中,轻则受批判,被记过;重则可能被开除,甚至打成"反革命"。世界那么大,中国不欢迎他,他还可以到许多国家去。中国若对我和小莫过不去,我们就他妈的彻底完了。

有几个新闻系的女同学从我们身旁走过,频频回头。显然,她们听到了沃克的话。

高音喇叭里,《鸟儿问答》诗词歌仍在播放。广播员仿佛不但要使这歌声响彻复旦园,而且传遍神州大地。我和小莫对此已司空"听"惯,并未做出什么表情反应。

沃克却皱起了眉头,长长的手臂在空中一挥,大声说:"真讨厌!"

我和小莫这一惊非同小可!

可是我们无法摆脱他。我们加快脚步朝前走,他却倒退着走,继续面对面地和我们说:"这不能算诗!也不能算歌曲!你们中国古代的美学家不是讲究诗中有画,画中有诗吗?可这两首诗词难道能算好诗词吗?'到处莺歌燕舞,更有潺潺流水,高树入云端……'莺歌燕舞,潺潺流水,难道这样的词句还不够平庸吗?你们却说这是中国现实的伟大浪漫主义的写照!这真实吗?这使我联想到了你们在《人民日报》和《红旗》杂志上大张旗鼓地对安东尼奥尼进行的批判。"

我和小莫装聋充哑,只有低头走路而已。

沃克继续倒退着走在我们前边。

"不须放屁……不须放屁……不须放屁……"

男高音、女高音、男女齐唱、男女合唱，极有层次地反复唱着这四个字。仿佛谱曲者认定了这四个字代表诗词的最高美学境界，体现了歌曲思想内涵的最高潮似的，却半点也不能使人感受到音乐的美好。不要说留学生们不喜欢，连我们中国学生学唱到这句时，也个个都觉得口舌笨拙，如鲠在喉，别别扭扭的。

我和小莫唯有装聋作哑而已，唯有低头走路而已。

但愿别人看来，沃克是在对"牛"弹琴。我当时真愿变成一头牛。我想小莫大概也恨不得坐地变成一头牛或者别的什么牲口。

"你们听，这算音乐，这算歌曲吗？你们的鲁迅先生不是就曾经说过'辱骂和恐吓绝不是战斗'的话吗？我无论如何也不能承认这算音乐，这算歌曲！这样的东西在复旦这样全中国乃至全世界都著名的大学校园里天天广播，真是滑稽可笑，无法理解，不成体统！……"

小莫这时变得聪明了。脖子似乎从后面被人砍了一刀，低垂着的头始终不再抬起。

你他妈的说得很有道理！你他妈的说得都对！你他妈的说得对极了！但你他妈的这个外国小子干吗非纠缠住我们俩不放？！干吗非对我们俩说这些？！往日无冤，近日无仇，你他妈的太缺德了啊！我心中恨恨地想。

我猛地抬起头，差点要将饭盒砍到沃克脸上。

大概我当时的模样太可怕，沃克顿时缄口了。他惊诧地瞧着我。

我却发现系总支书记、工宣队队长站在楼口台阶上，像一只观察的袋鼠，正聚精会神地望我们。

一个声音命令我：赶快脱身！傻小子，赶快脱身！

那是我自己的理智的声音，也仿佛是一个陌生的令我讨厌也使我惧怕的什么人的声音。这种人当时复旦园里可真不少,防不胜防。在我们中文系上两届的毕业生中,就有一个学生被自己最要好的同学出卖了——毕业前夕,系里贴出了他的"反动言行百例",被打成"现行反革命",押送回原籍劳动改造。

我灵机一动,突然说:"哎呀!我的饭票夹丢在饭厅了……"说罢转身就往回走。

"我跟你一块儿去找!"真是"心有灵犀一点通",小莫的聪明倒来得真快,往回走得比我更快。

我们一路无话,匆匆走回饭厅。饭厅里空空荡荡,一个人也没有了。

我们面对面坐在一张桌子旁,相互望着,各自心里都有种摆脱了一个什么魔鬼逃入安全之门的获救感。

"太可怕了!……"小莫心有余悸地嘟哝。

我说:"但愿他别认为我们和他的观点完全一致,那对我们俩可不美妙啊!"

小莫沉思了半晌,自言自语:"如果他认为我们和他的观点完全不一致,那我们在一位留学生眼里可就分文不值了。"

我问:"难道你觉得他的话颇有道理不成?"

小莫生气了,虎虎地说:"你别问我这种话好不好?"

"我可丝毫没有不良居心。"我立刻向小莫解释,又说,"在一位留学生面前,我们都太虚伪是不是?"

小莫摇了摇头:"不,是太可悲。"

"比我们更可悲者大有人在,比如F教授,嗯。"

"嗯。一世英名,毁于一旦啊!"

"你说在我们复旦大学三千多工农兵学员中,会有多少人异常清醒地在装糊涂?"

"起码两千五百人吧。"

"剩下的那五百多怎么回事呢?"

"比我们还清醒的野心家,小小的政治投机者,被既得利益收买者,时代制造的半颅人。"

"半颅人?……"

"只有左半边大脑。"

"你以为你挺深刻是不是?"

"反正我不是半颅人。"

我忽然觉得,我们相处两年来,那天才彼此了解,往后可以成为最知己的朋友。我不禁隔着桌子向他伸过一只手去,在他的手背上轻轻拍了一下。

小莫领会了我这一动作的表示,苦笑了一下,说:"不谈这些,我们走吧!"

我也说:"走吧。"望着小莫,却未站起。

小莫也未站起,又自言自语:"这个申·沃克好像认定了我们俩就应该是他主动了解的中国人似的!"

我问:"晚饭我们俩带头坐'留学生专桌'吗?"

小莫反问:"我们当时应诺他了吗?"

我说:"也不算应诺。"

小莫说:"那我们完全没有必要带这个头。"

"是完全没有必要。"我表示同意。

可小莫紧接着又说:"其实带了这个头也无所谓,不过就是坐在哪儿吃饭的问题。"

我想了想,又表示同意:"是无所谓。"

我们刚才紧张的神情渐渐松弛,对望着,忽然都觉得我们之间的谈话既认真又可笑,因为非常认真而显得非常可笑。我们都忍不住扑哧笑了起来……

然而我们并没有获得带头坐"留学生专桌"就餐者的"荣幸"。当我和小莫一块儿来到饭厅,"留学生专桌"早已不成"专桌"了。围坐着它们吃饭的更多是中国学生。"留学生窗口"也名存实亡。有几个中国学生想为所有的中国学生做表率,假装大大咧咧的样子,将饭碗从窗口递了进去,却又被粗鲁地推了出来。卖饭的姑娘一本正经地说:"没接到取消'留学生窗口'的通知,我可无权擅自破例!"那几个中国学生只好悻悻离开。

但是所有的留学生们,毕竟有理由认为他们的愿望实际上已获得了所有中国学生们的理解和支持。他们一个个因此而格外高兴,分散地与中国学生们坐在一起,又说又笑。大多数中国学生,在这种不常见的友好气氛中,却还是习惯地,不,是本能地表现出矜持和拘谨。

小莫说:"还真造成了一种水乳相融的局面呢!"我纠正他道:"实际上还是水乳不相融,不过混兑在一起罢了。好比鸡尾酒。"

小莫说:"比喻得不错。"

两天后,"留学生办"通知我,说要找我谈话。我马上联想到了申·沃克三天前从饭厅到四号楼的路上对我和小莫发表的那些言论,忐忑不安。但又一想自己毕竟没说过一句附和沃克的话,心里踏实了些。隔墙有耳。路上也有耳。大学没教给我什么正经知识,但教给了我不少"防人"的经验,或曰"常识"。那便是——尽量将真实的"自我"包裹起来,包裹得愈严密愈安全。

我在这方面得到的教训是太值得记取了。

入学数月后,我便观察出同学中有几位善于"打小汇报者",殊恶之。曾以言语相讽。

一日,晚饭后,同学H邀我出去散步。他与我同寝室,而且上下铺。我下他上。我当时有些不舒服，但其邀甚殷，难以坚拒，强颜随行。

走出校园，跨过马路，漫步一条僻静小街。其实那算不得一条街，也算不得一条巷，一侧是大片菜地，另一侧有零散民宅。我只是相与走着，并无话说。H偶尔说一句淡话。实实在在的是"散步"。

H突然发问："你猜，这是谁住的地方？"

我看时，见高墙内树冠探出，洋楼露顶。院内寂寂然如无人所居。走至门前，门半掩，得窥院内孵石铺路，冬青成篱，月季盛开。有葡萄架，串串葡萄挂缀架下，待人剪摘。我不知这是什么人住的地方，摇头。

H告诉我："这是陈望道先生的住所。"言罢，脸上闪耀出神秘之色。

我顿时肃然起敬，倒退着离开院门前。直至那时我还是一句话都没有与他说，不知为什么，那个傍晚我就是不想说话。也许仅仅是由于身体不舒服。

我们从他路回返，H突然又问："哎，你觉得那院子怎么样？"

我不甚明白他这句话的意思，迷惑地瞧着他。

他一笑，进一步问："要是让你在那么一座院子里生活，你会感到满意吗？"

我随口回答："当然满意。"我觉得他问得有点莫名其妙，回答前并未做任何严肃的思考。他问了我好几次话，一次也不回答，未免有故意冷淡之嫌。我本无此意的。

那样回答了，认为他就不会再问什么了。而且我回答得也很实在。他果然不再问什么。却看出他内心里暗暗高兴，竟吹起口哨来。"当然满意"——这四个字，是我与他散步时说过的唯一一句话。

五

　　两天之后，星期六的晚上，系里召开全系师生大会。工宣队副队长发表讲话，表情严肃得义愤于色："我们有的同学，资产阶级占有思想极为严重。严重到什么地步呢？严重到想要住进陈望道先生家中的地步！我倒要问问这个同学，你想要住进陈望道先生家，那么让陈望道先生搬到什么地方去住？

　　"大概你还梦想着住进中南海去吧？这叫野心啊！……"

　　我回头看了 H 一眼，他明知我在看他，却装作没有注意到我，一副认真聆听的样子。

　　我明白了，他那一天是存心"邀"我去"散步"。同时也明白了，他为什么要设这样一个智慧的圈套诓我上钩——因为入学后我和他同时交的"入党申请书"。也就是从那一天起，我退出了这场两个人的"战争"。我实在不想卷入这样一场"战争"。而且认识到，我一旦卷入，他我之间，便无所谓"正义与邪恶"了。况且我也绝不是他的对手。从此我再也没有交过一份"思想汇报"。

　　还有一次，一位党员同学，虔诚之至地对我说："大梁，你入学前就发表过小说了，以后你得多帮助我啊！"我慌忙回答："你可别说这样的话！我发表过的那哪叫小说，不过是在《兵团战士报》上以故事形式发表过一两篇好人好事，咱们都一样，要搞创作，都得从头学起……"

　　我最怕别人提我入学前就发表过小说。提的人越多，提的次数越多，使我感到的压力就越大。入学的第二天，十六名同学聚在一起，与老师们一块开"漫谈会"。一位老师问谁入学前发表过作品，皆默默然。我以为大家是因为彼此陌生而拘束，为了打破僵局，便首先说:"我入学前发表过几篇小小说、小诗、小散文。"老师说:"你的情况我已经知道,其他同学呢?"默默然者们仍默默然。可怜,名曰"创作专业",十几个学生,半数以上党员,发表过什么的,除我和一位女生外,竟没有第三个。也就是从入学的第二天,老师们总是不断受到"推行智育第一"的种种指责。而我也就理所当然地成了所谓走"白专道路"典型。那位和我一样入学前发表点小文字的女同学,因为是女同学,幸免之。

一位党员同学要求我在写作上帮助他,并未使我感到受宠若惊,反而使我感到意外。不料那位党员同学一本正经地说:"你别假装谦虚好不好?谦虚过分就是虚伪。"我见他这么说,又确很虔诚,便回答:"你是党员,你思想觉悟比我高,请你在思想上今后多帮助我。"

不料以后小莫暗暗告诉我,我又被"出卖"了一次,那位党员同学竟向工宣队汇报,说我要与他达成一笔"交易"——我请他帮我解决组织问题,以帮他修改文章为报答。他们不向老师汇报我什么,因为老师们都挺爱护我。我虽愤怒,但只想再多铭记一次教育,并不愿与之吵翻。随他们去好了。

又过了几天,那党员同学竟果然拿了一篇什么文章请我帮忙润色文字。其话、其态度、其表情依然那么虔诚之至,那么令人难以拒之。我的回答颇不文明——"去你妈的!"中国的"国骂"有时候很来劲儿。

"你……",他目瞪口呆。

我说:"老子早就不交思想汇报了!你是党员,你会不知道吗?"

他心中有鬼(是否有愧不得而知),退回铺位,钻进蚊帐去了……

自从我打消了争取入党的念头,觉得自己变得无所畏惧了,而且某些人也确实反过来开始怕我了。我尝到了做人的某种"甜头"。

但戒备之心,已成本能。除了小莫,不与任何人过从。暗暗立下与某些人老死不相往来的誓言。

无所畏惧——其实是一种自我感觉。因为我深知,言行不慎,我是会比以前任何一次都被"出卖"得更惨的。"出卖"——各种人们之间的各种"出卖",已不复能用"品德"二字解释,那是那一历史时期的"流行病"。如果放在特种显微镜下分析,每个最渺小的病毒,都带有那一历史时期的政治的特征。

所以我本能地认为申·沃克对我是个"危险"的人物。小莫也接到了"留学生办"的"传讯"。

他将我扯到校园内一个僻静的地方,很有些紧张地问:"前天我没对沃克说什么'过杠'的话吧?"

我肯定地回答:"没有。"

他又问:"也没对你说什么'过杠'的话吧?"

我摇摇头,用同样肯定的语气回答:"没有!"

他顿时出了一口长气。

我问:"就是你说了什么'过杠'的话,难道还怀疑我出卖你不成?"

他脸红了,说:"你可千万别那么以为啊!我不过是有点神经过敏罢了。申·沃克这个外国佬,今后咱俩都得躲避着点。否则咱俩不定哪天准倒霉!"

我比小莫更明白这一点。

但是沃克自己肯定不明白。

他不过就是想主动与两个中国学生建立友谊,对中国人有所了解而已。在那一历史时期,一位外国人想要真实地了解一个中国人,那只能是一种愿望而已。哪个中国人如果向一位外国人真实地袒露自己头脑中的思想,不是想入狱,就准是个疯子!我和小莫都不愿一脚就从大学校门跨进监狱大门去。我们的神经也没什么毛病。

我们按时来到"留学生办","召见"我们的是一位我们不太熟悉的工宣队员。看样子不过是个小角色,却偏要故做出一副大人物的派头。从校党委到各系总支,逐级都有工宣队员担任要职,所谓掺入高教战线的"沙子",领导"教育革命"。此公即是一粒"革命"的"沙子"。而当时复旦的党委书记,竟是位"一颗红星头上戴,革命的红旗挂两边"的现役军人。就差一位贫下中农了。若齐了,真可谓之曰"复旦工农兵政权"。

我和小莫落座后,那工宣队员点着一支烟,吸了一口,吐出一缕,先瞅瞅我,后瞅瞅小莫,语调缓慢地说:"情况嘛,是这样的,我们经过研究以后,接受留学生们要求与中国学生同吃同住的愿望。当然,这无疑会使我们今后面临的思想政治工作更复杂化。可我们既是来领导上层建筑的,就不怕面对各种复杂的情况……"每说到"我们"两个字,便带有格外强调的意味。

"我们"两个字,暗示出工宣队在复旦园中至高无上的权力。我和小莫都不作声。我们预先商量过"对策",要装成两个头脑简单的大傻瓜。"情况嘛,也就是这样一个情况。我们决定,你们俩以后同瑞典留学生申·沃克住在一起。"他话题一转,眈眈地盯着我们。太出乎意料了!我和小莫对视一眼,真都有点发傻了。"据说,你们与申·沃克接触频繁?"对方挪动了一下工人阶级强壮的身躯,往沙发靠背挺舒服地一靠,脸上呈现出令人怀疑的和气表情。

"这是胡说!我们与申·沃克只接触过一次!"小莫当即反驳。

"别发火嘛,有则改之,无则加勉嘛!"那表情,那口吻,依然怪和气的。

我说:"有则改之,无则加勉,这是指一个人对待错误应采取的态度,我们与留学生接触过一次,也算什么错误吗?何况是申·沃克主动与我们接触……"

"这个申·沃克都与你们谈了些什么?"对方打断我的话,猝然发问,同时将身体迅速地俯向我们,仿佛一只会相面的大猩猩似的瞪着我们的脸。

我一时语塞,不知如何回答是好。

"谈气候!"小莫随口回答。

"谈气候?谈什么气候?"

"谈国内气候呗!"

"说,说!……"

"申·沃克认为北京气候好,我们认为还是上海气候好。上海气候多好哇,一年四季湿湿润润的,所以上海人的皮肤才比北方人的皮肤细嫩是不是?他说上海的黄梅雨季挺讨厌,我们说北京风沙太大,他就同我们争论不休……"小莫信口开河,胡诌八扯,煞有介事。

"当然还是上海好,当然还是上海好……"对方搭讪道,大脸盘上均匀地布满了失望,又往后一靠,烟灰落了自己一身。小莫暗暗朝我挤了一下眼睛。我又说:"让我们俩和留学生同住,我觉得不妥。因为我们生活作风挺散漫的,政治思想也不够成熟,只怕会在留学生面前说了什么不该说的话,做了什么不该做的事。请工宣队慎重考虑,是否重新选择两位政治思想上比我们更成熟的同学?"

小莫连连道:"就是,就是,就是。"

对方将烟掐灭在烟灰缸里,看着我说:"我们还是充分信任你们的嘛!不过,申·沃克这个留学生,不是我们的朋友。据我们掌握的情况,是散布许多与我们不友好的言论的。你们要及时向我们汇报他的情况,要同他展开必要的斗争。这也是对你们的考验嘛……"说着,站了起来,表示这次"召见"已经结束。

我和小莫巴不得早结束这场谈话，马上站起退出。退出之前，我真想问一句："要是申·沃克成了你们的朋友，你们大概会封他为什么'荣誉工宣队员'吧？"我们走到校园里时，小莫低声说："这太卑鄙了！和让我们当'告密者'有什么两样？"

我说："反正我们又没有接受他们的经费，完全可以不必向他们汇报什么。"

"那我也觉得这场谈话够令人恶心的！"小莫愤愤地啐了一口……

我们中文系学生，一般七人住一房间。和留学生同住，四人一房间。除了我、小莫、申·沃克而外，还有一位黑人留学生。不过那黑人留学生不久便因为什么事回国了，H搬了进来。傻瓜也会明白，他是工宣队掺入到我们这个宿舍的一位"沙子"。我和小莫虽然与沃克同住了，但更加避免与他交谈什么。我们不愿被工宣队第二次"召见"。H却时常提出各种话题企图在我们这个中外学生同住的宿舍里引起讨论和争论。比如：评《水浒》的现实意义是什么？儒法斗争的历史经验是什么？主席最理想的接班人应该是谁？……

我和小莫知其居心不良，任其独自高谈阔论，姑妄听之而已。

申·沃克曾经对评《水浒》的现实意义发表过一通"独辟蹊径"的见解。

他说："《水浒》是你们中国最伟大的一部反人性的古典名著。"

"什……么？"H当时脸上充血，不知是被一股辩论情绪所激动，还是由于另外的目的而感到兴奋。

沃克从容不迫地说："在《水浒》这部著作中，谁杀人不眨眼，谁就是英雄。评《水浒》的现实意义就在于，为今天的缺少人性和明天的杀人寻找形象的理论根据。现在对那些'走资派'和他们的亲人子女不是非常没有人性的吗？……"

"你这是诽谤!"H的脸愈加充血,慷慨激昂地说,"《水浒》里的英雄杀的尽是贪官污吏!'革命不是请客吃饭,不是做文章,不是绘画绣花,不能那样……'"

"武松'血溅鸳鸯楼',不是就杀了好几个无辜的人吗?孙二娘不是也将许多不见得坏的人包到馒头里去了吗?"

"那是武松杀得性起……"

"杀得性起就可以乱杀无辜了吗?"

"这……好人杀好人是误会……"H的辩论才华,发挥到顶点也就这么高的水平。

"好人杀好人是误会?"沃克眯起眼睛,表情严肃地思考了片刻,似有所悟地点了一下头,自言自语,"难怪武松也差一点被孙二娘麻翻后剁成肉馅。"

H得意地说:"只有我们中国人才能理解目前重新评价《水浒》的现实意义。"

沃克不动声色地说:"也只有在中国才能产生'好人杀好人是误会'这一理论。我一会儿就去动员我的留学生朋友们,要他们和我一块离开中国。好人生活在这样一个充满误会的国家里真是太不安全了。谢谢你使我明白了这一点。真是一条冷冰冰的理论。不,我得现在就去动员我的留学生朋友们,我要和他们一块去找学校的领导!要求退学!"说罢,站起来就大步往外走。

"哎,你,你别去!……"H慌了。

"你有什么权力阻止我!"沃克转身质问,依然那么不动声色。

"我求求你……"H狼狈极了,走过去拽住沃克的袖子不放。

沃克朝我和小莫挤挤眼睛。

我和小莫将脸扭向窗外,使劲咬住嘴唇才没笑出声来。我们都认为沃克是很善于辩论的。他每次总是沉着论战,一步步将H引到辩论的"边缘"。而每到这种时刻，H就一声不吭了。

"为什么毛主席要称王洪文、张春桥、江青、姚文元为'四人帮'呢？"沃克常会在辩论中故作天真地向H提出这一类问题。这一类问题，好比是被辩论气氛吹薄了的气球，谁最后轻轻触它一下，它就会爆炸。H极其害怕这类玩意儿，如同迷信的人害怕什么不祥之物。

我和小莫渐渐开始对沃克产生了某种好感。因为这瑞典留学生的思想竟和我们头脑深层的真实思想那么相通。只有关心中国命运的外国人，才会提出他所提的那些问题。沃克虽然不是复旦大学工宣队们的"朋友"，却应该成为我们的朋友。我们对他的好感，并不明显表示出来，以替他捎一瓶开水，下雨前提醒他将晒在外面的衣物收回，到市内去时，问他需不需要我们代买什么东西这类小事表达。我们相信，他是理解了这一点的。

按照"纪律"规定，与留学生同住的中国学生，是不能将《红旗》《学习与批判》《人民日报》《光明日报》《参考消息》和各种大批判学习材料带到宿舍的。我和小莫严格遵守这一"纪律"。

一天上午，宿舍里只有我和沃克，我抱起被褥去晒，却忘了有本过期的《学习与批判》压在褥子底下。它被带到了地上，我没发现。晒好被褥回到宿舍，见沃克正拿着那本《学习与批判》在看。

"我看看行吗？"他将《学习与批判》朝我扬了一下。

"这……"我不禁面露难色。

《学习与批判》是上海市委机关刊物，被工宣队们称为"小红旗"。上海市委御用写作班子的大块文章，经常以头号标题发表在上面。几乎每一篇大块文章都有政治背景，都是一种政治烟幕。

"这是不许我们留学生看到的吗？"沃克似乎敏感到了。

"不，不，没这个规定。"我说，同时暗想，我这是在替谁辩护啊?

其实,莫说《学习与批判》,就是《人民日报》《红旗》杂志,只要一个在中国的外国人想看,搞到一份或一期看看并非难事。搞不到手的,也可以站到某些报刊栏前去看。《红旗》杂志一有"重要"文章发表,则被按页码扯下,张贴于有玻璃橱窗的某些报刊栏内。希望更多的人从中得到某些暗示,从而紧跟之。

"你骗我。你们一定有这个规定。我不看了。"沃克将《学习与批判》轻轻扔在我的床上。

那一时刻,我觉得身为一个中国人,在这位瑞典留学生面前无地自容。世界上绝没有哪一个国家的哪一所大学,像当时的复旦一样,连自己国家公开发行的报纸和刊物,也对外国留学生实行"封锁"。

我望着他,低声问:"你生气了?"

他耸了一下肩膀,说:"是的。但我并不生你的气。"

我走到自己的铺位前,默默坐下了。

沃克则在他的铺位一躺,头枕在双手上,眼睛瞧着屋顶。忽然,他低声问:"你知道吗,瑞典是世界上第一个与中华人民共和国建立外交关系的西方国家。"

我说:"知道的。"

隔了一会儿,他又说:"我爱中国。东方文化和文明,在我很小的时候对我就具有一种神秘的吸引力。我的父亲是斯德哥尔摩研究东方文学资格最老,也最有成就最有权威的教授。他经常对我说,中国是东方文化、文明和文学的宝库。他支持我到中国来留学。可是我的母亲坚持反对。她认为中国是一个动荡不安的国家。我到中国来,她很不放心。但是我的父亲帮助我说服了母亲……"

我静静地坐着,望着他,将那册《学习与批判》卷起来拿在手中。

他问:"你在听吗?"

我回答:"是的。我在听。"

他接着说:"中国,作为一个国家,将自己封闭得那么严。中国人,作为人,一个个也将自己封闭得那么严。使我感到要在中国真正了解一个中国人,与一个中国人建立诚挚的友谊,是根本不可能的。你认识那位罗马尼亚女留学生吗?"

"认识。"

"你与她很坦率地交谈过什么吗?"

"也没有。"

"真遗憾。你们都是社会主义国家的人。难道你们中国学生对一个来自社会主义国家的留学生也戒心重重吗?"

"……"

"我和她交谈过。她对我讲过一件事,真是滑稽可笑。她说一艘中国商船有次在罗马尼亚的一个港口城市停靠,三个年轻的中国船员走上码头。那一天是罗马尼亚的假日,码头上很热闹。姑娘们和年轻的妇女们穿得漂漂亮亮,惹人注目。她们都又主动又友好地向三位年轻的中国海员招手,微笑,抛送飞吻。可是他们呢,排成三人纵队,在码头上齐步走,对周围的一片热情毫无反应,个个脸上表情严肃,就像在码头上操练步伐的士兵一样。而且目不旁视,使热情的罗马尼亚姑娘和妇女们感到又古怪又迷惑。有一群罗马尼亚姑娘瞧着他们哈哈大笑。其中一个调皮的姑娘悄悄跟在他们身后,出其不意地抱住了走在最后那个年轻的中国海员,并在他脸上使劲亲了一下。他用中国话大声叫喊起来。你猜他叫喊了一句什么?"

"什么?"

"快救我!"

"你胡说。"

"你问济珈去,她会对你再讲一遍的。因为那个亲了中国海员一下的罗马尼亚姑娘,不是别人,就是她自己。"

"……"

"那个被她亲了一下的中国海员,还当着她的面儿对两个伙伴声明:'不是我抱住了她!是她……主动抱住了我!不信你们问问她!你们得给我作证!'……"

"济珈怎么说?"

"她说:'是我主动抱住了他,还亲了他一下。'码头上的女人男人全大笑不止。三个中国海员重新列成纵队,跑步回到了船上……"

"……"

"和我们外国人接近,说出一些真实的思想,对你们中国人就那么可怕吗?"

六

H还没回来。

小莫恨恨地说:"这小子真他妈的,都不叫醒我们,不知什么时候出去的!"

我想,这符合H的为人。他准希望我们都被埋在废墟之下,创作专业只活着他一个,那么他就会如愿以偿,笃定可以入党,也可以分配得无比理想了。

沃克朝窗口瞅了一眼,忽然不安地说:"他刚才会不会从窗口跳出去了?"

我和小莫不禁对视。

小莫走到窗口,探身朝下一望,立刻转过身,脸色苍白如纸,低声说:"老天爷,果然如此!……"

我和沃克一步抢到窗口。我们看到的情形使我们吃惊得呆住了——月光下,一个人仰卧在被翻松了的那片地上,双腿几乎插进了地里,而头,撞在水泥护楼围墙上……几天后,从医院里传来消息,H虽然保住了一条性命,却成了白痴。

毕竟是一个人,毕竟与我们共同生活过。我们对H都产生了一种恻隐之心。我们一块儿到医院去看望H,沃克买了许多东西。我们希望从医院传来的消息并不属实,或者夸大其词。但H的的确确变成了一个白痴,并且瘫痪,身上将永远地插着两只管子。医生说,丧失医疗价值了。

H的父亲,一位黑而瘦小的老农民,站在儿子的病床前不停流泪,兀自喃喃地说:"为什么就你要跳?为什么就你要跳?……"

H两眼大瞪着,却不认人,脸上僵固着一种苦笑般的表情。还有一位农村干部模样的人陪着他的父亲。那一天我们才知道,H入学前是某省某县某公社革命委员会副主任。我们丝毫不能从H平素的为人与他那位可怜而笃诚的老父亲之间找到什么相同之处。也觉得像他那样的一个人当上什么革委会副主任,是又在意料中又匪夷所思的事。

那陪同者说:"我们H若是党员,地革委主任也早当上了!唉,如今这……全完了!……"不胜惋惜之至地大摇其头。难怪H那么迫切地要入党!如果削尖了脑袋确能"钻"入党内,他是会舍得一颗头的。

我们对于H的种种记恨都不存在了。只觉得他是那么可怜,觉得他的老父亲更可怜。沃克给了那可怜的老父亲一百元钱。我和小莫是拿助学金的穷光蛋学生,只能表示我们的同情而已。

从医院回校的路上,沃克沉闷不语。小莫有几分忏悔地说:"也许我不该和他换床位，可我哪能预想到这么个结果呢！"我说："这也不能怪你，只能怪他自己。"沃克说："我们三个都有责任，如果我们对他多加劝阻，他也许最终会听的。我心里真为此而难过。"之后他就再也没有说过一句话。要我们对 H 的可怜下场负责任，我和小莫觉得太欠公道，却并没有同沃克争论。

H 的老父亲委托我们帮助他收拾一下儿子的东西。我们收拾 H 的东西时，发现了他的一个笔记本。上面的记载有几段与我有关，摘录如下：

> 到北京去！一定要想方设法争取分配到北京去！只有分配到北京，才能前程似锦！

> 今天我已探听到底细，专业有两名分配到北京文化部的名额，据说首长指示，要善于在文化部门展开思想和路线斗争的毕业生，要能成为掺进文化部门的"沙子"的毕业生，要插队下过乡的上海知识青年。阴错阳差，竟使梁与 C 两个哈尔滨知青偏得机会……

> 原来专业里有好几个学生都暗知这两个名额的底细。他们都想进京。我们上一届分配到中央教育部的一个学生，已经当上了《教育革命》的负责人，前途无量。C 的名额是别人所挤不掉的，她是专业支部副书记，系工宣队的红人。因此梁成了众矢之的，谁都想"整"垮他，取而代之，机不可失，时不再来……

> 其实我与梁并无积怨，也无近仇。但我不"整"他，别人

也照样"整"他。我不取而代之，别人最终也要取而代之。不是我坏，是前途如此，不得不为。否则，毕业后，我则可能"社来社去"，再当那个小小的公社革委会副主任……

梁似乎变得处处谨慎了，但这么多人盯着他，他绝不可能从此不再说一句错话，做一件错事。他的下场注定了的，不过"鹿死谁手"罢了……

梁的一封看过的信被我发现，在我手中，是黑龙江出版社一个人写给他的，信中有"老妖婆"数句……这就足够了。天助我。现在我不忙抛出来，到毕业前来个"奇袭"……

这日记本先是小莫翻看的。他看了一会儿，递给我，恨恨地说："你自己看吧！没想到这小子这么不是人，可我们还傻乎乎地同情了他一番！他妈的多不多余！"

我看过之后，许久没说话，觉得自己仿佛沉入了零下二百七十度的冰窖底。

入学二年多，我才明白为什么有人像密探似的时常监视我的言行；为什么有人连我在中文系的借书卡也要暗暗统计，阅读"封资修"作品比例多，也作为"思想意识问题"的一条向工宣队汇报；为什么我在阅览室学习《列宁选集》时，只因旁边放了一本没读完的《拿破仑传》，也会被诬为假学马列之名，行摘抄"拿破仑"言论之实；为什么我的信件时常不翼而飞……

沃克瞧着我，似乎也想看那本日记，但却不开口说。自从《学习与批判》事件之后，沃克"自觉"多了，我们不主动给他看的，即使他兴趣极大，也绝不提出请求。我将那日记本扔给沃克，说：

"你愿看就看吧!这对你了解我们中国学生大有好处。"

沃克看完之后,望着我,低声问:"梁,你心里很难过是不是?"

我冷笑道:"不,我并不难过。老子他妈的这个大学不念了,让他们去为一个北京名额明争暗斗吧!"

小莫说:"别发傻,这个日记本得销毁。更重要的是,得找到你那封信!"

小莫帮我在 H 那些信件和书籍中翻找。翻找了半天,却未找到。小莫说:"看来找不到了。他会不会已经交给工宣队了?"

我想了一会儿,摇摇头,说:"大概不会的。他要是交了,工宣队早拿我开刀了。再说他日记上明明写着,要等到毕业前夕再对我进行'奇袭'……"

小莫说:"如果你的判断不错,反正他已经那样子了,再也不会威胁到你了,你也就不必再担心了。"

可我找不到那封信,还是很有些担心。因为那封信如果落入别人手中,我的下场可能同样不堪设想,黑龙江出版社的肖沉老师将头上悬刀。我和小莫当着沃克的面将 H 的那本日记烧了。沃克直摇头,用谴责的语气说:"你们这样做可不好,很不好。H 的父亲委托我们代他整理 H 的东西,未经同意,怎么能……"

小莫打断他的话说:"收起你那套西方式的道德观吧!你是在中国!让他的老父亲看到自己的儿子在日记里记下了这么见不得人的鬼心肠,未免太受刺激吧!"

我也生气地反问:"难道别人存心坑害你,你连点措施都没权力采取吗?"

那是我和小莫第一次与沃克正面发生矛盾。沃克受到我们的抢白,不再说什么,默默扫尽纸灰,用撮子端到厕所里冲走了……

放暑假了。小莫不论寒暑假,必定要回贵州去的。我和沃克一同送走了小莫。我问沃克这个暑假打算怎么度过,他回答说想回国去看望他的老母亲。

"我已经一年多没见到母亲了。我从来没有离开母亲这么久过。"

他微笑着对我说,脸上又显出那种纯真的大孩子神气来。

他反问我打算怎样度过这个暑假,我回答说要留在学校里多看些书。系阅览室的李老师对我不错,某些当时还封存的书,在假期他也肯偷偷借给我。入学后,我还一直没探过家。助学金十七元五角,刚够饭费。弟弟每月从乌苏里江边寄给我十元钱。弟弟的工资也低得可怜,三十二元,一级农工。我决心三年不探家,省下几笔路费。

沃克听我说假期要留在学校里,思忖片刻,改变了想法,说:"那我也要留在学校里。"

我问:"为什么?"

他说:"和你做伴。没有人监视我们,我们之间可以交谈很多很多,对不?"

即使没有人监视了,我又能对沃克说些什么呢?我微微苦笑。

沃克果然就陪我留在学校了。

一天,我那双猪皮鞋开胶了,不能再穿了。而且,一条最像样的裤子也洗薄了,再搓洗一次就会破。我想,我得买一双鞋了,也得买一条裤子了。可弟弟尚未寄钱来。想朝沃克借,终觉羞于启齿,未借。

我决定将自己那块上海牌手表卖掉,暂解拮据。是在延安西路上一家小小的委托商店卖掉的,作价八十五元。我声明要现钱,便只得到六十五元。买了一双鞋,照例是猪皮的。买了一条裤子,照例是"三合一"的。走出商店,发现同学齐某,拎着大包小包,与哲学系的一高个子女同学边走边谈,亲亲密密,兴致勃勃。不愿被齐某看到，更不愿与他打招呼，我转身朝另一方向而去。

齐某算是个"干部"子弟，其父十二级。十二级干部并不显贵，若在北京大概总要数以万计的吧！但他却常常自诩"我们高干子弟……"如何如何的。他带工资上学，这一点倒令我极羡慕。他专爱跟女同学，尤其爱跟那些年龄不大、思想单纯的女同学"建立友谊"。同学们对他颇有非议。但他根本不在乎，说这是他从小养成的习惯。说跟男同学们在一起没什么可谈的。仿佛他认为男同学个个都是"污浊之物"，那些年龄不大、思想单纯的女同学们才是"水"化成的清癯人儿。小莫说他患的是"贾宝玉症"。

回到学校，沃克不在宿舍里，不知干什么去了。忽然间我觉得异常空虚，异常孤独，靠着窗框，像只猴子似的坐在窗台上，手中拿着一本《新华字典》百无聊赖地翻看，全然不怕掉下去，落 H 那么个下场。

信手翻来，却翻到"女"字旁部。在偏旁索引中占的比例竟还不少。于是想到，大概世界上没有哪一个国家专门为女人们创造了那么多文字，在形容女人方面有那么多细致的学问。比如就说女人的笑吧，外国文字的形容，也不过就是大笑、微笑、冷笑、美好地一笑、天真地一笑、单纯地一笑等等。而中国文字中，则有嫣然一笑、莞然一笑、妩然一笑、媚然一笑，思量起来，果然各领风骚。外国人形容女性身材，也不过就高低胖瘦，充其量再加上"线条"怎样怎样，如何如何富有"性感"。而中国文字中，除"苗条"之外，还有"婀娜"，"婀娜"之外还有"窈窕"，"窈窕"之外还有"亭亭玉立""风姿鉴人"一类。还有"秀色可餐"，要吞吃下去的意思。想起前些时候偷读一本《香艳诗抄》，其中更不乏什么"软玉温香""被翻红波""蝶浪蜂狂"一类。外国人叫"做爱"，或者直言曰——"睡觉"，就像阿 Q 对吴妈说的那么明白。可中国人却谓之曰"云雨"。怎么他妈的琢磨的呢！可见中国男人在女人身上动用的脑筋自古以来就很多。可是又自古以来都爱装正人君子。继而想到那位召见过我两次的工宣队员，他在欣赏"白毛女"年历片时，目光就很有几分猥亵。倘若那年历片上没有女人的大腿，印的是仿宋体或隶书体或"狂草"的"最高指示"，谁知那粒革命的"沙子"会不会伏在玻璃板底下，时不时就低下头去"欣赏"起来，没够没了的？

　　我进一步想到周围那么多人都在"装孙子"。包括我自己。

　　我又在装什么呢？装大大具有"工农兵学员"的本色的样子。尽管工宣队们已经觉得我不具有了，但我却还要硬装下去，唯恐毕业分配时被划入"另册"。

　　这想法使我觉得自己可怜亦复可悲。

　　干脆他妈的退学的念头便又产生了。

　　校园外，马路对面，有一个什么陶瓷厂，时值下班，一帮姑娘们，刚刚在厂里洗过澡的样子，一个个披散着头发，结伴走出厂门。其中一个，抬头望见我，竟大声问："嗨！大学生，想什么呐？"

　　我俯视她们一眼，高喊一句："想你们呐！"话一出口，立刻觉得不对，怎么自己口中出了流氓语言？顿时面红耳赤，赶快溜下窗台，不敢露头，怕遭到辱骂。

　　窗外却一阵咯咯嘎嘎的笑声。我弯着腰离开窗口数步。直起腰，见沃克站在门口，正对我微笑。我觉得脸上是更加发烧了。

　　沃克走到窗口，朝下望了望，转身对我说："她们还站在下边呢！"

　　我说："我可没招惹她们！"

　　沃克愣愣地瞅了我一会儿，变微笑为哈哈大笑。我呆呆地坐在床上，仿佛犯了什么天条似的，没人问罪，徒自心中惶惶然。沃克也坐在床上，面对面地望着我，那目光，仿佛在鉴别一个什么中国古董。我被他望得不自在，就躺到床上，避开他那研究的目光。

他低声说："我听到你对她们说的那句话了。"

听到了又怎么呢？我想。

他又问："你在想什么呢？"

我回答："想女人。"故意使他吃惊。

"哦！天啊！……"

听他那语调，似乎果然大吃一惊。

我朝他扭过头去，见他的表情并非吃惊，而是快活。

他说："你真可爱。"

我说："就因为我这会儿想女人？"

他说："不，因为你对我说了一句真话。是真话吧？"

我思考片刻，自认这会儿确是在想女人，便答道："是的。"

他又问："你想的是你的未婚妻？"

我说："没有未婚妻。"

"那么，是在想情人？"

"中国人只许有老婆，不许有情人。有了情人是坏分子。"

"想女朋友？"

"从来没交过女朋友。"

"你二十几岁？"

"二十七岁。"

"二十七岁从来没交过女朋友？"

"从来没交过女朋友。"

"你打算奉行独身主义？"

"我刚才不是说过了吗？我正在想女人！"

"你想的是性吧？"

"什么？"

"性。做爱。"

"就是云雨啰？没云雨过，想也想不快活，不想！"

"瞧，你又不说实话了！"

"在你们瑞典，女人和性是同义词吗？"我腾地坐了起来，生气地瞪着他。

他莫名其妙地说："我并没有侮辱你的意思，你为什么要生气呢？"

我又慢慢躺下去，自言自语地说："我想的是女人。这会儿如果有个女人，无论年龄比我大还是比我小，只要不很丑，只要有温情，我就真愿意将我的头靠在她怀里，睡上整整一天不醒……"

"可是她如果有丈夫呢？"沃克仿佛存心大煞风景，从道德的角度提出了这个问题。

我简直恼火透了，大声说："她有没有丈夫关我什么事？我不过就是想将头靠在她怀里。只要她愿意。"

沃克很认真地说："她丈夫知道了会揍你的。"

这是一个很实际的问题。我沉默了一会儿，说："谢谢你的告诫。我现在不想女人了，现在想喝啤酒了。"

沃克说："我陪你到五角场去。我请客。"

于是我们就到五角场去喝啤酒，啃五香鸡头。

七

沃克举杯说："谢谢你今天跟我谈到女人。第一次一个中国人跟我谈到女人。"

我问："你以为中国的男人们都是不谈论女人的吧？"

他点点头："给我的印象是这样。"

我冷冷一笑，说："我们中国是个君子国。来，为君子国干杯吧！"
……

我们都喝得醉意醺醺才回到学校里。啤酒和五香鸡头代替不了女人。喝过了啤酒我更想女人。我感到我周围布着许多陷阱，防不胜防。我的心理时常处于戒备状态，它太累了。也许是它太需要靠在一个女人的怀里，太需要一种女性给予的温情了……想女人真是男人们心甘情愿的痛苦！二十七岁了，第一次明确地想女人。想得好苦哇！后悔早几年没将头往一个女人怀里靠过。想得就很朦胧。

那天夜里，我做了一个梦，梦见了一个真真实实的姑娘，我将头靠在她怀里，她用手轻轻抚摩着我的头发……第二天醒来，这个梦境仍历历在目。

多亏这个梦，使我想的女人具体了。

沃克仔细地瞅瞅我，问："看你样子好像睡得不太好。"

我说："睡得还好，不过做了一个梦。"

"噩梦？"

"不，美梦。"

"梦见了什么？"

"梦见我将头靠在一个姑娘怀里。"

"真够味儿。"

"我今天要去找她。我很想见到她。"

"谁？"

"我梦见的这姑娘。"

"她是干什么的？"

"她是扫马路的。"

"那，我给你点钱吧！我看你最近好像很缺钱花。"

"谢谢，我已经把手表卖了。"

"你为什么要卖掉手表呢?为什么不向我借钱呢?"

"我没有借钱的习惯。更不会向一个外国人借钱。"

沃克注视着我,直摇头……

我匆匆洗罢脸,也不去吃早饭,就跑到一楼,给那姑娘挂了一个电话。

"喂,谁呀?"她婉声婉语地问。

我低声说出了我的名字。

"你?……有事?……"

"我想……请你今天陪我玩玩。"

"这……我在上班啊!"

"也许……也许我不久就要离开上海……"

"为什么?"

"不为什么?我累了……"

"累了?喂,喂!你听着,我今天请假,我在四十八路车站等你!……"

我缓缓地放下了电话,心情却更加忧郁。我曾在上海杂技学馆深入过生活,每天清晨带着孩子们在新华路跑步。那姑娘每天在新华路扫马路。有一次我的手表掉了,自己却全然不知,等我带领孩子们从另一条马路绕回来,见她站在人行道上,招手叫住我,将手表还给了我……我们就么认识了。

以后每天我让一个大孩子带领全体孩子跑步,我和她就站在人行道上交谈。

她是上海音乐学院一位教授的女儿。两个姐姐都下乡了,都在北大荒。一个姐姐我还认识,是三师师部宣传队的队员。我们之间似乎从一开始就没有什么拘谨。除了小莫,我对她暴露的真实思想算最多了,我还经常将从学校图书馆借的书送给她看——她是一个很清秀很文静的姑娘。

我跳下四十八路公共汽车,看见她站在路旁等我。见了她的面,我竟不知第一句话应当说什么。

她问:"我们到哪儿去玩呢?"

我说:"到哪儿都行。"

她想了想,说:"那我们上西郊动物园去吧。"

我说:"那里有老虎吗?"

她说:"有的。"

我说:"好吧,我们就去看老虎。"

到了西郊动物园,老虎躲在洞里不出来。我们没看成,却也不觉得十分扫兴。我们在小河边的一条长椅上并肩坐下,看鱼。不是金鱼,是青鱼。每条都一尺多长,又肥得笨笨拙拙,纷纷游到岸边觅食吃。

她从书兜里取出两本书,递给我,低声说:"还你吧。"

我问:"看完了?"

她摇摇头。

我说:"那你留下看吧。"

她又摇了摇头,望着河面,用更低的声音说:"我母亲前几天去世了。父亲被'扫地出门'了,过几天我就要跟我父亲回浙江农村老家了……可能我们今后再也不会见面了,谢谢你经常借书给我看……"

我怔怔地望着她,许久许久说不出话来。我忽然觉得,我心中对这姑娘充满了无边无际的爱,也可能是同情。

至今回想起来,分辨不清。爱情加同情,使男人对女人的爱成为怜爱。

她缓缓将脸转向我,凝眸睇视着我,几乎是用请求的语调说:

"对我讲几句话吧。"

我说:"我想退学。"

"退学?……"她脸上显出十分意外的表情。

我又说:"我实在不想念下去了。"

她问:"为什么?"

我说:"没意思。"

她很能理解我这句话的含义,沉思了一会儿,说:"再有一年多你就毕业了,什么事儿都忍着吧。多少人都在忍着啊!"

我情不自禁地抓住了她的一只手,紧紧握着。她的手那么小,那么柔软。她愣了一下,矜持地抽回自己的手,讷讷地说:"你怎么了?……你……病了吗?"

我说:"我也想到浙江农村去。和你们父女一块儿到你们的老家去。我可以当小学教师,也可以当农民。"

她说:"你胡说些什么呀?"

我说:"不是胡说,我爱你。如果你同意,我明天就打报告退学。"

"不,不,你千万别这样。"她慌乱地说,"你就是打了退学报告,被批准了,也只能回北大荒去……咱俩没缘分……"

我又不知说什么好了,情不自禁地第二次抓住了她的手。这一次,她没有将手抽回去,任我紧紧地握着。

河里的大青鱼,纷纷聚拢岸边,将嘴冒出水面,比赛吐水泡。

她的眼泪落在我手背上,一滴,两滴……她又抽出了她的手,从布包里取出一支笔,双手交给我,说:"我特意买了送给你的,留着做个纪念吧!"我握住了那只笔,也再次握住了她的手。

她忽然将头靠在我怀里,说:"我们没缘分……"说完,她就无声地哭了……

回到学校,沃克见我便问:"你终于将头靠在一个姑娘怀里了?"

我说:"和我梦到的相反,一个姑娘将头靠在我怀里。"

沃克说:"都一样。她很美丽吗?"

我说:"女子们的美丽是不同的,有的使男人想到性,有的使男人想到绞刑架,有的使男人想到诗,有的使男人想到画,还有的能使男人们产生忏悔的念头……"

沃克说:"这不过是男人们的想象,你那位姑娘属于哪一类呢?"

我说:"她如同一颗橄榄,我要用心永久含着她。"

沃克看了我半天,说:"你动真情了。"

我说:"是的。"

沃克问:"你果真爱上了她,为什么不跟她结婚?"

我说:"我不知我的命运会在何方。"

沃克沉默了一会儿,又问:"被 H 偷去那封信,是不是仍使你心中不安?"

我说:"不安极了。"

"你仍恨他?"

"我恨不得一刀宰了他!"

她告诉了我离开上海的日期和车次,却不许我去送她,很坚决很断然地不许。我还是到火车站去了,怕火车站人多,寻找不到她,很早就去了。在一排长椅上,我发现了她,呆呆地坐着,脚旁放着一只帆布箱,身旁坐着她的父亲,一位头发苍白、气质斯文的六旬以上的老人。我隐蔽在一个角落,不想让她发现我。我望着她一手搀老父亲,一手拎那只旧的黑色的小箱子,微微低着头,被缓缓移动的人流裹入了检票口,像一个幻影似的,从我眼前一晃,倏然消失了。

我呆呆地站在我隐蔽的那个角落,被充满心间的忧郁压迫得有些窒息。她的命运将会是什么?那一时刻,我完全忘记了自己的命运中也画着一个问号……

开学后,复旦园内发生了一件重大的事情——物理系三年级的一位女同学,贴出了一张大字报,批驳张春桥和姚文元的两个小册子——《论资产阶级法权》和《论无产阶级专政条件下的继续革命》。那是工农兵学员中反叛精神的第一次公开的大无畏的宣战。那是孤单无援的勇士舍生取义的行为。正直的师生们肃立在她那张大字报前,用他们严峻的表情,沉思的目光,互相传达着他们心中的敬佩。反叛的潜流在复旦园内暗暗地汇聚着。政治投机者们却认为这是一个自我表现的大好机会。于是就有一些学生"自发"地前去围攻那个物理系的女学生。操纵幕后的则是工宣队。

我们专业的支部副书记C,也带着她"革命的伙伴们"参与围攻。她也叫我去,她说我善于辩论,最应该去。还应该"立功赎罪"。

我冷冷地问:"赎什么罪?"

她说:"别忘了你作为专业发言代表的那次发言。"

我回答:"你忘了我有口吃的毛病吗?我现在正要读《列宁选集》。"便打开一本《列宁选集》,伏在桌上读起来。

她悻悻地走了。我却读不下去。我终于坐不住,便独自走到大字报栏前,看那张勇士的"宣战书"。大字报写得犀利极了,使人读罢,热血沸腾。一种强烈的冲动,促使我从衣兜取下钢笔,就想在那张大字报上署上自己的名字。然而那种强烈的冲动很快就变成了最大的怯懦,握着钢笔的手出了汗。产生得最快的勇气也消失得最快。任何冲动如果不能变成行为,不过就是一种心理本能而已。除了证明你有这种本能,再无其他意义。

我默默地转身离开了,手中仍握着钢笔,内心里对自己充满了蔑视。"梁晓声,梁晓声,在那个无畏的女同学面前,你不过是一条被政治的电棒击怕了、学乖了的狗!"我一边缓缓地走着,一边这样诅咒自己。仿佛诅咒了自己，就能驱除内心里的羞耻感似的。无畏者敢做真勇士。懦夫却只希望别人为真理拔出决斗之剑，将胜利的小旗背在身后，连一声助战的呐喊也不敢发出。倘邪恶倒下了，他们便举起小旗，分享勇士的荣耀。倘勇士倒下了，他们便悄悄丢掉小旗，退隐到什么安全的角落，固守着卑下的沉默，期待着另一位勇士挺身而出……

回到宿舍里，我锁上门，为自己，也为许许多多像我一样的人，在一本日记的中页写下了这几行字，也写下了我对自己的认识和评判……

沃克回来了，一进门就气愤地大声对我说："怎么可以这样！他们怎么可以打她！"

我合上日记本，问："都是什么人打了她？"

沃克说："有男学生，也有女学生！你们专业的C带的头。他们将她拽到一张桌子上，那么多人围攻一个姑娘！却没有一个人站出来保护她！他们还摔掉了她刚买回来的饭！他们还不许她穿上自己的鞋！我喊了一句'不许打人'，就有许多人也围攻我！看，拽掉了我两颗衣扣！……"

我站了起来。我望着窗外。我流泪了。一个龟缩在安全角落的懦夫的眼泪，没有什么价值的眼泪。

小莫突然推开门闯进来，对沃克说："沃克，你快躲避起来，有几个男学生要来揍你！"

沃克说："他们敢！我要向'留学生办'去汇报的！"

小莫说："就是'留学生办'那个姓庄的工宣队员怂恿他们来教训教训你的！"

我说："沃克，你就先躲避一下吧！"

沃克坚决地摇头："不！"

小莫扯着沃克想往外走,晚了。走廊里传来了来势汹汹的脚步声。小莫刚放开沃克,门就被踢开了,闯进来四个男学生,也不开口说话,揪住沃克就打。沃克没有反抗,没有还手。我和小莫阻挡,被粗暴推开。小莫的头咚的一声撞在书架上,我的暖水瓶不知被哪个家伙踢碎了。

八

沃克毕竟是留学生,他们不敢过分放肆。所谓"教训教训",不过是推过来搡过去,一拳一脚而已。其中一个极为可恨,打了沃克一记耳光。

他们离开我们的宿舍时,小莫大声谴责:"你们怎么能殴打留学生?!"

为首的一个答道:"叫他明白他是在中国。"

我说:"你们踢碎了我的暖瓶,得赔我。"

那家伙冷笑道:"就算你为我们的革命行动贡献了吧!"他们扬长而去。

沃克捂着脸在自己床上坐下,许久才喃喃地说:"真想不到,在中国,我被中国人打了。如果我的老母亲知道了这件事,不知会怎么想。"

小莫说:"沃克,你应该通过瑞典使馆向那几个家伙提出严正抗议!"

沃克摇摇头,说:"不,我不会那么做的。瑞典是第一个和中国建交的西方国家,在我记忆中,瑞典政府从来没有向中国政府提出过任何形式的抗议。我不愿因为我自己,使两个国家之间的友好关系受到丝毫影响。"

我说:"沃克,你回国吧!目前你在中国能学到什么呢?世界这么大,你又何必到中国留学呢?"

沃克沉默许久,又摇头,低声说:"不,我不回国。也许他们以为我会害怕了,回国去。可是只要我还没被宣布为'不受欢迎的人',我就要在中国待下去!"

小莫揉着头,无比歉疚地说:"沃克,真对不起你,我们没有能力保护你。"

沃克望着他,苦笑了一下,说:"你们每一个中国人也没有能力保护你们自己呀,不是吗?"

小莫无言。

我说:"是的。"

沃克说:"这真可悲。"

我果然又遭到了"算计"。而事件凑成之情节,犹如小说家的巧妙构思。先是,半年前,弟弟给我汇来了二十元钱。隔日,我要到邮局取钱,却找不到汇款单了。我在宿舍楼各楼口贴了"寻物启事",两日后也无人送回。便到系里开了一张证明信,证明我汇单已丢,将二十元钱取了回来。

几天前,我又到杂技学馆去体验生活。一天傍晚,接到V从学校打来的电话,告知我弟弟又给我汇钱来了。正缺钱花,便匆匆赶回学校,拿到了汇单。邮局已经下班,只好将汇单带回杂技学馆。

第二天,和我一同在杂技学馆体验生活的C,有事要回学校,我就将汇单交给她,委托她代取。她回到学馆,快晚上十一点了。我已躺下,在看书。她敲门,我给她开了门。她不进,站在门外对我说:"明天上午,系工宣队庄师傅叫你回校一次。"

我问:"什么事?"

她一笑:"不知道。"

我觉出她那一笑颇不善,但又想不出自己近来有什么失谨的言行足可被人"整治",也就随她笑得不善,又问:"我的汇款单替我取出来了吗?"

回答:"E老师替你取。"

E老师是我们专业上一届的留校生,我们的"教导员老师",负责抓政治思想工作的。

我因此而怪,不免再问:"怎么E老师替我去取?"

C又那么令人莫测高深地一笑,其意味更加不善,慢悠悠地答:"我没工夫。"一双眼中,放射出两股冷气,逼得我从脸到心一阵发寒。

复躺下后,总觉C那笑,那话,那目光,包含着什么幸灾乐祸,不再能看下书去,苦思苦索,终不悟其所以然。辗转反侧,难以安睡。翌日,满腹狐疑回到学校,E老师和工宣队庄师傅在工宣队办公室联袂"召见"了我。

E老师随口问了几句在杂技学馆深入生活的情况后,话锋突然一转:"你最近丢什么东西了吗?"

我回答:"前几天将书包在48路公共汽车上丢了。"

又问:"除了书包,还丢什么了?"

我一贯地丢三忘四,想不明白为什么问我这个,还以为他们要发慈悲,补助我点钱呢!便答道:"除了书包再没丢什么。书包里有十几元钱,不过我弟弟又给我汇钱来了。"

"是这张汇款单吗?"E老师拉开抽屉,将那张汇款单取出,朝桌子上一丢。

我说:"是啊,您没替我取出来啊?"

E老师脸色顿变,厉色道:"你好好看看。"

我拿起那张汇款单"好好"看,写得一清二楚,是弟弟汇给我的没错,问:"怎么啦?"

"你看看邮戳!"

我就翻过来看邮戳,一时不免大为尴尬,讷讷地说:"这是我半年前丢的那张汇款单呀,从哪儿出来的呢?"

"这正是我们要向你提出的问题!"一直正襟危坐的庄师傅,朝我瞪起了眼睛。我说:"这得去问 V 呀,是他打电话叫我回来取的,那么他一定知道这张汇单是谁从什么地方找到的。"

"V 在宿舍,"E 老师站起来说,"我这就去问。"

E 老师走出去后,那位工宣队领导一边吸烟,一边目不转睛地瞧着我。许多人在讯问别人时,都会自觉或不自觉地装出捷尔任斯基的样子。这位工宣队领导也不例外。他大概自以为他那双肉眼泡投射出来的目光,也必定称得上"鹰一样的目光"。

一会儿 E 老师回来了,身后跟着 V。不待 E 老师开口,V 便冲我大声质问:"我没有给你打过电话!你怎么无中生有呢?"

"你……没有给我打过电话?可我明明听出来是你的声音啊!"

"你胡说!岂有此理!"他仿佛被牵扯进了什么极不光彩的事件之中,做了"严正声明"后,愤愤离去。

见他那种仿佛受了奇耻大辱的样子,我真怀疑自己从电话里听错了声音,低声说:"让我再想想,也可能是别人给我打的电话……"

E 老师说:"你不必想了。我问过咱们专业所有的同学,谁都没有给你打过电话。"

我意识到问题很严重了——我企图用一张作废的汇单,再从邮局骗取二十元钱,且让别人代取,嫁祸于人之心,昭然若揭也。

庄师傅说:"坦白交代吧,这张汇单你为什么保留至今?"这句话的意思就等于是说——你半年前伪装丢失了汇单,从学校开出证明取了款,而将汇单保留至今——是有"蓄谋"的。

"我？！……我将汇单保留至今？！"我拍案而起。

"你坐下！难道是别人替你保留至今的吗？！"工宣队领导者也拍案而起。

E老师说:"这件事明摆着,性质是严重的,证明你的品质、手段也是恶劣的。你要抵赖是不行的。只有端正态度,老老实实承认错误。否则,你是不能带着这样一个没有交代清楚的问题毕业的!"

我说:"你们想一想,一个头脑正常的人,会办这种蠢事吗?二十元啊!不是二百、二千,值得我从半年前就处心积虑,制造假象吗?难道我不知有人正希望我毕不了业吗?"

E老师说:"你不要将问题扯到别人身上去,这对你自己没什么好处!"

那位系工宣队副队长说:"你的态度很坏,我们今天就谈到这儿吧!你回去想想,还是诚实点,别拖到毕业分配时处理!那样对你更不利!"

我简直发蒙了。弄不明白他为什么希望"莫须有"的事成为事实,更不明白他何以会因此而内心里产生了某种快感似的。

我说:"我什么也不会交代的,随你们的便吧!"说罢,起身便走。

回到宿舍里,小莫见我脸色不对,问我发生了什么事。我将事情前后对小莫述说了一遍。

小莫追问:"到底是不是V给你打的电话?"

我说:"是。可他否认。"

沃克连声说:"这太无耻了!这太无耻了!……"

小莫沉思了一会儿,说:"我问你一句朋友之间的话,你可别多心。"

我说:"问吧。"

小莫说:"你真希望分配到北京去吗?"

我说:"见他妈的鬼吧!我只希望能让我平平静静地度过这最后一个多学期!我家有老母病兄,我想回哈尔滨。回不了哈尔滨,能让我回兵团也罢!"

小莫说:"那就好办了。我代你找V去谈判!告诉他,他可以想方设法进北京,但不要和你竞争,更不要陷害你达到目的!"

似乎也只有这条路可走。我点点头,表示同意。沃克却说:"这太软了,这太软弱了!我看让我找几个留学生狠狠揍他一顿才对!既然你们中国学生可以在工宣队的唆使下蛮不讲理地揍我,我也可以串联几个留学生揍他一顿!"

我说:"沃克,你要敢这样,你就不是我的朋友!"……

小莫的"谈判"以失败告终。

V将此事亦向工宣队汇报了。

于是我莫须有的"错误"更加属实,情节更为恶劣。

小莫懊悔不已。

我婉言相劝。

我忽又想起,那一天除了V给我打电话,还有一个人也在电话中嘻嘻哈哈了一阵。这个人是谁呢?

我怎么也想不起来。

沃克仍想串联几个留学生揍V。我和小莫极为严厉地向他提出警告,他到底打消了念头。

好事无人知,丑事有人传,此话真不假。中文系许多学生,都渐知创作专业的梁晓声"出事"了。于是有人因此而莫名其妙地觉着高兴。虽然我与他们并无利害冲突,亦无什么不快的瓜葛。自己没什么值得高兴的事的某些人,见别人"出事"了,可不是会觉着也够高兴的么！实乃相当一部分中国人的心理遗传吧。

我走在校园里，出现在图书馆或食堂里，便不免招致某些人看一个"出事"了的人的特殊目光。沃克和小莫怕我觉着不自在，常有意一左一右陪着我。我也确实觉着大不自在。C和V们，当然挺高兴的。因为这正是他们预期的"舆论效果"。

在给工宣队打的"证言"中，C写道："某月某日，事发前，我与梁同返杂技学馆。途中我寄信，梁站在邮局内的'汇款领款常识'前，看了许久——可见其犯错误前是有缜密准备的。"

确有其事。我承认了。她寄信，我没事，就看那东西。

"梁在将汇单交付我时，犹豫了一阵——这是其犯错误前矛盾心理的反应。"

我也承认了。确实犹豫一阵——因我本不愿劳她代办任何一件小事。

"当我对梁说'E老师替你取'时，梁的脸色顿时苍白，呆呆地半天说不出话来——这是他预感到事情将要败露时的紧张心理的反应……"

这就有点不实事求是了。

但她觉着我当时就是那样的，我也无法。

V的"证言"简单些，只有两条，但有分量：一、我根本没给梁打过电话，叫他回学校取汇单；二、莫替梁与我"谈判"，企图说服我承认给梁打过电话。

作废了的汇单压在工宣队那儿。人证物证俱全，只待我低头认罪了。

我离开学校，"逃亡"杂技学馆。

大学里有工宣队，杂技学馆也有工宣队，是上海某纺纱厂的几位女工。学员们尽是十几岁的男孩女孩，整日被关在曾是汪精卫的一个小老婆的独院别墅里练功,其实阶级斗争、路线斗争、思想斗争与他们无关的。但几位纱厂女工却不这么认为。她们也时常地造出什么"新动向""新情况",折磨孩子们,折磨杂技老师们,也折磨她们自己。仿佛不唯此不足以显示出她们存在的价值。孩子们在她们的授意下,也常常写几张"大人腔"的思考"路线斗争"或"思想斗争"的大字报,贴在练功房里。

我是北方人,爱吃辣酱。学馆的赵老师就经常从家中带点辣酱来送给我。赵老师是学馆负责人,但受工宣队领导,被女工宣队员领导更是不幸。故而学馆内的"路线斗争""思想斗争"便集中体现在她和几位女工宣队员之间。她年近五十,身材高大,像马玉涛。她也是北方人,我们便认了"老乡"。她为人坦诚,性格耿直,我觉得她比几位严肃的女工宣队员可亲,愿意接近她。她是中国的第一代芭蕾舞演员,而且是苏联舞蹈家西诺夫培训过的。工宣队认为她是"文艺黑线"上的人物。我则觉得她不唯可亲,亦复可敬。我亲她近她,女工宣队员们大不高兴。她们认为:一名"工农兵学员",理应对工宣队员们亲而敬之,才对头,否则,就不对头。她们经常对C叨叨咕咕,说我"屁股坐歪"了。C是我在学馆体验生活时期的直接领导,非常乐于将学馆工宣队们对我的这类意见反映给学校工宣队。其实我的屁股是常和她们坐在一条板凳上的。她们还是不高兴,认为我"屁股虽然和她们坐在一条板凳上了",可"思想是与赵老师合拍"的——也即"与旧文艺思想合拍"。我无法讨她们欢心,只好随她们不高兴去。她们不免常以冷脸对我。

有一次我问赵老师:"她们怎么这样呐?"

赵老师:"你别在意,只当她们是在更年期。"

我那时特傻,不知"更年期"为何意,因问:"更年期是怎么回事啊?"

赵老师想了想，回答："女人到了不知把自己怎么办才好的年龄。"

我觉得身为女人真不幸。不但要和男人们一样受命运的摆布，还要受生育之苦，还要受"不知把自己怎么办才好的年龄"的捉弄。便对那几位女工宣队员格外同情起来。中文系图书馆有"文革"前的《妇女杂志》，我便特意回校一次，大量翻阅，选出几册载有"妇女到了更年期怎么办"一类文章的，借出来带到学馆，推荐给几位女工宣队员读。不料想她们甚为恼怒，以为我当面羞辱她们。其实我一向尊重妇女，而且确确实实一片好意。我尽办傻事。

著名戏剧家黄佐临先生小女黄小芹，在杂技学馆做钢琴伴奏老师，与我是同龄人。我们之间亦颇有话说，心是相通的，常背人一起咒咒"老妖婆"，觉得彼此都一吐为快。我们唯独不避赵老师。小芹是赵老师调来的人。赵老师与我交谈时，常流露出对佐临先生的敬仰。她将小芹调到学馆，颇费了一番周折。几位"不知把自己怎么办才好"的女工宣队员，当然自以为她们有非常充分的理由推断，一个"文艺黑线"上的人物，一个被"打翻在地"的"资产阶级戏剧艺术家"的女儿，再加上一个爱吃"文艺黑线"上的人物的辣酱，"屁股坐歪了"的工农兵学员凑在一起，所谈所论肯定都非"革命言论"无疑。

我从学校逃到学馆，连我给他们做了半年之久辅导员的孩子们也知道"大梁老师出事了"。C已将"舆论工作"做到家了，我真佩服她。被自己喜爱的孩子们用种种猜疑的眼光看待和不敬的态度对待，令我尤其不堪忍受。连赵老师和小芹也不知我究竟出了什么事，欲问而不便问。

我也没心思向她们解释。只好再逃。

上海郊区有个小镇叫朱家角。据说电影《枯木逢春》中的一些镜头，就是在那里拍的。我的一位上海知青朋友的外婆家住在那小镇上。他回上海探家时,曾带我到他的外婆家住过几日。我很喜欢那小镇。那里似乎是一个宁静的世界。老阿婆非常真诚地欢迎我再去做客,视我为他的亲外孙一样。

我从大上海逃避到小小的朱家角,着实过了几天清静日子。老阿婆说我瘦得叫人可怜,顿顿给我做好吃的。

一天,沃克竟找到了我住的地方,令我大出所料。我问:"你怎么知道我住在这里?"

沃克回答:"小莫告诉我的。"

我只告诉了小莫一个人我在什么地方,而且嘱咐他不要告诉别人。他告诉了沃克,我有些不悦。我不愿被任何一个人扰乱我在小小的朱家角所感受到的清静。这小镇上最主要的一条街,又深又窄。两旁尽是歪斜的木板阁楼。对门住着的女人们,常一边坐在自家门槛上摘菜,一边隔街拉话。姑娘们结伴从街上走过,木底拖鞋在石路上发出吧嗒吧嗒的响声,其声如梆,远远地传过来,又远远地消失了,给这小镇增添了一种独特的音韵。而老人们在敞开的窗口隔街对饮,那真是一幅妙趣横生的画。镇外还有一条河,河上有古老的石桥,河中有木船驶来驶往。就这些,对我已足够了。我喜爱上了这小镇。而最主要的是,这小镇的政治氛围较淡薄,不那么压迫人。没有男性工宣队,也没有"不知将自己怎么办才好"的女工宣队员。也许只有镇"革命委员会"那幢不大的二层楼里的人们,才像别的地方的某些人一样,有兴趣去玩那同一局政治桥牌。总之我是那么不愿离开朱家角,不愿回到上海,不愿回到杂技学馆,更不愿回到复旦去。我真希望就能在朱家角待到毕业,随便他们将我分配到什么地方。还有那张汇单,也见鬼去吧!随便他们给我下个什么结论!

沃克看出我有些不高兴,说:"小莫本不想告诉我你住在这里,是我逼问出来的。我不能不来见你一面。因为……我是来向你告别的。我……要回国了。以后，也许不会再到中国来了……"

我心中倏然对这位瑞典留学生产生了一种依依不舍的感情。同时也因为对他的冷淡而自责。

我问："你为什么突然要回国呢？"

他说："我把 V 揍了一顿。"

"你被宣布为'不受欢迎的人'了？"

"没那么严重。不过我对中国感到失望了。"

九

我不知再说什么好。

老阿婆见一位外国人来找我，显出极为忐忑不安的样子。在这个小镇上，谁家里来了一位外国人，可是件不寻常的事情。不寻常的事情往往也会被认为是不正常的事情。小镇上的人们肯定都忌讳这一点的。我很理解老阿婆便告诉她，沃克是我的外国同学，不会给她带来任何麻烦，见我一面就走，叫她打消疑虑。

随后，我陪沃克来到一家小饭馆。落座后，我说："沃克，我请你吃顿便饭吧。"

沃克说："还是我请你，我比你有钱。"

拗他不过，让步。随便点几样菜，要了三瓶啤酒。沃克先替我的杯里倒满了酒，接着往他自己的杯里也倒满了酒，之后盯着我，问："告诉我，我们是朋友吗？"

我也盯着他，庄重地回答："当然是朋友。"

沃克说："在中国，有一个中国人承认我是他的朋友，我觉得自己不算白来中国留学一次。"

我说:"不,沃克,你不只有我一个中国朋友。除了我,还有小莫呢!除了我和小莫,复旦园里一定还有许多中国学生把你当作朋友的。不过他们没有机会向你表示罢了。"

沃克说:"谢谢你的话。"

我举杯,说:"让我们像朋友那样干一杯吧!"

沃克说:"好,不但为了我们之间的友情,也让我们共同为一个中国姑娘少遭厄运而干杯!"

我问:"哪一个中国姑娘?"

沃克说:"就是你觉得你爱上了的那个中国姑娘。"

一阵忧郁笼罩在我心间。

沃克问:"你现在还想着她吗?"

我说:"几乎天天都在想着她。"

我们的塑料杯无声地碰到了一起。

沃克问:"按照你们中国的习惯,这一杯得一饮而尽是不是?"

我说:"是的。"

于是我们眼睛注视着眼睛,一口气喝光了那杯啤酒。沃克用手背抹一下嘴,微微一笑,说:"我曾经有一个愿望,想找一个中国姑娘做我的妻子。我们西方人都认为,东方女性温柔多情,而且对丈夫,对孩子,对家庭比西方女性有责任感……"他遗憾地摇摇头。

我说:"中国的泼妇悍妇也是很可怕的,《聊斋》里将她们比作枕旁夜叉,将那些不幸的丈夫比作床头系羊。"

沃克说:"我当然要找一个美好的中国姑娘做妻子啦!如果我再来中国,仍抱有这种愿望,你帮我寻找好吗?"

我说:"你趁早打消这种愿望吧,难道你不明白一个外国人与一个中国人结成夫妻是多么困难吗?"

沃克说:"世上无难事,只要肯登攀。"

他天真得可爱。我哑然一笑。

刚吃罢饭,他就要往回赶。他说他已买妥了明天的飞机票。我一直送他到公共汽车站。他从兜里掏出一叠人民币,说:"我来不及兑换了,带回国没用,你收下吧!不多,不到一百元。"

我说:"我们中国古人有句话——不轻受一文。"

他说:"你真怪。"

我说:"我们中国古人还有句话——不敢忘一餐。沃克,你跑到郊区来向我告别,你请我吃了一顿饱饱的饭菜,我不会忘记的。如果你真还会到中国来,如果那时我的处境好些,我一定请你在最高级的饭店吃一顿中国大菜。"

沃克十分认真地说:"别忘了你还要替我寻找一位愿做我妻子的美好的中国姑娘。"

我也十分认真地说:"只要那时我们的政策允许一个中国姑娘嫁给一位外国人,而且你保证不欺负她。"

公共汽车来了,我们匆匆握了一下手,他便跳上了汽车。

汽车开出很远,我还看到沃克一只长长的胳膊从车窗伸出,向我不停招着。

我惆怅地在原地站了很久很久……

我这"出事"了的工农兵学员,在朱家角生活了十来天后,心中渐感不安起来,总有种近乎"逃亡"的阴暗意识,时时地摆布着我。

我便告别了阿婆,鼓起勇气,回学校了。

回到学校的第二天,E老师把我叫到一个学生宿舍里,讯问我对自己的错误反省得怎么样了,还暗示我,工宣队认为,人证物证俱全,我拒不承认,也是可以定"案"的。那就不是我将被分配到何处的问题了,而是我有没有资格毕业的问题了。

V 就住在这个宿舍里。我不知 E 老师为什么偏偏将我叫到这个宿舍。桌上有瓜子、果脯、软糖，毫无疑问都是 V 买的。他是我们专业带工资学员中工资最高的一个，每月七十多元，比我们有些老师的工资还高。除了我和 E 老师在宿舍里，V 也在。他不离开，使我愤怒。按理说他是无权听我与 E 老师这番特殊内容的"谈话"的。可他却躺在床上一边吸烟一边看书，一副优哉游哉的样子。E 老师不让他出去，也使我大为不解。

我老老实实告诉 E 老师，我这些天来根本没有进行过什么反省，到一个去处躲清静。

"你当真不想要毕业证书啦？" E 老师一边嗑瓜子，一边瞪着我问。

我说："随你们他妈的便！"

V 腾地坐了起来质问我："你骂老师？"

"滚！你有什么权力质问我！"我指着他大声说，真想和他打一架。

"你……" E 老师脸气白了。

就在这时，门开了，进来的是专业的于老师。他到安徽去"开门办学"，昨天刚回来。他见我们三个虎视眈眈的样子，奇怪地问我们在争吵什么。E 老师就把我"犯错误"的事对他讲了一遍，还说："大梁的态度这么不好，是毕不了业的呀！"

于老师说："这事啊！那张汇单是我从阅览室一本《朝霞》中无意翻到的。我当时也没想到去细看邮戳，不知那是大梁半年前丢失的……"

V 这时要往外走。

于老师叫住他说："哎，小 V，我不是亲手把汇单交给你，让你打电话告诉大梁回学校取的吗？"

V 不免狼狈起来，支支吾吾说不出话。

E 老师不禁地转脸去看 V。

V 半天才憋出一句话："可我也没叫你拿着作废的汇单再冒领啊！"我气恨得浑身发抖。

这件事从此就算过去，不了了之。那位系工宣队副队长往后见了我，脸上也强作微笑了。

实事求是地说，V 与 C，在这件事上，并无"合谋"。他们各有各的想法，各干各的。千不该万不该，我不该让 C 代领汇款。如果换了别人，这事本不成其为事，最多埋怨我几句。C 将这件事搞成一件事，当然没什么奇怪；对于某些人，能够有什么机会"整"别人一下，不"整"白不"整"。V 不过是见 C 首先已将这事搞成了一件性质严重的事，顺水推舟，使其更为严重罢了。因为他是做梦都想进北京啊！自从我们上一届的毕业生中，就是对同学突然"袭击"，贴出"某某反动言论百例"的那个，进京后据说可能当教育部副部长，多少人都认为进京简直就等于跃龙门。

不久，复旦园内暗传，"四人帮"在北京被逮起来了。接着，马天水、王秀珍在北京交代问题一说被证实。

复旦园内人心扬沸。工宣队们一个个如丧考妣。在发生于复旦园内的许多大大小小事件中"革命"得过分的某些人，像偷了汉子被揭发的女人似的，都变得有了几分扭捏，有了几分羞腆，有了几分不自在，低眉顺眼起来，而做过恶的，受到的心理冲击是太突然也太大了，未免惶惶然不可终日。

复旦大学与上海交大的学生，率各大学之先，深夜冲出校园，会聚外滩。市革委楼前，万头攒动。

两校学生的队伍，从市革委门前出发，几乎绕市游行十周。复旦学生归校，时间已过午夜。

我在游行队伍中发现了C，其情绪之昂奋，令我惊诧。围攻物理系女学生时的表现，大概也不过尔尔。健忘若此，真奇人也！我暗想，像她，总该转个弯子吧？却顺溜笔直地就从一条路线冲刺到另一条路线了！

中文系学生首先贴出一批揭发"四人帮"在复旦罪行与阴谋的大字报。C一手拎糨糊桶，一手持刷糨糊的笤帚，忙前忙后，颇不辞辛劳。……又过不久，毕业分配工作开始了。E老师动员我留校，我表示愿意服从分配。小莫暗中向我透露，动员我留校，是为了照顾V，将他分到北京去。因为他最怕被重新分回新疆去。而他留校是没指望的，老师们十之八九坚决反对。我便找E老师，告诉他，我宁肯回北大荒，也不留校。E老师问我何以变卦。我说："你心里明白！"

那一天我卖了手表买的那件"三合一"的裤子晒在外边丢掉了。我只有两条裤子，丢的是体面的一条。V就拿着一条新裤子来送给我。

我说："我穿着短裤毕业，也不会接受你给我的裤子。"

他说："我女朋友在北京，求求你。"

我说："把你的裤子拿走，否则我从窗口扔出去。"

他不拿走。我便当着他的面从窗口扔出去了。那条裤子悠悠地飘过了院墙，飘落在马路中间。一辆卡车驶过，车轮又将它卷入了路旁的水沟。

V尴尬地待了一会儿，又说："我错了……"

我朝房门一指："出去！"

V不得不离开了。

小莫走进来，问："那小子来干什么？"

我沉思许久，低声说："小莫，要不我就成全了他吧？他女朋友在北京……得理让三分才对是不是。"

小莫说："狗屁！他女朋友是北大哲学系的，与我们同届，半年前就与他彻底断绝关系了！全专业哪个同学不知道？E老师也是明明知道的！……"

我说："就算这样吧！反正我也不是北京人，北京对我并没什么吸引力。他刚才对我承认他错了……"

小莫说："好，好，好，你是君子，你多好啊！可生活中的坏人，就是让你们这些人给他妈的惯的！你成全他吧，也成全你那颗自以为善良的心吧！老子从此和你绝交！……"掼门而去。

我又想了很久，决定报复一次。

那是我平生第一次报复人。

直到如今，我仍每每回想此事，不知自己当初对抑或错，得不出个结论。其实我并不算报复了V，我只不过是不肯原谅他对我的伤害，在完全可以成全他的情况下没有使他如愿以偿而已。这么想，似乎也就宽宥了自己。但进而一想，若我当初成全了他，说不定他分到北京之后，尚可能与其女友重归于好，结成伉俪，夫敬妇爱，一生幸福。爱是一种机缘，谁错过了则可能铸成千古恨。断送了别人爱的机缘，毕竟是有几分可恶的事。而且也太小人气。这么想，又觉得自己当初很不应该。

临毕业更近了。每晚，在校园里谈心的人大大多起来。分离使人与人之间都变得友善起来。

C抓紧在校的最后时间开始谈情说爱。没什么政治的事儿可做了，对一个二十七八的，其貌不扬的，毫无女性魅力的大姑娘来说，赶紧抓住一个可以做丈夫的男人，就"悠悠万事，唯此为大"了。

每晚有比我们低一届的一个部队学生陪着她，与比我们高一届的一个留校生在校园里兜圈子。据说那部队女学生是"红娘"。逢熟人"红娘"便"此地无银三百两"地解释"我们谈工作"。

我在校园里碰见过他们几次。C总是将脸扭向别处，装未见我。

我知这不是害羞。害羞的本能使女性可爱，在这一点上C挺不幸的，她避我另有缘故。她曾向我们专业一个比她小两岁的同学求爱，而对方又爱着新闻系一位女同学。她明知却又"锲而不舍"，结果还是竹篮打水一场空。按理说作罢算了，她不。她以创作专业支部副书记名义，到哲学系去"调查"人家的"不正常关系"。从法律的角度讲，这属于"刺探"别人的隐私，非法活动。假专业党支部名义而行之，更是做得太过分了。她还不作罢。还要在专业的各种会上大讲特讲"上大学时期谈情说爱，对不起送我们上大学的人民"一类话……那位新闻系的女同学有次当众大骂了她一通，于是她的所作所为彻底败露。女人天生是女人的对手。那一次她真是大现其眼。有这个前因，她碰到我自然要将脸扭向别处。这绝不是害羞。套用句京剧道白，是——"叫奴的脸儿往哪搁？"不过我倒因此同情她则个了。那也算正经地谈恋爱吗？跟着个女"陪同"，像跟着个寸步不离的女保镖似的。碰上熟人还要来一句："我们谈工作。"仿佛三个中央委员在一起似的，真真大煞风景！也太没诗意。没半点诗意，那爱还值得一谈吗？天可怜见的！

有人也邀我谈心，是专业的一个部队学员。我对他一向极好。除了小莫，视他为第二知己。他年龄比我小三岁，我拿他当弟弟对待。

我们从宿舍楼走至校门口，在毛主席塑像背后站住了。他忽然说："大梁，有件事我对你挺内疚。"

"你？……什么事？……"我诧然。

他说："你肯定已知道，装不知道。"

我说："真的什么也不知道。"

他说:"V给你打电话,我在场。我还接过电话与你开了几句玩笑,你怎么能没听出?……"原来如此!我始终想不起那个"第三者",竟是我这位"第二知己"!我又怎么能想到是他?几次电话里那声音使我想到了是他,我都将他从苦苦的追忆中排除了。我连问都不曾问过他。

"那你当时为什么不作证?"我觉得他变得那样陌生。

在毛主席塑像的阴影里,他脸上浮现出一种令我感到吃惊的纯粹概念化的笑。

他说:"你了解的,我这个人,不愿与任何人发生矛盾。我的处世原则是,多一事不如少一事。我不愿卷到什么矛盾之中。所以……所以我要向你当面解释一下……"

我呆呆地看了他片刻,猛转身撇下他走了。直到毕业离校,我再没跟他说过一句话。

他给我留下的最后印象不是可恨,而是实实在在的可怕……

毕业证书领了。火车票也订了。再过三天,我就要离开上海了,却总觉得有什么萦绕着我的心。仿佛我人离开了,心也会留下一半似的。我竟弄不明白自己何以会产生这样的失魂落魄般的情愫。不明白究竟是什么萦绕着我的心。第二天,有人喊我接电话。

我抓起话筒问:"谁?"暗想没什么人会给我打电话的。

"我……"一个姑娘的声音,低低的,语调柔婉。

那一刻我觉得自己定住了。不能动,也不能发音。我听出她是谁了。我明白究竟是什么萦绕着我的心了,我明白我那种失魂落魄般的情愫究竟因何而产生了,我明白某种感情一旦作用于我的心灵,我会变成怎样的一个人了。

"你怎么不说话?……"那低低的、柔婉的声音又问。

"你在哪儿?"我用颤抖的语调反问。

"在校门口。"

"我去接你!"我一放下电话,就飞快地朝校门口跑去。跑到校门口,并未发现她。我旋转着身子寻找她。

"往哪儿看?"她却突然出现在我面前,笑吟吟地望着我。她穿一件白色短袖衫,一条浅咖啡色裙子,显得那么清秀淡雅。她心情分明很好,脸上神采照人。难怪我看见了她,也未敢上前认她。我笑了。她说:"我父亲病了,我陪父亲回上海来看病。"

我关心地问:"病得重吗?"

她说:"是大学里过去的一些老教授们想念他了,找借口把他接回来的。"

我说:"我见过你父亲了。"

她奇怪地眨着眼睛问:"在哪儿?"

我说:"在火车站,你们父女离开上海那一天。"

"你到底去火车站了?"她收敛了笑容。

我点了点头。

"那你为什么不露面?"

"怕你不高兴见到我。"

"你……"她注视着我,摇摇头,"真傻啊!"

有人注意我们。我说:"走吧,到我们宿舍去坐一会儿。"

我带着她来到宿舍,将她介绍给小莫。小莫打量了她一番,对我说:"是像橄榄。"沃克将我对他说过的话告诉了小莫,小莫就常拿那句话开我的玩笑。

小莫借故走出。我们面对面坐在桌子两旁。她说:"你的同学为什么说我像橄榄?"

我脸红了,说:"是吗?我没听见啊!"

她沉默了一会儿,低下头去,说:"知道你快离校了,来看看你。"

我说:"我分到北京了。"

她抬起头来,深深地看了我一眼,复低下头去,又沉默起来。

我说:"我本是可以留校的。"

她渐渐抬起头,问:"你不愿留校?"

我说:"谈不上愿意或不愿意。北京上海对我反正都一样。因为我将来总归是要回到哈尔滨去的。我有一个身体很不好的老母亲,有一个患精神病的哥哥,家庭需要我。"

她轻轻叹息了一声,再次低下头去。她的双手像幼儿园里等待阿姨给剪指甲的小女孩那么规规矩矩地平放在桌上。而她低着的头却扭向一旁,似乎永不会再抬起,永不会再看我一眼。

我站起来,走到她身旁,握住了她的双手。她没有抽回她的手,有半分钟的时间,她保持着原来的姿势,一动未动。她坐在那里仿佛是一个石头人。她的双手在颤抖。也许是我的双手在颤抖。忽然她将她的脸贴在我的手背上。

我说:"我爱你!"

她说:"不……"

我不禁放开了她的双手,走到窗前去,背对她站着。

她问:"你生气了?"声音低低的。

我转过身,盯着她的脸说:"那么请原谅。"

她说:"我有老父,你有老母。我有侍奉我父亲的义务。你有孝子之心。我们虽然是在马路上偶然相识的,但我永远不会忘记你。因为你是第一个对我说'我爱你'这句话的人。今后南北相离,何必钟情呢?这是缘分,你我命定如此。"

我怔怔地说不出话来。

她低下了头去,沉默着。

我也沉默着。

不知过了多久，她站起来说："我该走了。"朝我凄然一笑。见我还怔着，不说话，她转身向房门走去。

"等等！"我叫了一声。她在门前站住了。我走到她跟前，将门锁落下了。

"你……"她吃惊地瞪着我。

我坚定地说："我要吻你一下。"

她凝视着我，低声问："你吻过几个姑娘了？"

我觉得，她的凝视是那么幽深。我说："在你之前，我没吻过任何一个姑娘。"

她说："在你之前，我没被任何一个小伙子吻过。"

她闭上了眼睛，我轻轻在她眉宇间吻了一下。

她睁开眼睛，问："你吻过了？"

我说："是的。"

她说："我什么也没觉得。"

我说："那我再来一遍……"

有人敲门……

第二天，我离开了上海。小莫去送我。还有三个同学：小杜、小刘、小周。我从车窗口探出身子，一边和他们说些告别的话，一边用目光在站台上的人群中寻找着。

小莫说："你寻找她？"

我突然发现了她，隐蔽在一根水泥柱后，呆呆地凝视着我。我要从窗口跳出来。列车开动了。小莫、小杜、小刘、小周对我喊了些什么，我一句也没听到。我的目光只望着那根水泥柱子，柱子后的她。

上海，别了！别了，你这在新华路扫马路的姑娘！我们在新华路的人行道上相识。那时你手中拿着扫帚，我是一个"工农兵学员"。

我们却在上海火车站相别！你隐蔽在水泥柱子后，就像我送你去浙江农村时隐蔽在候车室的一个角落一样。你有老父。我有老母。我有孝子之心。你也有孝女之心。今后南北相离，我们命定如此。我们没有缘分。你像一颗橄榄，我用我的心含着你。今后我将成为丈夫，但我不会忘记你。人人都有这点权利。

我又了解你多少呢？了解得那么少，那么少，那么少！我为什么竟爱你呢？我自己也不明白。永远也不想弄明白。列车向北、向北、向北……

我望着车窗外，思考我这三年的大学生活。学到了识别人的一些经验和一些教训。如果这也是学问，三年还不算白过。

做过什么亏心事吗？做过的。"批邓"的时候贴过一张大字报。写过三篇"反小生产者"的短篇小说，没发表。写过一部"反文艺战线'走资派'"的长篇，没写完。如果不是粉碎了"四人帮"，短篇也发表了，长篇也写完了。为了什么呢？为了获得。为了获得什么呢？为了获得我所憎恶的那种政治势力的青睐。憎恶是真的。想讨好也是真的。产生过奋起疾呼果敢抗争的类乎勇士精神的冲动，更多的时候唯恐祸及自身，以懦夫的可鄙的沉默维护着一点点可怜的人格。如果讨好成功呢？如果想获得的获得了呢？我会不会加入"另一类勇士"的行列，顺着政治的竹竿往上爬，越爬越起劲呢？

而我的毕业鉴定上却写着："同'四人帮'做过斗争……"一条永恒的荣誉。

我忽然觉得，自己并不比 V、C 一类人正派多少。

我忽然觉得，自己仿佛和一个娼妓鬼混了三年。

真真假假，假假真真。真亦是假，假亦是真。只有对一位姑娘的爱，是不打什么折扣的。

也算是收获——我认识了我自己。

列车向北、向北、向北……

我忽而又想到了沃克。如果他还在中国,我真愿将自己内心里最真实的一切一切都坦率地告诉他,让他真正了解一个中国人。

列车向北、向北、向北……

我在心里对自己说:"梁晓声,梁晓声,你今后得多少变得好一些才行啊!……"

五角场·阳春面·蜡像馆

五角场

上海使我产生之联想,自然首先是复旦。而由复旦,于是联想到五角场。

联想吗？竟也不是的。事实上,在我记忆的絮中,复旦和五角场是一种整体的印象。我明知那是不对的——复旦是复旦,五角场是五角场,它们并非不可分割的两部分。然而,男人的记忆是很奇怪的,有时会将爱过的女孩和她家所在的一条街也组合成一种整体……

一九七四年至一九七七年,我是复旦中文系学生时,五角场乃我常去的地方。到现在我也不明白,五角场何以叫五角场。当年的五角场,是城乡接合部。路况不怎么好。马路和人行道之间的道沿破损不堪,某一段人行道根本不见了道沿。路面处处坑洼,柏油层下,沙土路。雨天积水,若刮风则扬尘。

但我对五角场却保留着和对复旦一样的绵长情愫。那儿有一家杂货店,无门无窗。早上卸下栅板便是开门,晚八点以后,将栅板一块块安装起来，等于关门。店旁有一家小小的理发铺。我并不常去买东西，当年我每月的生活费基本上便是十七元五角的助学金，仅够吃饭而已，舍不得乱花钱的，哪怕是一角钱。但头发每月总是要理一次的。那儿的路边，经常坐着期待活计的修鞋师傅和守着一台旧缝纫机补衣服的乡下女人。我的一双猪皮皮鞋三年里多次在五角场轧过裂口换过后跟，几件衬衣、外衣和两条裤子，也都在五角场缝补过。

更多的时候，是在傍晚和同学散步才去往五角场的。出了复旦校门，若往另一边走，一片稻田，夏季多蚊。而五角场方向，较热闹，人气聚拢。我们都习惯于往那边走。杂货店是人行道那一侧的尽头，拐过去，兜一个大圈，便可再贴着复旦的外墙绕回到校门。往回绕的途中，实际上是顺着一条小河边走。当年，那河水绝不清澈。却终究的，是一条河，会使散步增添些许野趣。起码，自我安慰地想，是可以那么认为一下的。

河之某段，有小石桥。石桥那边，离河十余米远，有几幢低矮又老旧的房子；然皆周正，虽矮虽旧，客观地说，是不破的。每幢房子门前，都用水泥抹出了十几平方米的地方。或光滑或粗糙，在雨季里，门前毕竟不至于泥泞了。这人家的水泥地前生着老树，那人家的水泥地前栽着花。我喜欢花。凡有花的人家，便断定他们是眷爱生活的；哪怕他们的家安在蛮荒之地。倒似乎，越是那样的人家，我越会被他们的生活态度所感动。

某次散步，我和二三同学意犹未尽，踏过小石桥有几个女人在某户人家的门前坐着聊天，我忍不住上前，搭讪着问东问西。于是知道，她们的丈夫，都是上海某工厂的工人，当年叫作"长期临时工"的那一类工人。因为没有市区户口，所以临时。因为他们颇肯干一些很脏很累没有市里人愿意干但又必须有人干的活，所以有幸

"长期"。而那几个女人，皆菜农。她们挺乐于回答我的话，脸上呈现着对生活相当知足的表情。

往回走时，我问同学："你们也看出了她们对生活的知足吗？"

皆回："当然"。

又问："何以知足若彼？"

一位上海同学回答："她们的丈夫是挣工资的农民，此知足之一；五角场毕竟也划在市区里，她们的家离市区这么近，市声旦夕可闻，市街片刻可至，此知足之二……"

我不禁转身指着说："倘晓声安家那里，心欲亦大足矣！"

同学们诧问："对生活的要求就这么低吗？"

我指着河说："愿此水稍清。"

"还有呢？"

"愿有面容姣好女子相伴。"

"哪一个挣钱养家糊口呢？"

"就你这单薄身体，能长期干得了那很脏很累的活吗？"

"这家伙想的是，自己终日在家里写作，让那面容姣好的妻子去当'长期临时工'！"

"岂不苦了那面容姣好的人儿？"

于是遭到每一位同学的批判和挖苦。

当夜，我梦中吟诗——"罗汉松掩花里路，美人蕉映雨中楾……"

此后，竟生出一种想法——要写一篇小说，反映户口问题对中国人命运的左右。毕业后，写成，便是发表在一九八一年某期《雨花》杂志的《西郊一条街》。当年《雨花》很厚爱它，登在头条，配了很好的插图。一九八二年全国短篇小说评选前，《雨花》也推荐了它。当年有评委告诉我——那一年若没有我的《这是一片神奇的土地》，《西郊一条街》当榜上有名。去年，北京某影视单位拍的一部电视剧《城里城外》，便是他们根据《西郊一条街》改编的。

而据说，现在的五角场，早已是上海的一片繁华新区了……

阳春面

早年的五角场杂货店旁，还有一家小饭馆。确切地说，是一家小面馆，卖面条、馄饨、包子。

顾客用餐之地，不足四十平方米。"馆"这个字，据说起源于南方。又据说，北方也用，是从南方学来的——如照相馆、武馆。但于吃、住两方面而言，似乎北方反而用得比南方更多些。在早年的北方，什么饭馆什么旅馆这样的招牌比比皆是。意味着比店是小一些，比"铺"却还是大一些的所在。我谓其"饭馆"，是按北方人的习惯说法。在记忆中，它的牌匾上似乎写的是"五角场面食店"。那里九点钟以前也卖豆浆和油条，然复旦的学子们，大约很少有谁九点钟以前踏入过它的门槛。因为有门有窗，它反而不如杂货店里敞亮。栅板一下，那是多么豁然！而它的门没玻璃。故门一关，只有半堵墙上的两扇窗还能透入些阳光，也只不过接近中午的时候。两点以后，店里便又幽暗下来。是以，它的门经常敞开……

它的服务对象显然是底层大众。可当年的底层大众，几乎每一分钱都算计着花。但凡能赶回家去吃饭，便不太肯将钱花在饭店里，不管那店所挣的利润其实有多么薄。店里一向冷冷清清。

我进去过两次。第一次，吃了两碗面；第二次，吃了一碗面。

第一次是因为我一大早空腹赶往第二军医大学的医院去验血。按要求，前一天晚上吃得少又清淡。没耐心等公共汽车，便往回走。至五角场，简直可以说饥肠辘辘了，然而才十点来钟。回到学校，仍要挨过一个多小时方能吃上顿饭；身不由己地进入了店里。我是那时候出现在店里的唯一顾客。

服务员是一位我应该叫大嫂的女子,她很诧异于我的出现。我言明原因,她说也只能为我做一碗"阳春面"。

我说就来一碗"阳春面"。

她说有两种价格的——一种八分一碗,只放雪菜。另一种一角二分一碗,加肉末儿。

我毫不犹豫地说就来八分一碗的吧。依我想来,仅因一点儿肉末的有无,多花半碗面的钱,太奢侈。

她又说,雪菜也有两种。一种是熟雪菜,以叶为主;一种是盐拌的生雪菜,以茎为主。前者有腌制的滋味,后者脆口,问我喜欢吃哪种。

我口重,要了前者。我并没坐下,而是站在灶间的窗口旁,看着她为我做一碗"阳春面"。

我成了复旦学子以后,才知道上海人将一种面条叫"阳春面"。为什么叫"阳春面",至今也不清楚,却欣赏那一种叫法。正如我并不嗜酒,却欣赏某些酒名。最欣赏的酒名是"竹叶青",尽管它算不上高级的酒。"阳春面"和"竹叶青"一样不乏诗意呢。一比,我们北方人爱吃的炸酱面,岂不太过直白了?

那我该叫大嫂的女子,片刻为我煮熟一碗面,再在另一锅清水里焯一遍。这样,捞在碗里的面条看去格外诱人。另一锅的清水,也是专为我那一碗面烧开的。之后,才往碗里兑了汤,加了雪菜。那汤,也很清。

当年,面粉在全国的价格几乎一致。一斤普通面粉一角八分钱;一斤精白面粉两角四分钱;一斤上好挂面也不过四角几分钱。而一碗"阳春面",只一两,却要八分钱。而八分钱,在上海的早市上,当年能买两斤鸡毛菜……

也许我记得不准确，那毕竟是一个不少人辛辛苦苦上一个月的班才挣二十几元的年代。这是许多底层的人们往往舍不得花八分钱进入一个不起眼的小面食店吃一碗"阳春面"的原因。我是一名拮据学子，花起钱来，也不得不分分盘算。

在她为我煮面时，我问了她几句，她告诉我，她每月工资二十四元，她每天自己带糙米饭和下饭菜。她如果吃店里的一碗面条，也是要付钱的。倘偷偷摸摸，将被视为和贪污行为一样可耻。

转眼间我已将面条吃得精光，汤也喝得精光，连道好吃。她伏在窗口，看着我笑笑，竟说："是吗？我在店里工作几年了，还没吃过一碗店里的面。"我也不禁注目着她，腹空依旧，脱口说出一句话是："再来一碗……"她的身影就从窗口消失了。我立刻又说："不了，太给你添麻烦。""不麻烦，一会儿就好。"——窗口里传出她温软的话语。

那第二碗面，我吃得从容了些，越发觉出面条的筋道和汤味的鲜醇。我那么说，她就又笑，说那汤，只不过是少许的鸡汤加入大量的水，再放几只海蛤煮煮……

回到复旦我没吃午饭，尽管还是吃得下的。一顿午饭竟花两份钱，自忖未免大手大脚。

我的大学生活是寒酸的。

毕业前，我最后一次去五角场，又在那面食店吃了一碗"阳春面"。已不复由于饿，而是特意与上海作别。那时我已知晓，五角场当年其实是一个镇，名分上隶属于上海罢了。那碗"阳春面"，便吃出依依不舍来。毕竟，五角场是我在复旦时最常去的地方。那汤，也觉其更鲜醇了。

那大嫂居然认出了我。她说，她长了四元工资，每月挣二十八元了。她脸上那知足的笑，给我留下极深极深的记忆……

面食店的大嫂也罢，那几位丈夫在城里做"长期临时工"的农家女子也罢，我从她们身上，看到了上海底层人的一种"任凭的本分"。即无论时代这样或若那样，他们和她们，都肯定能淡定地守望着自己的生活。那是一种生活态度，也是某种民间哲学。

也许，以今人的眼看来，会曰之为"愚"。而我，内心里却保持着长久的敬意。依我想来，民间之原则有无，怎样，亦决定，甚而更决定一个国家的性情。是的，我认为国家也是有性情的……

蜡像馆

全中国唯上海有蜡像馆，在上海电视台的地下层。几年前我途经上海，滞留一日，朋友带我去参观了，印象颇深。三十几年前告别复旦后我再没专程去过上海，途经二三次，也只那次参观过这个地方。

我自然知道，某些省市的某些展馆也是有蜡像的，但蜡像只是展馆的一部分，所以大抵不能直接命名为蜡像馆。而上海的蜡像馆，是旧上海社会面貌的塑形反映，可以说是一部关于上海的塑式的简史，内容相当丰富。仅就此点而言，与别国的人物蜡像馆区别也是很大的……

当时我伫立一组蜡像前，睇视良久，不言离去。那是较大的一组蜡像，约半人高——而立之年的男子，推独轮车，车上坐二十余岁女子，着晚清民女装，面有戚色。然不露悲。然，庄庄地，恬静。而那男子，步态匆匆，表情茫然，明显地担忧着命运。

朋友问我在想什么？

我言在猜他们的关系。

朋友说是夫妻。

我说:"但愿是兄妹。"

朋友问为什么?

我说:"便有故事了。"又言,"此组蜡像最好。为生活而背井离乡之良民的良,全在人物脸上了,看着让人心疼。"

朋友戏曰:"主要是心疼个小女子吧?"

我说:"也心疼她的哥哥。倘他们前往虎狼隐形于市的旧上海,那哥哥的责任大焉。"确乎,小女子是蜡像馆中最俊秀的人儿。

朋友便拍我肩,笑道:"勿为伊神驰心往,走,走。"也确乎的,我当时浮想联翩……

回到宾馆,我向朋友讲了一种电视剧构思——每至午夜,外滩的大钟响过十二记,整个今日上海进入梦乡,蜡像馆的一概人物,便渐活转,一组组老上海故事于是展开。而那最俊秀的小女子,成为诸故事间的串联人物,也成为大故事的主角。她被追逮吗?自然的,原因是现成任选的。她的哥哥,自然也会竭力保护她,那却实在超出了他的能力……

朋友困惑:倘要编创老上海背景的电视剧,何必非从蜡像馆起始?

我说:老上海背景的电视剧已经不少。而我希望此剧风格创新——倘那小女子一逃,逃出了蜡像馆,逃到了"东方明珠",逃在了今日之上海的市街间,结果会如何?六十年的沧桑巨变,几集从前,几集现在,人物命运梭行于往今,不是挺好看吗?

同类型的电影太多了。但此种类型的电视剧,尤其国产的,目前还没有。奉献一种新风格,也是有意义的。历史现实主义与当代现实主义相呼应,那会是什么艺术效果?从前的故事紧张,今天的故事浪漫。今天的故事要有爱情发生,所以那男子应是她的哥哥。是她的哥哥,浪漫的爱情才单纯。浪漫一向是和单纯连在一起的。

他若是她丈夫,爱就复杂了。而复杂杀灭浪漫……

在今天,她爱上了我们上海的一位男作家?

噢不,我希望她爱上一名复旦的研究生,学中文的。他的家在上海郊区农村,他是她在今日之上海碰到的第一个人,那当然应该是在午夜以后,她懵懂于街头之际……

我甚至向朋友讲到了其他一些细节——如她须省下在餐馆打工挣的钱买蜡;每到凌晨四点以后她会变回蜡人。当她变回蜡人时,另一个她就可以回到蜡像馆去。而在回去之前,她必须用蜡修复她碰伤的身体。否则,回到老上海的她,身上呈现的将是真正的流血伤口……

蜡像人的世界怎么会变成活人的世界?

塑那小女子的老雕塑家是雕塑工作的领导者。他当时已身患绝症,为她倾注了最后心血,希望她活转来看看今日之上海是他的祈祝。而整个蜡人世界变成活人世界是由于她的活转。兄妹二人欠钱庄的债,人为财死,人也能因讨债而活。毕竟是荒诞现实主义的风格,荒诞那么一点点,当能被接受……

怎么结束?

她在爱人的拥抱和吻之下,渐变为蜡人,又渐变为那复旦中文学子手中的一支蜡。于是她再也不能回到当今,于是,蜡像馆中的她,脸颊上便有了去之复现的一滴蜡泪。并且,她已不在独轮车上斜坐着,而移身于别一组情境中了……

朋友听了我的娓娓讲述,同情地说:"所幸我不是作家,动辄胡思乱想,就不怕把脑子累坏了呀?"

而我,直至今日,仍每每牵挂旧上海蜡像馆里那兄妹二人的命运。我真希望由上海的影视界人士编创出那么一部电视剧来。当然,也只不过是特儿童心理的一种希望而已,当不得真的……

回首忆年

常想——盼年，也许历来是孩子们的心情或老人们的心情吧？中年人，尤其中年了的男人，小时候那种盼年的心情，究竟是怎样渐渐淡漠了的呢？每每自问而又说不清楚。

写此小文的头一天晚上，呆望挂历出神良久，不禁地自言自语："又快过年了。"

织毛衣的妻没抬头，仿佛没听到我的话。

"又快过年了！"

"过一年你会年轻一岁？"

"怎么会呢！"

"那你唠叨什么？"

是我妻子的女人仍未抬头，仿佛应答一位除了盼年，再就没什么可盼的老人。几分心不在焉，还有几分对老人心情似的体恤。

其实我自己倒并不怎么盼年。但是却也愿在新年和春节临近的日子里，和家人一块儿聊聊关于过新年过春节的话题。

于是轻轻走到儿子身边，犹犹豫豫地说："儿子，快过年了。"

写作业的儿子也不抬头，也仿佛没听到我的话。

"儿子……"

"爸！你没见我在写作业嘛！……"儿子的头倒是抬起了，然而脸上的表情很烦。

"哎，你别打扰儿子行不行？"妻子进行干涉了。

"行，行……"

口中诺诺，退回原处坐下，复呆望着挂历出神。

"快过年了！"这一句话，是自我上初中以后，弟弟妹妹乃至母亲常对我说的。这一句话中包含着对我的提醒，也包含着对我的指望。

于是我开始为家庭尽职——首先要带着镐，到有黄土的地方，刨开冰冻层，刨出些黄土块儿背回家。冻黄土块儿在冬季的凉水里很难化开，要放在锅里熬化。再将积攒起的炉灰，细细地一遍遍筛过，搅拌在锅里。于是可以抹墙了。熬过的灰泥干得快。破屋子的四壁，在一年里又裂了许多缝。不抹上，粉刷了之后更明显。好在我是瓦匠的儿子，干那些活儿很内行。一年里火炕面儿也透烟了，锅台砖也松了，炉膛也该加厚了……所有这些活儿，都需在年前做完。每每要接连干三四天，熬五六锅泥。新年一过，四处寻找白灰。能要到要点儿，要不到买点儿。买不到，就深更半夜从建筑工地上偷点儿。新年一过，便开始刷墙。刷完居室刷厨房。弟弟妹妹帮不上忙，母亲上班，几乎只我一个人忙。从小做什么事总希望尽自己所能做得好些。往往刷三遍，白灰干了以后，还喷花。喷花图案是我自己画在硬纸板上，自己剪刻的。一个星期后，邻居家的叔叔伯伯婶婶大娘到我家串门，没有不"友邦惊诧"的："哇！老梁家，这可真像要过年呐！""老梁家，你们家小二，简直太能了！"……

听到诸如此类的夸赞，母亲总是显得很欣慰，很矜持。我自己心里当然也很受用。实事求是地说，不但在我家那个大院里，即使在我家那条街上，每到春节，我家是最有温馨祥乐气氛的。尽管我家在那条街上比较穷。我下乡后,如果春节前探家,仍会大忙一通,将个破家的四壁一遍遍刷得白白的……

成了北京的居民以后,我就再没刷过墙。

儿子上初二以后,新年和春节,在我们这个三口之家,似乎可过可不过的了。并且,真的似乎过与不过,也没什么区别了。

我呆望着挂历,心里暗想——一九九八年的元旦和春节,我们全家一定要当回事儿地过。人若连过年过春节的心情都淡漠了,那生活还有什么欢乐可言呢?至于怎么过才算当回事儿地过,却没想好……

父亲的遗物

心里总想着应向母亲认错,可直至母亲也去世了,认错的话竟没机会对母亲说过……

我站在椅上打开吊柜寻找东西,蓦地看见角落里那一只手拎包。它是黑色的,革的,很旧的,拉锁已经拉不严了,有的地方已经破了。虽然在吊柜里,竟也还是落了一层灰尘。

我呆呆站在椅上看着它,像一条走失了多日又终于嗅着熟悉的气味儿回到了家里的小狗看着主人……

那是父亲生前用的手拎包啊!

父亲病故十余年了,手拎包在吊柜的那一个角落也放了十余年了。有时我会想到它在那儿。如同一个读书人有时会想到对自己影响特别大的某一部书在书架的第几排。更多的日子里更多的时候,我会忘记它在那儿。忘记自己曾经是儿子的种种体会……

十余年中,我不止一次地打开过吊柜,也不止一次地看见过父亲的手拎包,但是却从没把它取下过。事实上我怕被它引起思父的感伤。从少年时期至青年时期至现在,我几乎一向处在多愁善感的心态中。我觉得我这个人被那一种心态实在缠绕得太久了。我怕陷入不可名状的亲情的回忆。我承认我每有逃避的企图……

然而这一次我的手却不禁地向父亲的遗物伸了过去。近年来我内心里常涌起一种越来越强烈的倾诉愿望，但是我却不愿被任何人看出我其实也有此愿。这一种封闭在内心里的愿望，那一时刻使我对父亲的遗物倍觉亲切。尽管我知道那即使不是父亲的遗物而是父亲本人仍活着，我也断不会向父亲倾诉我人生的疲惫感。

我的手伸出又缩回，几经犹豫，最终还是把手拎包取了下来……我并没打开它。

我认真仔细地把灰尘擦尽，转而腾出衣橱的一格，将它放入衣橱里了。我那么做时心情很内疚。因为那手拎包作为父亲的遗物，早就该放在一处更适当的地方。而十余年中，它却一直被放在吊柜的一角。那绝不是该放一位父亲的遗物的地方。一个对自己父亲感情很深的儿子，也是不该让自己父亲的遗物落满了灰尘的啊！

我不必打开它，也知里面装的什么，一把刮胡刀。在我很小的时候，就见过父亲用那一把刮胡刀刮胡子。父亲的络腮胡子很重，刮时发出刺啦刺啦的响声。父亲死前，刮胡刀的刀刃已被用窄了，大约只有原先的一半那么宽了。因为父亲的胡子硬，每用一次，必磨一次。父亲的胡子又长得快，一个月刮五六次，磨五六次，四十几年的岁月里，刀刃自然耗损明显。如今，连一些理发店里，也用起安全刀片来了。父亲那一把刮胡刀，接近于文物了……手拎包里还有一个小小的牛皮套，其内是父亲的印章。父亲一辈子只刻过那么一枚印章。木质的，比我用的钢笔的笔身粗不到哪儿去。父亲一生离不开那印章。是工人时每月领工资要用，退休后每三个月寄来一次退休金，每月六十余元，一年仅用数次……

一对玉石健身球，是我花五十元为父亲买的。父亲听我说是玉石的，虽然我强调我只花了五十元，父亲还是觉得那一对健身球特别宝贵似的。他只偶尔转在手里，之后立刻归放盒中。其中一只被他孙子小时候非要去玩，结果掉在阳台的冰泥地上摔裂了一条纹……

父亲当时心疼得直跺脚，连说："哎呀，哎呀，你呀，你呀！真败家，这是玉石的你知道不知道哇！……"

再有，就是父亲身份证的影印件了。原件在办理死亡证明时被收缴注销了。我预先影印了，留作纪念。手拎包的里面，还有一层。那道拉锁是好的。影印件就在夹层里。

除了以上东西，父亲这一位中国第一代建筑工人，再就没留下什么遗物了。仅有的这几件遗物中，健身球还是他的儿子给他买的。

手拎包的拉锁，父亲生前曾打算换过。但那要花三块多钱。花钱方面仔细了一辈子的父亲舍不得花三块多钱。父亲曾试图自己换，结果发现皮革已有些糟了，"咬"不住线了，自己没换成。我曾给过父亲一只开什么会发的真皮的手拎包。父亲却将那真皮的手拎包收起来了，舍不得用。他生前竟没往那真皮的手拎包里装过任何东西……

他那只旧拎包夹层的拉锁既然仍是好的，父亲就格外在意地保养它，方法是经常为它打蜡。父亲还往拉锁上安了一个纽扣那么大的小锁。因为那夹层里放过对父亲来说极重要的东西——有六千元整的存折。那是父亲一生的积攒。他常说是为他的孙子我的儿子积攒的……

父亲逝前一个月，我为父亲买了六七盒"蛋白注射液"，用了近三千元钱。我明知那绝不能治愈父亲的癌症，仅为我自己获得一点儿做儿子的心理安慰罢了。父亲那一天状态很好，目光特别温柔地望着我笑了。

可母亲走到了父亲的病床边，满脸忧愁地说："你有多少钱啊？买这种药能报销吗？你想把你那点儿稿费都花光呀？你们一家三口以后不过了呀？……"

当时，已为父亲花了一万多元，父亲的单位效益不好，还一分钱也没给报销。母亲是知道这一点的。在已无药可医的丈夫和她的儿子之间，尤其当母亲看出我这个儿子似乎要不惜一切代价地延缓父亲的生命时，她的一种很大的忧虑便开始转向我这一方面了……

当我捧着药给父亲看，告诉父亲那药对治好父亲的病疗效多么显著时，却听母亲从旁说出那种话，我的心情可想而知……

仰躺着已瘦得虚脱了的父亲低声说："如果我得的是治不好的病，就听你妈的话，别浪费钱了……"沉默片刻，又说："儿子，我不怕死。"再听了父亲的话，我心凄然。那药是我求人写了条子，骑自行车到很远的医院去买回来的呀！进门后脸上的汗还没来得及擦一下呀……结果我在父亲的病床边向母亲大声嚷嚷了起来……

"妈妈，你再说这种话，最好回哈尔滨算了！……"我甚至对母亲说出了如此伤她老人家心的冷言冷语……

母亲是那么忍辱负重。她默默地听我大声嚷嚷，一言不发。而我却觉得自己的孝心被破坏了，还哭了……

母亲听我宣泄够了，离开了家，直至半夜十一点多才回家。如今想来，母亲也肯定是在外边的什么地方默默哭过的……

哦，上帝，上帝，我真该死啊！当时我为什么不能以感动的心情去理解老母亲的话呢？我伤母亲的心竟怎么那么地近于冷酷呀？！一个月后，父亲去世了；母亲回哈尔滨了……

心里总想着应向母亲认错，可直至母亲也去世了，认错的话竟没机会对母亲说过……

母亲留下的遗物就更少了。我选了一条围脖和一个半导体收音机。围脖当年的冬季我一直围着，企图借以重温母子亲情。半导体收音机是我为母亲买的，现在给哥哥带到北京的精神病院去了。他也不听。我想哪次我去看他，要带回来，保存着。

我写字的房间里，挂着父亲的遗像——一位面容慈祥的美须老人；书架上摆着父亲和我们兄弟四人一个妹妹青少年时期的合影，都穿着棉衣。我们一家竟没有一张"全家福"。在哈尔滨的四弟家里，有我们年龄更小时与母亲的合影。那是夏季的合影。那时母亲才四十来岁，看上去还挺年轻……

父亲在世时，常对我儿子说："你呀，你呀，几辈子人的福，全让你一个人享着了！"现在上高三了的儿子，却从不认为他幸福。面临高考竞争的心理压力，也使儿子过早地体会了人生的疲惫……

现在，我自己竟每每想到死这个字了。我也不怕死，只是觉得，还有些亲情责任未尽周全。我是根本不相信另一个世界之存在的。但有时也孩子气地想：倘果有冥间，那么岂不就省了投胎转世的麻烦，直接地又可以去做父母的儿子了吗？那么我将再也不会伤父母的心了。在我们这个阳世没尽到的孝，我就有机会在阴间弥补遗憾了。阴间一定有些早夭的孩子，那么我愿在阴间做他们的老师。阴间一定没有升学竞争吧？那么孩子们和我双方的教与学一定是轻松快乐的。我希望父亲做一名老校工。我相信父亲一定会做得非常敬业。我希望母亲为那阴间的学校养群鸡，母亲爱养鸡，我希望阴间的孩子们天天都有鸡蛋吃。这想法其实并不使我悲观。恰恰相反，常使我感觉到某种乐观的呼唤。故我又每每孩子气地在心里说：爸爸，妈妈，耐心等我……

第三章

血犹燃

几个春节一段人生

倘你是少年,你肯定已度过了十几个春节;倘你是青年,你肯定已度过了二十几个春节;倘你是中年,你肯定已度过了四五十个春节;倘你是老年,你肯定已度过了六七十个乃至更多次春节……

其实,我想说的是——那么,你究竟能清楚地记得几次春节的情形呢?你能将你度过的每一次春节的欢乐抑或伤感,都记忆犹新地一一道来吗?

我断定你不能。许许多多个春节,哦,我不应该用许许多多这四个字。因为实际上,能度过一百个以上春节的人,真是太少太少了!

我们的记忆竟是这么对不起我们!它使我们忘记我们在每一年最特殊的日子里所体会的那些欢乐,那些因欢乐的不可求而产生的感伤,如同小学生忘记老师的每一次课堂提问一样……

难道春节对于我们每一个人来说,不是每年中最特殊的日子吗?此外,对于我们中国人来说还有什么比春节更特殊的日子呢?生日?——生日是世界性的,不是"中国特色"的。而且,一家人一般不会是同一个生日啊。春节仿佛是家庭的生日。一个人过春节,是没法儿体会全家团聚其乐融融那一种亲情交织的温馨的,也没法儿体会那一种棉花糖般膨化了的生活的甜。

中国人盼望春节,欢庆春节,是因为春节放假时日最长,除了能吃到平时没精力下厨烹做的美食,除了能喝到平时舍不得花钱买的美酒,最主要的,更是在期盼平时难以体会得到的那一种温馨,以及那一种生活中难忘的甜呀!

那温馨,那甜,虽因贫富而有区别,却也因贫富而各得其乐。于是我们理解了为什么杨白劳在大年三十夜仅仅为喜儿买了一截红头绳,喜儿就高兴得跳起来,唱起来……大年三十夜使红头绳仿佛不再是红头绳,而是童话里的一大笔财富似的!

> 人家的姑娘有花儿戴,
> 我爹没钱不能买。
> 扯上二尺红头绳,
> 给我扎起来……

《白毛女》中这段歌,即使今天,那甜中有苦、苦中有甜的欢悦,也是多么得令人怆然啊!

浪迹他乡异地的游子,春节前,但凡能够,谁不匆匆地动身往家里赶?

有家的人们,不管是一个多么穷多么破的家,谁不尽量将家收拾得像个样子?起码,在大年三十儿夜,别的都做不到,也要预先备下点儿柴,将炉火烧得旺一些……

我对小时候过的春节,早已全然没了印象。只记得四五岁时,母亲刚刚生过四弟不久的一个春节,全家围着小炕桌在大年三十儿晚上吃饺子,我一不小心,将满满一碗饺子汤洒在床上了,床上铺的是新换的床单儿。父亲生气之下,举起了巴掌,母亲急说:"大过年的,别打孩子呀!"

父亲的巴掌没落在我头上,我沾了春节的光。

新棉衣被别的孩子扔的鞭炮炸破了,不敢回家,躲在邻居家哭——这是我头脑中保留的一个少年时的春节的记忆。这记忆作为小情节,被用在《年轮》里了。

也还记得上初二时的一个春节——节前哥哥将家中的一对旧木箱拉到黑市上卖了二十元钱。母亲说:"今年春节有这二十元钱,该可以过个像样的春节了。"时逢做店员的邻家大婶儿通告,来了一批猪肉,很便宜,才四角八分一斤。那是在国库里冻了十来年的储备肉,再不卖给百姓,就变质了。所以便宜,所以不要票。我极力动员母亲,将那二十元都买肉。既是我的主张,那么我当然自告奋勇去买。在寒冷的晚上,我走了十几里路,前往那郊区的小店。排了整整一夜,第二天早上买到了大半扇猪肉。用绳子系在身后,背着走回了家。四十来斤大半扇猪肉,去了皮和骨,只不过收拾出二十来斤肉。那猪肉瘦得没法儿形容……

一九六八年,大约是初二或初三,既上不了学又找不到工作的我,去老师家里倾诉苦闷。夜晚回家的路上,遇着两个男人架着一个醉汉。他们见我和他们同路,就将那醉汉交付给我了,说只要搀他走过两站路就行了。我犹豫未决之间,他们已拔腿而去。怎么办呢?醉汉软得如一摊泥。我不管他,他躺倒于地,岂不是会冻死吗?我搀他走过两站,又走过两站,直走到郊区的一片破房子前。亏他还认得自家门。我一直将他搀进屋。至今记得,他叫周翔,是汽车修理工,妻子死了,有四个孩子。他一到家就吐了。吐罢清醒了。清醒了的他,对我很是感激,问明我是耽误于"文革"没有着落的学生,发誓说他一定能为我找到份儿工作。以后几天,一直到正月十五,我几乎天天去他家,而他几乎天天不在家。我就替他收拾屋子，照顾儿子，做饭、洗衣，当起佣人来。终于我明白，他天天白日不在家，无非是找地方去借酒浇愁。而他借酒浇愁，是因为他自己刚刚失去了工作！……我真傻，竟希望这样的人为我找工作……

半年后，六月，我义无反顾地下乡了。

周翔和那一年的春节，彻底结束了我的少年时代。我一直觉得，是那一年的春节和周翔其人使我开始成熟了，而不是"上山下乡"运动……

兵团生活的六年中，我于春节前探过一次家。和许多知青一样，半夜出火车站，背着几十斤面，一路上急急往家赶，心里则已在想着，如果母亲看见我，和她这个儿子将要交给她的一百多元钱，该多高兴呀——全家又可美美地过一次春节了，虽然远在四川的父亲不能回家有点儿遗憾……

那么，另外五个春节呢？

当然全是在北大荒过的。

可究竟怎么过的呢？努力回忆也回忆不起来了。我曾是班长、教师、团报道员、抬木工。从连队到机关再被贬到另一个连队，命运沉浮，过春节的情形，则没什么不同。无非看一场电影，一场团或连宣传队的演出，吃一顿饺子几样炒菜，蒙头大睡——当知青时，过春节的第一大享受对于我来说，不是别的，是可以足足地补几天觉……

上大学的第一个春节是在上海市虹桥医院的肝炎隔离病房度过的……

第二个第三个春节都没探家，全班只剩我一个学生在校……

在北影工作十年，只记住一个春节——带三四岁的儿子绕到宿舍楼后去放烟花。儿子曾对我说，那是他最温馨的回忆。所以那也是我关于春节的最温馨的回忆之一……

在儿童电影制片厂十余年，头脑中没保留下什么关于春节的特殊印象。只记得头几年的三十儿晚上，和老厂长于蓝同志相约了，带上水果、糖、瓜子花生之类，去看门卫战士们——当年的他们，都调离了。如今老厂长于蓝已退休，我也不再担任什么职务，好传统也就没继承下来……

怎么的？大半截人生啊！整整五十年啊！五十个春节，头脑中就保留下了一点点支离破碎的记忆吗？是的。真的！就保留下了这么一点点支离破碎的记忆。

虽然是支离破碎的记忆，但除了一九六八年的春节而外，却又似乎每忆起来，都是那么的温馨。一九六八年的春节，我实际上等于初二或初三后就没在自己家，在周翔家当佣人来着……

如今我们中国人过春节的内容更丰富了。利用春节假期进行旅游，以至于"游"到国外去，早已不是什么新潮流了。亲朋好友的相互拜年迎来送往，也差不多基本上被电话祝福所代替了。人们越来越希望，能在节假日期间留给自己和家庭更多的"自控时段"，以享受家庭生活的温馨。

改革开放使一部分中国人富了起来，使大部分中国人的生活水平、居住水平明显提高，春节之内容的物质质量也空前提高。吃饺子已不再是春节传统的"经典内容"。如果统计一下定会发现，在城市，春节期间包饺子的人比从前少多了。而在九十年代以前，谁家春节没包饺子，那可能会是因为发生了冲淡节日心情的不幸。而现在是因为——几乎每一个小店平日都有速冻饺子卖，吃饺子像吃方便面一样是寻常事了。尽管有不少"下岗"者，但祥林嫂那种在春节无家可归冻死街头的悲剧，毕竟是少有所闻了……

我们中国人过春节的内容和方式，分明正变化着。在乡村，传统的习俗仍被加以珍惜，不同程度上被保留着。在城市，春节的传统习俗，正受到日新月异的现代生活方式和生活质量的冲击，甚至已经发生了彻底的变化……

依我想来，我们中国人大可不必为春节传统内容的瓦解而感伤，从某种角度看，不妨也认为是生活观念的解放……

只要春节还放一年中最长的节假，春节就永远是我们中国人"总把新桃换旧符"的春节。毕竟，亲情是春节最高质量的标志。亲情是在我们内心里的，不是写在日历上的。

一个人，只要是中国人，无论他或她多么了不起，多么有作为，一旦到了晚年，一旦陷入对往事的回忆，春节必定会伴着流逝的心情带给自己某些欲说还休的惆怅。因为春节是温馨的，是欢悦的。那惆怅即使绵绵，亦必包含着温馨，包含着欢悦啊！……

哪怕仅仅为了我们以后回忆的滋味是美好的，让我们过好每一次春节吧！

我以为，事实上若我们能对春节保持一份"平平淡淡才是真"的好心情，那么，我们中国人的每一次春节，便都会是人生中难忘的回忆。

我 的 梦 想

当然,我和一切别人一样,从小到大,是有过多种梦想的。

童年时的梦想是关于"家",具体说是关于房子的。自幼生活在很小,又很低矮,半截窗子陷于地下,窗玻璃破碎得没法儿擦,又穷得连块玻璃都舍不得花钱换的家里,梦想有一天住上好房子是多么地符合一个孩子的心思呢?那家冬天透风,夏天漏雨,没有一面墙是白色的。因为那墙是酥得根本无法粉刷的,就像最酥的点心似的,微小的震动都会从墙上落土纷纷。也没有地板。甚至不是砖地,不是水泥地。几乎和外面一样的土地。下雨天,自家人和别人将外边的泥泞随脚带入屋里,屋里也就泥泞一片了。自幼爱清洁的我看不过眼去,便用铲煤灰的小铲子铲。而母亲却总是从旁训我:"别铲啦!再铲屋里就成井了!"——确实,年复一年,屋地被我铲得比外面低了一尺多。以至于有生人来家里,母亲总要迎在门口提醒:"当心,慢落脚,别摔着!"

哈尔滨当年有不少独门独院的苏式房屋,院子一般都被整齐的栅栏围着。小时候的我,常伏在栅栏上,透过别人家的窗子,望着别人家的大人孩子活动来活动去的身影,每每望得发呆,心驰神往,仿佛别人家里的某一个孩子便是自己……

因为父亲是中华人民共和国成立后的第一代建筑工人,所以我常做这样的梦——忽一日父亲率领他的工友们,一支庞大的建筑队,从大西北浩浩荡荡地回来了。父亲们以只争朝夕的精神,开推土机推平了我们那一条脏街,接着盖起了一片新房,我家和脏街上的别人家,于是都兴高采烈地搬入新房住了。小时候的梦想是比较现实的,绝不敢企盼父亲们为脏街上的人家盖起独门独院的苏式房。梦境中所呈现的也不过就是一排排简易平房而已。八十年代初,六十多岁胡子花白了的父亲,从四川退休回到了家乡。已届不惑之年的我才终于大梦初醒,意识到凡三十年间寄托于父亲身上的梦想是多么的孩子气。并且着实地困惑——一种分明孩子气的梦想,怎么竟可能纠缠了我三十几年。这一种长久的梦想,曾屡屡地出现在我的小说中。以至于有评论家和我的同行曾发表文章对我大加嘲讽:"房子问题居然也进入了文学,真是中国文学的悲哀和堕落!"

我也平庸,本没梦想过成为作家的。也没经可敬的作家耳提面命地教导过我,究竟什么内容配进入文学而什么内容不配。已经被我很罪过地搞进文学去了,弄得文学二字低俗了,我也就只有向文学谢罪了!

但,一个人童年时的梦想,被他写进了小说,即使是梦,毕竟也不属于大罪吧?

现在,哈尔滨的几条脏街已被铲平。我家和许多别人家的子女一代,都住进了楼房。遗憾的是我的父亲没活到这一天。那几条脏街上的老父亲老母亲们也都没活到这一天。父亲这位新中国第一代建筑工人,凡三十年间,其实内心里也有一个梦想,那就是——动迁。我童年时的梦想寄托在他身上,而他的梦想寄托于国家的发展步伐的速度。

有些梦想,是靠人自己的努力完全可以实现的,而有些则完全不能实现，只能寄托于时代的国家的发展步伐的速度。对于大多数人，尤其是这样。比如家电工业发展的速度加快了，大多数中国人拥有电视机和冰箱的愿望，就不再是什么梦想。比如中国目前商品房的价格居高不下，对于大多数中国工薪阶层，买商品房依然属梦想。

少年时，有另一种梦想揳入了我的头脑——那就是当兵。而且是当骑兵。为什么偏偏是当骑兵呢？因为喜欢战马。也因为在电影里，骑兵的作战场面是最雄武的，动感最强的。具体一名骑在战马上，挥舞战刀，呐喊着冲锋陷阵的骑兵，也是最能体现出兵的英姿的。

头脑中一旦揳入了当兵的梦想，自然而然地，也便常常联想到了牺牲，似乎不畏牺牲，但是很怕牺牲得不够英勇。牺牲得很英勇又如何呢？——那就可以葬在一棵大松树下。战友们会在埋自己的深坑前肃立，脱帽，悲痛落泪。甚至，会对空放排枪……

进而联想——多少年后，有当年最亲密的战友前来自己墓前凭吊，一往情深地说："班长，我看你来了!……"

显然，是因受当年革命电影中英雄主义片段的影响才会产生这种梦想。

由少年而青年，这种梦想的内容随之丰富。还没爱过呢，千万别一上战场就牺牲了! 于是关于自己是一名兵的梦想中，穿插进了和一位爱兵的姑娘的恋情。她的模样，始终像电影中的刘三姐，也像茹志鹃精美的短篇小说中那个小媳妇。我——她的兵哥哥，胸前渗出一片鲜血，将死未死，奄奄一息，上身倒在她温软的怀抱中。而她的泪，顺腮淌下，滴在我脸上。她还要悲声为我唱歌儿。都快死了，自然不想听什么英雄的歌儿。要听忧伤的民间小调儿，一吟三叹的那一种。还有，最后的，深深的一吻也是绝不可以取消的。

既是诀别之吻,也当是初吻。牺牲前央求了多少次也不肯给予的一吻。二口久吻之际,头一歪,就那么死了——不幸中掺点儿浪漫掺点儿幸福……

当兵的梦想其实在头脑中并没保持太久。因为经历的几次入伍体检,都因不合格而被取消了资格。还因后来从书籍中接受了和平主义的思想。于是祈祷世界上最好是再也不发生战争。祈祷全人类涌现的战斗英雄越少越好。当然,如果未来世界上又发生了法西斯战争,如果兵源需要,我还是很愿意穿上军装当一次为反法西斯而战的老兵的……

在北影住筒子楼内的一间房时,梦想早一天搬入单元楼。

如今这梦想实现了,头脑中不再有关于房子的任何梦想。真的,我怎么就从来也没梦想过住一幢别墅呢?因为从小在很差的房子里住过,思想方法又实际惯了,所以对一切物质条件的要求起点就都不太高了。我家至今没装修过,两个房间还是水泥地。想想小时候家里的土地,让我受了多少累啊!再望望眼前脚下光光滑滑的水泥地,就觉得也挺好……

现在,经常交替产生于头脑中的,只有两种梦想了。

这第一种梦想是,希望能在儿子上大学后,搬到郊区农村去住。可少许多滋扰,免许多应酬,集中更多的时间和精力读书与写作。最想系统读的是史,中国的和西方的,从文学发展史到社会发展史。还想写荒诞的长篇小说,还想写很优美的童话给孩子们看。还想练书法。梦想某一天我的书法也能在字画店里标价出售。不一定非是"荣宝斋"那么显赫的字画店。能在北京官园的字画摊儿上出售就满足了。只要有人肯买,三百元二百元一幅,一手钱一手货,拿去就是。五十元一幅,也行。给点儿就行。当然得雇个人替我守摊儿。卖的钱结算下来,每月够给人家发工资就行。生意若好,我会经常给人家涨工资的。自己有空儿，也愿去守守摊儿，侃侃价。甚而，"老王卖瓜，自卖自夸"几句也无妨。比如，长叹一声，自言自语道："偌大北京，竟无一人识梁晓声的字的吗？"——逗别人开心的同时，自己也开心，岂非一小快活？

　　住到郊区去，有三四间房，小小一个规整的院落就是可以的。但周围的自然环境却要好。应是那种抬头可望山，出门即临河的环境。山当然不能是人见了人愁的秃山，须有林覆之。河呢，当然不能是一条污染了的河。至于河里有没有鱼虾，倒是不怎么考虑的。因为院门前，一口水塘是不能没有的。塘里自己养着鱼虾呢！游着的几十只鸭鹅，当然都该姓梁。此外还要养些鸡，炒着吃还是以鸡蛋为佳。还要养一对兔，兔养了是不杀生的，允许它们在院子的一个角落刨洞，自由自在地生儿育女。纯粹为看着喜欢，养着玩儿。还得养一条大狗。不要狼狗，而要那种傻头傻脑的大个儿柴狗。只要见了形迹可疑的生人知道吠两声向主人报个讯儿就行。还得养一头驴。配一架刷了油的木结构的胶轮驴车。县集八成便在十里以外。心血来潮，阳光明媚的好日子，亲自赶了驴车去集上买东西。驴子当然是去过几次就识路了的，以后再去也就不必管它了。自己尽可以躺在驴车上两眼半睁半闭地哼歌儿，任由它蹄儿嘚嘚地沿路自己前行就是……当然并不每天都去赶集，那驴子不是闲着的时候多吗？养它可不是为了看着喜欢养着玩儿，它不是兔儿，是牲口。不能让它变得太懒了。一早一晚也可骑着它四处逛逛。不是驴是匹马，骑着逛就不好了。那样子多脱离农民群众呢？

　　倘农民见了，定会笑话于我："瞧这城里搬来的作家，骑驴兜风儿，真逗！"——能博农民们一笑，挺好。农民们的孩子自然是会好奇地围上来的，当然也允许孩子们骑。听我话的孩子，奖励多骑几圈儿。我是知青时当过小学老师，喜欢和孩子们打成一片……

还要养一只奶羊。身体一直不好,需要滋补。妻子、儿子、母亲,都不习惯喝奶。一只奶羊产的奶,我一个人喝,足够了。羊可由村里的孩子们代为饲养,而我的小笔稿费,经常不断的,应用以资助他们好好读书。此种资助方式的可取之处是——他们幼小的心灵中,完全不必念我的什么恩德,能认为是自己的劳动所得,谁也不欠谁什么,最好。

倘那时,记者们还有不辞路远辛苦而前来采访的,尽管驱车前来。同行中还有看得起,愿保持交往的,我也欢迎。不论刮风下雨下雪,自当骑驴于三五里外恭候路边,敬导之……

"老婆,杀鸡!"

"儿子,拿抄子,去水塘网几条鱼!"

如此这般地大声吩咐时,那多来派!

至于我自己,陪客人们山上眺眺,河边坐坐,陪客人们踏野趣,为客人们拍照留念。

将此梦想变为现实,经济方面还是不乏能力的。自觉思考成熟了,某日晚饭后,遂向妻子、儿子、老母亲和盘托出。却不料首先遭到老母亲的反对。"我不去。要去你自己去!"老母亲的态度异常坚决。我说:"妈,去吧去吧,农村空气多好哇!"老母亲说:"我一个八十多岁的老太太,需要多少好空气?我看,只要你戒了烟,前后窗开着对流,家里的空气就挺好。"我说:"跟我去吧!咱们还要养头驴,还要配套车呢!我一有空儿就赶驴车拉您四处兜风儿!"

老母亲一撇嘴:"我从小儿在农村长大,马车都坐得够够的了,才不稀罕坐你的驴车呢!人家的儿女,买汽车让老爸老妈坐着过瘾,你倒好,打算弄辆驴车对付我!这算什么出息?再者,你们这叫什么地方,叫太平庄不是吗?哈尔滨虽够不上大城市的等级,但那叫市!你把我从一个市接来在一个庄,现在又要把我从一个庄弄到一个村去，你这儿子安的什么心？"

我说："妈呀！那您老认为住哪儿才算住在北京了呢？您总不至于想住到天安门城楼上去吧？"

老母亲说："我是孩子吗？会那么不懂事儿吗？除了天安门，就没更代表北京的地方了吗？比如'燕莎'，那儿吧！要是能住在那儿的哪一幢高楼里，到了晚上，趴窗看红红绿绿的灯，不好吗？"

我说："好，当然是好的。您怎么知道北京有个'燕莎'呢？"

老母亲说："从电视里呗！"

我说："妈，您知道'燕莎'那儿的房价多贵吗？一平方米就得一万多！"

她说："明知道你在那儿是买不起一套房子的，所以我也就是梦想梦想呗！怎么，不许？"

我说："妈，不是许不许的问题，而是……实事求是地说……您的思想怎么变得很资产阶级了啊？"

老母亲生气了，瞪着我道："我资产阶级？我看你才满脑袋资产阶级呢！现在，资产阶级已经变成你这样式儿的了！现在的资产阶级，开始从城市占领到农村去了！你仗着自己有点儿稿费收入，还要雇人家农民的孩子替你放奶羊，你不是资产阶级是什么？那头驴你自己有常性饲养吗？肯定没有吧？新鲜劲儿一过也得雇人饲养吧？还要有私家的水塘养鱼！我问你，你一个人一年吃得了几条鱼？吃几条买几条不就行了吗？烧包！我看你是资产阶级加地主！……"

我的梦想受到老母亲严厉的批判，一时有点儿懵懂。愣了片刻，望着儿子说："那么，儿子你的意见呢？"

儿子干干脆脆地回答了两个字是——"休想。"

我板起脸训道："你不去不行！因为我是你爸爸。就算我向你提出要求，你也得服从！"

儿子说:"你不能干涉我的居住权。这是违犯的。法律面前,父子平等。何况,我目前还是学生。一年后就该高考了!"

我说:"那就等你大学毕业后去!"

他说:"大学毕业后,我不工作了?工作单位在城市,我住农村怎么去上班?"

智者千虑,必有一失,这个问题我还真没考虑。儿子不去农村,分明有正当的理由。我又愣片刻,期期艾艾地说:"那……你可要保证常到农村去看老爸!我就你这么一个儿子,你有关心我的责任和义务!其实,对你也不算什么负担。将来你结婚了,小两口儿一块儿去!"

儿子淡淡地说:"那就要具体情况具体分析,看我们有没有那份儿时间和精力了!"

我说:"去了对你们有好处!等于周末郊游了么!回来时,老爸还要给你们带上些新鲜的蔬菜瓜果。当然都是自家种的绿色植物!……"

妻子这时插言了:"哎等等,等等,梁晓声同志,先把话说清楚,自家种的,究竟是谁种的?你自己亲手种的吗?……"

老母亲又一撇嘴:"他?……有那闲心?还不是又得雇人种!富农思想!地主思想!比资产阶级思想还不如!……"

我不理她们,继续说服儿子:"儿子,亲爱的儿子呀,你们小两口儿每次去,老爸还要给你准备一些新下的鸡蛋,刚腌好的鸭蛋、鹅蛋!还有鱼,都给你们剖了膛,刮了鳞,收拾得干干净净的……"

妻子插言道:"真贱!"

我吼她:"你别挑拨离间!我现在要的是儿子的一种态度!"

儿子终于放下晚报,语气郑重地说:"我们带回那么些杂七杂八干什么?你收拾得再干净,我们不也得做熟了吃吗?我们将来吃定伙，相中一个小饭店，去了就吃，吃了就走，那多省事儿！"

儿子一说完，看也不看我，起身回他的房间写作业去了……

妻子幸灾乐祸地一拍手："嘿，白贱。儿子根本没领情儿。"

我大为扫兴，长叹一声，沮丧地说："那么，只有我们上了！"

妻说："哎哎哎，说清楚说清楚——你那'我们'，除了你自己，还有谁？"

我说："你呀。你是我妻子呀！你也不去，咱俩分居呀？"

妻说："你去了，整天看书、写作，再不就骑驴玩儿，我陪你去了干什么？替你洗衣服、做饭？"

我说："那么点儿活还能累着你？"

妻说："累倒是累不着。但我其余的时间干什么？"

我再次发愣——这个问题，也忽略了没考虑。我吭哧了半天，嗫嗫嚅嚅地说："那你就找农民的妻子们聊天嘛！"

妻说："你当农民们的妻子都闲着没事儿哇？人家什么什么都承包了，才没精力陪城里的女人聊大天呢！只有老太太们才是农村的闲人！"

"那你就和她们聊……"

"呸！……"

"你们都不去，我也还是要去的！我请个人照顾我！"

"可以！我帮你物色个半老不老的女人，要四川的？还是河南的？安徽的？你去农村，我和儿子，包括咱妈，心理上还获得解放了呢！是不，妈？"

老母亲连连点头："那是，那是……"

我抗议地说："我在家又妨碍你们什么了？"

老母亲说："你一开始写东西，我们就大声儿不敢出。你压迫了我们很久，自己不明白吗？还问！"

我的脾气终于大发作，冲妻嚷："我才用不着你物色呢！我才不找半老不老的呢！我要自己物色，我要找年轻的，模样儿讨人喜欢的，性子温顺的，善解人意的！……"

妻也嚷："妈，你听，你听！他要找那样儿的！……"

老母亲威严地说："他敢！"——手指一戳我额心："生花花肠子了啊？还反了你了呢！要去农村，你就自己去！半老不老的也不许找了！有志气，你就一切自力更生！"

哦，哦，我的美好的梦想啊，就这样，被妻子、儿子、老母亲，联合起来彻底捣碎了！

此后我再也没在家里重提过那梦想。

一次，当着一位朋友又说——朋友耐心听罢，慢条斯理地开口道："你老母亲批判你，没批判错。你那梦想，骨子里是很资产阶级！那是时髦呀！你要真当北京人当腻歪了，好办！我替你联系一个农村人和你换户口，还保证你得一笔钱，干不？"

我脸红了，声明我没打算连北京户口也不要了……

朋友冷笑道："猜你也是这样！北京人的身份，那是要永远保留着的，却装出讨厌大都市，向往农村的姿态。说你时髦，就时髦在这儿……"

我说："我不是装出……"

朋友说："那就干脆连户口也换了！"

我张张嘴，一时不知再说什么好。

此后，我对任何人都不敢再提我那自觉美好的梦想了。

但——几间红砖房，一个不大不小的农家院落，院门前的水塘、驴、刷了油漆的木结构的胶轮车等等梦想中的实景实物，常入我梦——要不怎么叫梦想呢……

现在，我就剩下一个梦想了。那是——在一处不太热闹也不太冷清的街角，开一间小饭店。面积不必太大，一百多平方米足矣。装修不必太高档，过得去就行。不为赚钱，只为写作之余，能伏在柜台上，近距离地观察形形色色的人，倾听他们彼此的交谈。也不是为了收集什么写作的素材。我写作不靠这么收集素材。根本就与写作无关的一个梦想。

究竟图什么？

也许，仅仅企图变成一个毫无动机的听客和看客吧！即毫无动机，则对别人无害。

为什么自己变得喜欢这样了呢？

连自己也不清楚。

任何两个人的交谈或几个人的交叉交谈，依我想来，只要其内容属于闲谈的性质——本身都是一部部书，一部部意识流风格的书。觉得自己融在这样一部部书里，觉得自己的存在毫无意义地消解在那样的，也毫无意义的意识流里，有时其实是极好的感觉。我的第二种梦想，与我对那一种感觉的渴望有关。经常希望在某一时间和某一空间内，变成一棵植物似的一个人——听到了，看见了，但是绝不走脑子，也不产生什么想法。只为自己有能听到和能看见的本能而愉悦。好比一棵植物，在阳光下懒洋洋地垂卷它的叶子，而在雨季里舒展叶子的本能一样。倘叶子那一时也是愉快的，我的第二种梦想，与拥抱住类似的愉快有关……

一种愿望，一种理想

这愿望和理想，是由对我国现时期初中及高中教育的一些看法而产生的。

我明知现阶段教育体制所面临的难题，并非在"应试教育"和"素质教育"的讨论中。依我看来，二者并不极端矛盾，更不根本对立。因为无论中国还是外国，全世界的大学，都是要经过考试才能录取学生的。尤其重点大学名牌大学，不经过考试难以择优。考试自然非是择优的唯一方式，也非是最好方式，但的确是最公平的方式。

人类在教育制度方面，似乎目前还没想出比考试更公平的方式。考试的制度，显然有其自身存在的弊端，但恐怕我们不得不承认，它乃弊端最少的方式。

正如虽然全世界还没有一部包罗万类的最完善的法典，但"法律面前人人平等"的司法原则，的确最大程度地体现着司法公正。同样，"分数面前人人平等"，也的确最大程度地体现着升学资格的公正。

一名优秀的运动员，可能因其体育技能以外的某种微不足道的因素，而在世界性的赛事中名落孙山。结果他或她的名字被从世界优秀运动员的名单中划掉了。这当然并不意味着他或她作为一名优秀运动员的"综合素质"应该被彻底否定了,但奖牌却只能与之无关了,优秀运动员的名次却只能与之无关了。他或她要证明自己仍是优秀的,那么只有通过下一届运动会上的表现了。

同样,初中考高中、高中考大学的学生也是这样。

既然"分数面前人人平等"像运动员在运动场上人人平等那么无可厚非,分数的高低对于学生便是至关重要的。"应试教育"也便无可厚非。全世界任何一个国家的教育方式,其实都不能完全彻底地摆脱"应试教育"的影响和制约。

依我看来,教育的方式,未见得一受"应试"所导向,学生的"综合素质"一定就差,一定就劣,一定就大成问题。"应试"的智力资本和心理基础,难道不也是"综合素质"的两个主要方面吗?

二者矛盾与否,对立与否,不在"应试"不"应试",而在出什么题?基于怎样的一种目的出题?

中国乃世界上人口最多的国家。中国历年的初中生高中生,因而也是世界上最多的。但中国却并不相应地是世界上大学最多的国家。这是一个残酷的前提。此前提决定了,每百名中国儿女中,仅二三名高中生最终能进入大学校门。主要不是他们和她们的智力问题,而是现有的大学最多只能吸纳百分之二三。

中国目前出高考题之首要的,最终的目的,捅破窗纸说亮话——乃为大面积地、有效地杀伤百分之九十七八的中国儿女升学的可能性。排除许多省份的穷困地区教育质量确实普遍低下的因素,高考题所要杀伤的人数,估计仍在百分之七八十以上。杀伤率每年不能低于这个比例。倘低于这个比例,则必出现有许多学生的考分虽过了高考分数线,但全国各大学人满为患的局面。

这个局面是万万不能出现的,万万不允许出现的。因一旦出现,简直无法解决,现盖大学是来不及的。

进一步捅破窗纸说亮话——出高考题之首要的,最终的目的,在于使残酷的前提看来像是这样——"分数面前人人平等",所有大学的校门对一切考生敞开,而谁若不能成为幸运的百分之二三,那是谁个人的遗憾,非是国家高等学府吸纳能力的遗憾。

于是国家在一种国家性的窘况前似乎不窘了。

陷入空前挫败感的千千万万的高考学生,只有自怨自艾。

故高考题据说是一年比一年偏,一年比一年怪,一年比一年刁,甚至,一年比一年"坏"了。

"坏"!——太夸大其词了吧?

我意在指出——为了替国家达到摆脱和转嫁窘况困扰之目的,题意往往存心暧昧不明,往往存心误导考生的思维定向。一名考生无论答对了或答错了,事后似乎都能品味出那题所包藏着的一份儿出题人的幸灾乐祸的"阴险"。

而这一点,是与教育的宗旨,以及全世界普遍高考原则相悖逆的。高考是对学生智力的检阅,而非是对学生智力的捉弄。但捉弄是有效杀伤的手段。

据我所知,高考题中,早已具有了捉弄考生智力的成分。于是"道高一尺,魔高一丈"。于是老师总结经验,学生吸取教训,考与学双方,都身不由己地被朝歧途上推去……

明知这一"病态"教育制度背景之下日渐形成的"应试教育"对教与学双方都非好事,明知在这一情况之下"素质教育"的呼吁之声的确代表着教育的良知,但学生、教师、家长,谁又敢亲"素质教育"而疏"应试教育"呢?有幸成为百分之二三,大学毕业后谋职也很难,不幸成了百分之九十七八,那结果那下场不是秃子头上的虱子明摆着的吗?

我们正处在这样一个世纪末，它的显著的特点是——许许多多种从前由许许多多人从事的传统的工作正在消亡。而时代所派生出来的新行业其实只需要极少数人从事就迅速饱和了。这也就是说——社会并没那么许多工作提供给许许多多的人去干，这许许多多的懵懂不知所从所适之人，注定了首先是许许多多的高考落榜生。

现实如此的确是很残酷的。

捅破窗纸说亮话，道出这一残酷的现实，也是很残酷的。

面对此残酷，"应试教育"向学生、教师、家长发出的警告是——"顺我者昌，逆我者亡"。闭上乌鸦嘴，少废话！

而"素质教育"其实只有闪在一旁喃喃地自说自话——"我们已经分别的太久太久！"

似乎也只有这样——权且先"应试"，日后再"素质"。

真的，坦率地开诚布公地讲，我就是每每以这样一种"识时务者为俊杰"的观点教诲儿子的……

自以为将中国当代教育体制的现实透视分明了，我才用"看法"二字圈定我的立场，而不写成是我有什么意见。对于某一种现实，倘确知它一个时期内积重难返，与其满腹意见，莫如仅仅有自己的看法。

但我的看法虽未免那个，我内心里对于中国教育体制的明天却怀着一种大的愿望，一种热切的理想。因我当过老师，教过小学也教过中学，对教育的事业有天性上的感情。

我对教育的愿望，我对教育的理想，目前还仅仅寄托在中国语文教育方面。我认为，在中学，在"应试教育"的驱使之下，中国语文教育的教条化，似乎是尤其突出的。初高中语文教师们的教学主观能动性，似乎被限制到了基本没有发扬余地的程度。教师不得不遵循"应试"模式及考分标准而教，学生不得不为"应试"和考分而教条地理解，教条地死记硬背。学生学语文的主观能动性和兴趣，往往惨遭涤荡。现象乃是——考分高的文科初高中生，未必是语文实际应用能力强的学生；而对语文可能具有天性潜质的初高中生，其潜质往往也许倍受压抑，并且难以通过语文考试得到充分的证明。不消说，这极大地挫伤了他们中相当一部分学生原本对语文的热情。若统计一下很可能结果会是这样——倘小学有半数以上学生喜欢语文，到了中学往往只剩三分之一，到了高中又很可能减少为四分之一、五分之一、六分之一。排除时代重理轻文的因素，语文教学的教条化僵死的理念化，是否也是因素之一方面呢？内容丰富的，博采古今中外绚丽的语文，竟落到被大多数初高中学生冷淡的下场，岂非咄咄怪事？岂不引人发思？

我热爱语文。

我这个小说家，其实，只不过是以写作的方式继续着中国语文学习的超龄生。

不是一名优等生。

但自认为学得还勤奋。

我每突发奇想，并为中国将来的初中生高中生祈祷——祈祷他们和她们将来能上这样的语文课：

一篇课文，无论是诗是词是小说是散文或古今中外，老师先讲作者生平、命运，接着讲作者所处的时代，再接着讲作者与那时代的关系——是顺应者，还是反叛者？抑或彷徨者迷惘者失意者激进者促进者？导致作者命运的因素哪些与家庭或家族有关？哪些与时代与社会有关？他或她的文学主张是什么？其主张在当时是多数还是少数？为什么？他或她的人生观、爱情观、世界观，他或她的实事或逸事——判断一位老师的教学责任和水准，主要看其在以上方面，收集了多少有价值的资料？向学生讲了多少有意义的值得讲给学生听的内容？——至于结合到课文，应该分三段还是四段？某个词应视为比喻还是形容？某字的发音是平声还是仄声？非得按对国家一级播音员的标准去要求？非得和教师一致？非得与语文教学大纲如出一辙？对于语文，具有相对独立的欣赏角度，相对独立的理解悟性，相对独立的才情储备意识，难道既不但是正常的，允许的，而且应该是得到鼓励的吗？对于热爱语文的学生，这一点难道非得上了大学乃至大学毕业以后才开始培养吗？此前必须刻板、教条、概念，遵一循二吗？不是提倡"素质教育"吗？在语文教学方面怎么实践？情操素质、心灵素质、品德素质算不算"综合素质"的宝贵方面？

数理化中即或有，不是也很少吗？

而语文教学与这些又有多么深层多么紧密的联系啊？

我们目前的语文教学开掘这一种联系性了吗？发扬这一种联系性了吗？

如果我们大力开掘了，发扬了，三年初中的语文教学，是不是会比目前三年高中给予学生的还要多一些？三年高中的语文教学，对学生是不是很可能接近于大学文科的受益水平？

但文科，具体说语文学科的高考该怎么出题呢？以什么方式考试呢？以什么标准判卷呢？那标准允许灵活到什么程度？谁来把握那一种灵活的程度？是电脑还是判卷教师？是相信电脑的公正性更可靠，还是相信判卷教师的识辨水平更可靠？

细一寻思，又不禁地陷于迷惘。

但我仍不泯这一愿望，不泯这一理想主义的希冀和企盼——我相信，未来的中国父母们的儿女们，一定会有那么一天，学语文像学艺术一样！

我要一直为未来的初中生高中生们祈祷下去……

我的中国梦

中国之发展变化，中国改革开放四十年来所取得的各方面的成就，不但使相当普遍的国民产生了切身感受，并且已被国际所承认。

身为作家，我一向认为，着眼见假丑恶现象分分明明地存在着而不发批评之声，是不正派的作家。反之，若自己国家的进步也是分分明明的事实，却佯装视而未见，听而未闻，也是不正派的作家，甚至连正派的中国人都不配是了。

做正派的中国人，是我做人的底线。故，祈祝我们的国家早日实现中国梦的热望，每使我的头脑中产生诸种对中国未来的向往，或可曰"个体中国梦"。

一、我想早日看到，目前已经退休的企业工人们，他们的最低退休工资不低于每月4000元。那么，夫妇双方的退休工资将不低于8000元。以东三省为例，目前企业退休工人的最高工资不超过3500元，很接近4000元了，但能拿到3500元退休金的人极少，绝大多数人的退休金在2500元至3000元。而退休金低于2500元者，仍大有人在。一对夫妇的退休金加起来5000元多一些的，为数不少。退休金仅在2000元左右的人，也很有一批。这样的夫妇，若一方常年生病，夫妇二人的晚年生活便会陷于贫困。

目前已经退休的企业工人，多为当年的"知青"。这一代人，整体上命运多舛——困难年代、"文革"、"上山下乡"、返城待业、中年"下岗"，中国的弯路和改革的阵痛，使他们退休前的人生坎坷，心理伤痕匪浅。我希望"共享发展成果"的国策，能早日向他们倾斜一下。每月4000元的退休金，才可保证他们的晚年生活相对幸福。虽然，幸福的内涵是多方面的，但对于他们，每月多一千几百元的退休金，会给他们带来特别实在的幸福感。并且，也会减少他们的儿女的生活压力。

二、我想早日看到，在以后的几年内，《中华人民共和国劳动法》（以下简称《劳动法》）重新被重视。当年中国颁布《劳动法》时，不论国企或民企的头头们，有不少人是不支持的，有人甚至很抵触，公开的反对之声亦不鲜闻。他们认为，中国有中国的国情，国企民企都在发展的爬坡时期，《劳动法》一旦颁布，执行起来有难度。若国家强调严格执行，必然影响企业效益。

当年我已是全国政协委员。

当年我立场坚定地支持《劳动法》的颁布，并且态度鲜明地主张——一经颁布，当然要严格监督执行情况，当然要引导职工自身特别是工会干部首先加强对《劳动法》的认识觉悟。

《劳动法》是保障各行各业工人幸福指数的国家大法之一，具有与其他法律、法规同等重要的严肃性，不容轻视。工人加班加点，延长工时，必须出于自愿。即使在自愿和给予加班报酬的前提下，对延长工时也应有所限制。工人毕竟也是人，《劳动法》旨在保护工人们的健康不因长期加班加点严重透支，健康情况日益下降，受到损害。同时，也是为了生产安全起见。

《劳动法》颁布后的当年，各级政府尤其媒体，确乎对执行情况予以过监督，也确乎对阳奉阴违的现象进行过曝光、批评和警告。

但近十年以来，不知为什么，对《劳动法》的执行情况，几乎无人关注了。

而现实是，不论国企民企，加班加点每成常态，不延长工人工时的企业反而成了少数。严重违反《劳动法》的情况，民企多于国企。在那些民企，加班加点并不按《劳动法》规定给予报酬。它们大抵是生产低端商品的厂家，职工大抵是体力劳动者或粗简型流水线工人。这使厂方很大爷——愿干不干，不干立刻走人。工人因为自身缺乏劳动技能，唯恐离开之后再难找到工作，只得忍气吞声干下去，这助长了厂方的强势。

较大甚至超大型的企业、公司，情况是否会不同呢？

据我所知，也不尽然。某些著名公司，甚至公开宣称加班加点应是本公司文化，竟将习近平总书记"撸起袖子加油干"的口号，作为弹回质疑声的盾牌。似乎不明白，习近平总书记那口号，不是向工人发出的，而是向干部发出的。

在那样一些公司，员工大抵为"80后""90后"。多数"80后"已做父母，并且仍是儿女，上有老，下有小，却经常要加班两三个小时，有时甚至四五个小时，十点以后回到家里，似乎成了他们的上班规律。这不仅严重影响了他们小家庭的生活品质，也严重影响了他们对父母应尽的孝心。最违背人道的，是严重影响了他们的健康，中年以后，必会因为青年时期的身体透支成为早衰多病之人，而这也肯定会增加国家医保的负担。

所不同的是，较大公司、大公司和著名公司，是给予加班职工报酬的，往往还会以加班是否积极来作为评定年终奖的条例。这实际上是在利用金钱作用，诱使职工进行透支性的脑力或体力劳动——在某些国家，若有职工诉诸法律，一告一个准，不但必受到法律制裁，而且还会受到社会谴责。表面看来，加班与奖金挂钩，似乎符合多劳多得之原则，但一名不情愿那么晚下班的职工却难以做出不加班的选择。因为其不加班的选择，也会影响班组和全部门的奖金之多与少、得与失。一言以蔽之，每一名职工都被加班绑架了。而部门的头头脑脑是无须加班的，可以到点即下班，因为他们的奖金根本不与加班挂钩，另有评定条例。这使企业或公司的管理者与职工之间，不可能同心同德，几乎必然地逐渐离心离德。在职工方面，加班往往表现为一种形式，以熬时间的消极态度来对待加班这件事，延长工时与劳动成果之间，大抵不成正比。这种情况也体现出所谓劳动资源部的愚蠢无能——他们在制定劳动条例时，除了"周扒皮"那套伎俩，贡献不出更有利于激发职工劳动积极性的方法。进言之，他们所制定的条例，完全是站在企业或公司单方面的利益立场上的思维结果。

而好的人性化的条例，则是兼顾劳资双方利益的条例。正因为也考虑到了职工们的利益，必然会受到职工们的拥护，热爱单位遂成良好的企业或公司文化氛围。相比而言，国企在此点上普遍做得比民企好。因为大多数国企领导，毕竟很在乎职工对他们的认可程度，头脑之中毕竟不同程度地继承了也应该体恤职工的传统。若国企职工普遍的不满情绪高涨，国企领导的位置很可能就坐不稳了。民企老板无此之忧，头脑中也不会有什么体恤职工的传统存在。他们头脑中所形成的，是极其单纯的劳资利益彼增吾减的对立思维。自己一心要获得最大化的资方利益，当然只能以怎样使职工的利益最小化为思考出发点。

放眼望去，中国到处一派派加班加点，延长工时的透支性脑体力劳动现象。仿佛不如此，中国之发展就会止步似的。

平心而论，在目前的中国，特别严格地执行《劳动法》是不现实的。不论国企民企，都可能为支援抢险救灾、进行科研攻关、保证某类重要工程按期完成而要求职工加班加点。即使仅仅是为了保证大家订单的如期完成而要求职工加班加点，也应是被充分理解的。而且，有些特殊职业的从业者，如警察、医护人员、环卫工人等，加班也确成职业常态，全世界各国无不如此。

我强调企业和公司职工透支性劳动的问题，乃因他们从事的大抵非属特殊职业，还因他们在所谓劳资关系中明显处于弱势。更因为，他们不但在中国劳动者中人数最多，不少人的身体健康确实受到了损害，生活幸福感确实受到了严重影响。一半左右的中国"80后"已因而身心疲惫，"90后"正步他们的后尘，也将成为中国最疲惫的人群。

国家发展的宏观宗旨，毕竟不是使人都陷于机器人般的脑体力劳动之境，而是相反，为了使人享有较多的非劳动时光。

我盼着这样的一天早日到来。

三、我希望中国的将来，从市到镇，医院多些再多些；设备全些再全些；就医环境好些再好些。

近年以来，包括北京、上海在内的大城市，社区医院的发展速度相当快，设备也较全。有的社区医院，配备了透视机和B超机，常规验血也能做到，在一定程度上，确实缓解了大医院患者云集的状况。

而某些省份的镇医院，设备和医治功能，则远不如大城市的社区医院齐全。若那些镇离县城近，其实并无多么齐全之必要。但若离县城较远，且周边农村人口密集，便显然应有进一步提升硬件设施的考虑。

由而想到，当下之中国，为以后国人能获得更及时、更便利、更有效也更好的医疗服务，须着眼于长久，确定像"精准扶贫"一样的目标和计划。

首先，应分析国际资料得出大数据性的结论——做得好的外国，平均多少人口拥有一所医院？什么规模？设备如何？再从中国人口众多和国家的实际经济能力出发，制订可操作的方案，即若别国二十万人口拥有一所什么样的医院，中国三十万甚或四十万人口可否拥有同等医疗水平的医院？以人口多少类推，五十万人口的县城应拥有何种规模的医院？百万以上人口的地级市应拥有怎样的医院？二百万以上或更多人口的城市又应拥有怎样的医院？几所为宜？

有了以上结论后，应写入"五年计划"，应由中央和地方财政共同拨款，一年接一年地予以完成。像保证到某一年，国人的普遍退休金要实现怎样的增长那么去努力奋斗。

有一种观点认为，硬件不重要，软件才重要。即使硬件齐备良好的医院在某地的数量够了，医生的总体水平跟不上，有了岂不是也等于白有？

我的观点相反。在这件事上，我是"硬件第一"主义者。依我想来，若一所镇级医院连B超机都没有，就永远不可能有诊断经验丰富的B超医生。同样道理，一所县级医院若无CT机，或虽有，是老旧该淘汰的，那里的医生面对病情难以确诊的患者除了往地级市医院支，也不可能会有另外的作为。二十年前，媒体曾曝光过这样一件事，在一座省会城市的医院里，CT机明明已失去了正常工作的机能，却仍被应用着。而医生被要求，不管怎样，先让患者在本院做一次CT，把钱留在了本院后，再支患者到别的医院也不迟。

确乎，即使设备齐全了，医生们的水平也未必能一下子就提高上去。但一个普遍事实是——最难治的疾病，如癌症，在全世界的药物治疗现状都是差不多的，早期确诊和手术水平才是决定治疗效果的关键。而一所医院若医疗设备不达标，医生们早期诊断的水平就成了一句空话。就连手术水平，也不是什么名医神话。现在，不依靠先进医疗设备而单凭经验成为名医,才是真正的神话。只要设备齐全,许多医院都逐渐会产生经验比较丰富的名医。

简单地说,我希望十年以后,许多中国的癌症患者,即使在地级市的医院,也能获得早发现、早手术、手术情况大抵一流的诊治。并且,他们绝不会因为没到北京上海的大医院治疗而后悔万分。而北京上海的医院,除了服务于本市人,再就是起到医治罕见病例的作用。应建立一种特殊通道,鼓励和奖励名医参与力所能及的远程影像会诊,更应鼓励和奖励他们亲自到地级市去"传帮带",使地级市重点医院齐全的、先进的医疗设备与医生们的医疗水平的提高相匹配。

总而言之,若十年以后,中国大多数地级市的重点医院,也能在实际上成为具有较高的救死扶伤水平的医院,而且获得当地人们的信赖,那将是中国人的多大的福祉啊!

四、我希望那样一种个人愿望成为现实——中国各大城市的名牌大学,比如"211""985""双一流"等大学,能有一部分迁到地级市去。而且,首先应迁到经济发展较滞后,但自然地理条件很适合大学存在的地级市。

名牌大学集中于甚至可以说拥挤于大城市的现象,是非常有中国特色的现象。好大学根本没必要全都拥挤在大城市。依我想来,越是好大学,越应与大城市保持应有的距离。在普遍的大城市终日车水马龙、纷攘喧嚣的当下,好大学与大城市保持应有的距离,反而应以幸运之事来看待。看看那些拥挤在大城市的大学吧,除了少数得天独厚,当初就占有了足够大的校园面积,多数大学的存在现状其实很逼仄,很尴尬。

问题是,局面已是这么一种局面,该往外迁移哪一部分呢?

依我想来,首先应迁移研究生院、博士点、人文学科。

这乃因为，比之于本科生，研究生、博士生的学习自觉性强，在师资因迁移而一个时期内不能完全到位的情况下，他们靠学习自觉性，通过远程教学和与导师的电脑沟通等方式，也有可能获得与聆听导师面对面上课差异不大的学习效果。而比之于理工科，文科的优势在于不受实验室之有无的限制。

我之所以产生此种希望，乃因我对大学影响力十分信服。某些北京的大学，已在外省市办了分校。直接办于地级市的，目前即使有也极少。"分校"的牌子，当地人不是多么看重。但直接将研究生院、博士点、文科院系搬将过去，则含金量极高，必会对该市乃至一个地区的经济、文化、知名度的提升，起到无可替代的牵拉作用。

首先是，一座地级市的气质，几年后就会与众不同起来，想抑制其文化氛围的自然形成都不可能。更多年后，不论本地人还是外地人谈论到该市时，将会不仅说它有什么景点、什么小吃、什么特产，肯定还会加一句——某大学研究生院或博士点便在该市！若那大学确属名校，想想吧，后一句话多么地令人肃然起敬！

在古代的中国，乡、镇、县构成文化的摇篮系统——后来的文化知识分子，大抵先接受乡镇塾学之启蒙，其后进入县城接受馆学教育。从前经济发达的县城，馆学极成景象。设馆授学者，多是饱学之士，以厌倦了追求官位的举人为主。而乡、镇私塾，基本上是秀才们在实行启蒙教育。当一个人结束了馆学教育，他大抵会跻身于科举之路，考取官职。即使做了大官，卸任之后，往往也还是会回到故里。因古代的外省籍官员卸任后若想留在京城，须皇帝特批。那种想法是很容易引起朝野议论和皇帝疑心的。故他们宁愿一走了之，而他们回到故里，若还愿有所作为，便只有兴学。有人不但促进兴学之事，更亲自授课。而同样厌倦了"科举"的秀才、举人们，则只能以当"教育工作者"为生存方式和人生价值的体现。

撇开他们的讲课内容姑且不论,一个事实不容怀疑,即乡、镇、县文化摇篮的作用,对于中国文化传承的可持续性影响深远。

现当代以来,此种循环往复的文化脉象断裂了,不要说乡、镇、县曾有过的文化气息荡然无存,就是地级市包括某些省会城市,文化脉象的稀弱也已令人堪忧。人才只外流,不回归,必然如此。

将教育资源,特别是高等优质的部分资源直接迁移到乡、镇、县,自然是倒行逆施。但迁移至地理位置适宜于办学的地级市,从中国发展的长远计,肯定好处多多。

(一)可使许多几乎已完全没了文化气息可言的地级市,重新焕发起久违的文化脉象的光彩来。

(二)重新焕发起来的文化脉象的光彩,必将辐射向四面八方的乡、镇、县,使那些乡、镇、县可以相当充分地凭借文化"软实力"全面发展。

(三)能直接带动地级市的经济内需,于是出现茶室、咖啡屋、餐饮业、书店、卡拉OK厅、服装业等商业经营的兴旺,连理发店也会多起来,当地的青年理发师们,没必要非到大城市去租门面干本行了。家教一行,也会大受当地人的欢迎。

(四)能使宾馆饭店业如乘东风。先是,研究生、博士生的家长亲人们肯定不放心,十之七八都会亲往一遭,看看高等学子们究竟被"弄到"了什么地方?打算考研、考博的本科生们,也会抽出时间进行实地考察,想挡都挡不住。若该市确有旅游资源,旅游业从此不必煞费苦心地宣传亦发达矣。

(五)可使中国的远程教育体系更为成熟,更上一个新的台阶。培养研究生、博士生,全靠远程教育不行,但即使以远程教育为辅,对远程教育的发展也是极大的促进。

(六)可改变中国人日思夜想地渴望成为大都市居民的求学观、

择业观、居住观——你大学毕业了不是？想考研、读博吗？那么，请将目光也望向地级市吧！才不去？随你。而起初，一半左右的本科学子是会改变观点的，其后改变观点的人会渐多。随着理工科院系及实验室、研究所也陆续迁出大都市，重新建立于地级市，改变观念的本科学子将更多。他们获得了研究生和博士生学位后，自然将面临择业，而新兴的大学城，必很需要教育界新人。现在的情况是，但凡算得上一所大都市里的大学，能留校的学子比例甚微。而那时，比例会大很多。不想留校？请便。依我想来，愿意留校的人会不少。那么，二十几年后，一批中国的文化、科技精英，教育界才俊，必将出现于他们之中。

（七）又过了二十年，中国成了这样一个国家——它有着世界上人口众多的地级市；它的某些地级市，因为成了中国新几代文化和科技精英的摇篮，于是成了新概念的文化和科技名城。与如今人谈起"西南联大"、李庄油然而生敬意一样，谈起某些地级市，也会因其教育成就而刮目相看。自然，论生活条件，绝不会像"西南联大"和李庄那般艰苦。某些在中国举办的国际学术交流会，也会频频在那些地级市召开。因为，那里是学术精英们的云集地。又于是，文化、科技、教育，在现代的中国，重新完成了一种循环往复——由乡、镇、县、地级市流动向大都市，再由大都市回流至地级市，并在地级市发酵进行中和反应，之后一部分落户于当地，另一部分分散向四面八方。而分散向四面八方的人，其人生的发展，未必个个都比留下的好。

（八）那时的中国，每会有这样的情况——几个人在飞机上或列车上是邻座，聊了起来。

一人说自己是上海人。

一人说自己是北京人。

一人说自己是某地级市的人,第四人也是。

上海人和北京人竟默默然了。因为——北京和上海著名高校的研究生院、博士点,已迁移至那两个地级市二三十年了,不再是北京和上海的金边名片,而是当地的金边名片了。

北京人也罢,上海人也罢,只不过是居住于大都市的人,却不再是居住于最有文化气息的城市的人。

若论现代文化气息,某些大都市的人,在某些地级市的人面前,都不得不谦虚点了。

小说家是爱想象的动物。我的"中国梦",当然的,想象色彩太浓了,这我自己也知道。

但我却特希望,有一天我的以上想象能变成现实。

估计我是活不到那一天了。

那么,我也许会将我的想象写成小说,以使我对自己的想象,有一种完满的了结。

我们的下一代真是"小上帝"吗?

曾有一位外国朋友问我:"处在'转型'期的中国人中,哪些人的心理负荷最大?"

我不加思考地回答:"首先当然应是政治局的成员们。"

她又问:"其次呢?"

我说:"那就要数我们这一代人的儿女们了。"

她顿时"友邦惊诧"起来,困惑不解:"你们不是总发议论,认为你们的下一代简直就如同'小上帝',一个个幸福得都快溺死在蜜罐子里了吗?"

我说:"那样的些个孩子是有的。但属极少数。中国还有相当多的孩子穷困得根本上不起学。所以我们才有'希望工程'。相比之下,大都市里的孩子们的命运要强得多。但他们都像野兔,已经很快被分数这条极其凶猛的猎犬撵咬得疲于奔命,倒毙升学途中了!"

……

就在第五次"作代会"上,在我们中直代表组,有发言者声情俱哀地谈到——李鹏总理的某位秘书,随总理出国访问归来,噩耗狰迎——儿子在模拟高考中成绩欠佳,已自杀身亡……

当然的,我们可以将不幸归结为这个孩子心理素质太脆弱……

我所在的海淀区，一九九七年重点高中的录取限数是一万多中学生，但有九万多的中学生报考重点高中。初中升重点高中的比例是一比九点七！比全国高中升大学的比例高三倍还多！

我的儿子所在的中学是海淀区的重点中学。本校初中升高中的平均分数线已提高到九十三分以上。预计这所区重点中学的中学生，在升高中的考试后，将被淘汰半数以上！平均九十三分乃是一个浮动的分数线。而淘汰比例却几乎是定死了的。水涨船高。届时如果考分普遍上扬，那么高中录取分数线也相应提高。可能由平均九十三分而九十四分而九十五分……

倘果而提高到了九十五分，那么，一名考生即使达到了平均九十三分的成绩，也注定了将被重点高中的校门所拒斥！谁能说初中考高中，平均九十三分还不算优异的成绩？这个地球上有比此初中升重点高中的平均分数线更高的分数线吗？它是体现在教育制度方面的"中国特色"之一种，是一个极其冷酷无情地摧残我们下一代身心的幽灵。

据我所知，北京另一个区的重点中学向学生们透露，低一分而交八万元，亦可考虑直接升入本校高中，竟有二百余名家长，争先恐后向校方预交"加分抵押金"！

看来有钱的中国人家真的是多起来了。清贫的家庭，也就只得寄希望于儿女在初考校场上使出浑身解数搏杀的结果了……

有天，我的儿子晚上十一点半还没写完作业。我说："儿子，算啦，睡吧！"他说："爸，你别怜悯我。我们班有家远的同学，常常一点多钟才能睡下。"

而我们的这些孩子们，每天最迟六点半便得起床。他们一到初二，就没有了双休日。初中升高中也罢，高中升大学也罢，题是一年比一年出得怪、出得刁、出得诈了！出题者们，分明的，是将某些已与考试宗旨相背离的题当成"杀死"考生正常智力的"凶器",以考生的"伤亡惨重"为能事、为荣事、为快事的。

因为,在中国,在目前,似乎只能以考生的"伤亡惨重",来暂缓大学的"人满为患"。这是很无奈的事。吾国人口也多,下一代也众。尽管都已是独生子女。而近十年来,这也发展,那也繁荣,我们又究竟多盖了几所高中?几所大学?或曰——考不上重点高中,家长和学生,就自行地泯灭了"大学梦"嘛!考"职高"嘛!全国真已有那么多"职高"了吗?

升大学,其实早已非是什么"望子成龙"的思想在作祟,而是为了儿女将来起码可以谋到一份职业,成家过日子,不必父母操心至死。

一个秃子头上明摆着的事实是——一个初中或高中毕业生,要找到一份工作,将是多难多难的事啊!

到工厂去当工人?

国有企业正在大裁员……

中国的这一教育窘况,据我看来,很快就会继"失业"问题之后,成为困扰中国的第二大问题。它直接就将体现为失业问题的一部分。而且将是潜在态势更咄咄逼人的一部分。因为,下一代的谋职无路,是比他们的父母辈"下岗",更令他们沮丧的。这一种沮丧,也许会在他们太年轻的心中,氤氲成一片对时代对社会的悲观、不信任,乃至敌意。

摆了这么多,似乎有点儿危言耸听的意味儿。

良方何在?

据我看,目前没什么所谓良方。教委的官员们的头脑,并不比我辈愚笨。如果有好办法,他们早想出来了,早实施了。

唯一的办法恐怕也就是,也只能是——做家长的增强心理承受力，做儿女的也增强心理承受力。毕竟的，初考也罢，高考也罢，试卷面前人人平等。目前，在这个地球上，还没有比试卷面前人人平等更平等的方式。只不过中国的初考高考试卷是全世界最难的罢了。落榜的倒霉，被淘汰了得认命。有钱的你就以钱抵分。没钱的能借到钱的，你若愿为儿女负债累累你就借。连借都借不着的，求爷爷告奶奶，赶紧替儿女找到份儿他们好歹能挣钱好歹糊自己口的工作。儿女此时最需当父母的帮一把。这就叫为人父为人母的责任。为了尽到这个责任，哪怕将自尊剁碎了包装在礼品盒儿里去送人情，也是你完全应该的，也是值得的。也别有什么委屈，谁叫你做了父亲做了母亲呢？早没听说过"可怜天下父母心"这句话吗？这也叫父慈母爱啊！此时为父不慈，为母不爱，枉为父母。

当然，还要告诉儿女明白，"马失前蹄不算倒"。何况小小年纪，不过是马驹子。从赛马场上遭淘汰了，未见得就难成为一匹将来能驮、能载、能吃苦能耐劳的壮马好马。这世界上古今中外自学成才的人不乏其数。这世界也非是只为有高等学历的人才构成世界的……

在目前的中国，对初考高考落榜的儿女言语呕呕斥责辱骂的父母，是最没体恤心的父母，是最不人道的父母，是可憎的父母。

国家的问题分而化之，均摊到具体的家庭，由具体的个人们，靠了增强的心理承受力承受，靠了坚忍的意志力背负，恐怕是目前，也是今后一个时期的方式。

这是一种看似解决了，而实际上危机与日俱增的方式。因而，不可由国家认为是长久的方式。倘国家真的这么认为，国家和民族，终将会遭报应的。国家对此窘况，难道真的就一点儿作为也没有了吗？答曰：否！大力提倡、鼓励和支持创办"职高"。这国家已在做着了。开拓就业市场——这是前提的前提，根本的根本。否则，"职高"毕业了又到哪儿去？

及早制定"累积税收制"——先富起来的一部分人,有义务向国家多纳税。否则,这国家曾给予他们那么多优惠政策和先富起来的优先机会,为的又是什么?

严密控制国有资产的流失。有意或无意的流失,流向国外,流向个人腰包,是对中国下几代人无赦的犯罪。据国有资产管理局的友人告诉我,至今为止,国有资产流失的总数,可兴建近百所高等院校!再有,就是少开些会吧!尤其少开那些隆隆重重地走巨大过场的会!一次会就是一所重点中学!少开几次会中国亡不了的。中国,为了我们的下一代,你这并不富有的国家,该节省的地方,节省一点儿吧!国家经济实力,也体现在拥有高等院校的总数的多少。国民素质的提高,也体现在受高等教育的人数占总人口的百分之多少。这是我们都清楚的一般性常识。

我们的儿女这一代,其实是命运注定,在劫难逃了。我们只能祈祷中国还我们的孙儿孙女辈以美好的青少年岁月!而不要他们在终于挤入了大学校门后去读他们本该是孩子们时才读的《安徒生童话》和《格林童话》!……

用我们的热血喷注吧

我如今三十五岁了,与我们的新中国同龄。有那么一张画,记忆在我幼小的心灵里,十几个年轻美丽的女子,穿红着绿,舞姿盈盈——贴在我们家低矮倾斜的土墙上。我问母亲:"妈妈,她们在干什么呀?"母亲回答:"打腰鼓呀!""打腰鼓干什么呀?""打腰鼓迎国庆呀。"

有那样一首歌,我唱过何止百遍呢:"社会主义好,社会主义好,社会主义国家人民地位高……"

那时我是个孩子,那时我是太天真了,那时我总在想啊,我们的人民,就那儿样打着腰鼓,就那么样唱着"社会主义好",就会与我们的共和国一块儿,在某一天我睁开眼睛后,欢天喜地进入共产主义。

有一个时期似乎是就要进入了:乘公共汽车靠自觉投币了,买东西靠自觉付款了,还传说全国的孩子都可以免费入托了……于是我梦见我们家住的那条小胡同变成繁华的街道了,梦见我们家和许许多多住矮屋破房的人家,都搬进了新盖的高楼……却不过是一个孩子的梦,却不过是"似乎"而已。我渐渐长大了,上学了。小学,我常和同学们到郊区采野菜,我吃过十几种至今仍能叫得出名字,感到亲切的野菜。如今那几年被称作"困难时期"。中学，我经历了"文化大革命"。那种政治热忱并没能保持多久，我便厌倦了，当了所谓"观潮派"。如今我们称那个年代为"动乱年代"。并且每个人都终于明白，对于我们的新中国，那是一场多么大又多么深的灾难。

我和我的同龄人们在北大荒的广袤荒原"战天斗地"时，都意识到，我们真的是长大了，成熟了。我们的头脑，开始做适于我们年龄的严肃的思考了。我们这一代，成为一代"人"了。

如今时代前进的节奏加快了，如今一代人和一代人之间的年龄界限缩短了。我们家住的那条胡同里，又有两代人成长起来了。第三代人正在成长着，第四代的生命正在形成着。

人民的素质，与十几年前不同了。我们的人民终于明白，一个美好的社会，是不能靠每隔七八年搞一次政治运动达到的。要达到美好的彼岸，有更为严峻实际的事情，如今我们的新中国太需要实干的精神和实干的人了！

东南西北中，从工矿到农村，从机关到企业，甚至在列车上，在陌生旅客的交谈之中，都可以听到两个令人感奋的字——改革。对于我们的人民，对于我们的新中国，这是两个内涵更为充实的字。历史会证实这一点的。不，现实已在证实这一点了。有时我真想趴在我们的大地上，聆听从四面八方传来的改革的鼓点般的震响。正是以改革的名义，我们新中国九百六十万平方公里的每一个地方，都在发生着和将要发生着深刻的变化。

我喜爱那一部影片——《血，总是热的》，尤其喜爱这部影片的片名。我们这一代血管里涌流的，已是中年人的血，是凝重的血，依然是热的血，是经过冷静和心脏过滤的热血。

今天，在我们新中国的生日，我们只想默默地说：以我们社会主义新中国的名义，用我们的热血喷注吧——为了我们的人民……